大学者随笔书系 | DAXUEZHE SUIBI SHUXI

再造文明

胡适随笔

Hushi Suibi
ZAIZAO WENMING

北京大学出版社
PEKING UNIVERSITY PRESS

图书在版编目(CIP)数据

再造文明　胡适随笔/胡适著.—北京：北京大学出版社，2009.1
（大学者随笔书系）
ISBN 978-7-301-14649-1

Ⅰ.再…　Ⅱ.胡…　Ⅲ.随笔—作品集—中国—现代　Ⅳ.I266.1

中国版本图书馆 CIP 数据核字(2008)第 185900 号

书　　　名：再造文明　胡适随笔
著作责任者：胡　适　著
策划组稿：王炜烨
责任编辑：王炜烨
标准书号：ISBN 978-7-301-14649-1/B·0770
出版发行：北京大学出版社
地　　　址：北京市海淀区成府路 205 号　100871
网　　　址：http://www.pup.cn　电子信箱：zpup@pup.pku.edu.cn
电　　　话：邮购部 62752015　发行部 62750672　编辑部 62750673
　　　　　　出版部 62754962
印　刷　者：北京中科印刷有限公司
经　销　者：新华书店
　　　　　　787 毫米×1092 毫米　16 开本　17.25 印张　219 千字
　　　　　　2009 年 1 月第 1 版　2013 年 12 月第 4 次印刷
定　　　价：36.00 元

未经许可，不得以任何方式复制或抄袭本书之部分或全部内容。
版权所有，侵权必究
举报电话：(010)62752024　电子信箱：fd@pup.pku.edu.cn

适前天也做了一首诗

云淡天高，好一片晚秋天气！

有一群白鸽儿向空中游戏。

你看他们凭风上下，夹攫如意，——

忽地里，翻身映日，白羽衬青

天，鲜明无比！

先生以为何如？

适

目 录

新生活观

003 归国杂感
009 贞操问题
017 新生活
　　——为《新生活》杂志第一期作的
019 差不多先生传
021 非个人主义的新生活
030 所谓"中小学文言运动"
036 漫游的感想
048 信心与反省
054 三论信心与反省
060 科学的人生观
064 工程师的人生观
069 一个防身药方的三味药

再造心灵

077 少年中国之精神
081 历史的文学观念论
084 易卜生主义
098 大宇宙中谈博爱

Contents

100 不朽
　　——我的宗教
107 新思潮的意义
115 什么是文学
　　——答钱玄同
118 《吴虞文录》序
121 《尝试集》四版自序
124 《蕙的风》序
131 孙行者与张君劢
134 "老章又反叛了！"
138 整理国故与"打鬼"
　　——给浩徐先生信
142 名教
151 领袖人才的来源
156 "旧瓶不能装新酒"吗
159 写在孔子诞辰纪念之后
165 充分世界化与全盘西化

整理记忆

171 中国爱国女杰王昭君传

175 中国第一伟人杨斯盛传
178 终生做科学实验的爱迪生
182 十七年的回顾
187 戴东原在中国哲学史上的位置
191 追想胡明复
197 九年的家乡教育
211 介绍我自己的思想
224 追悼志摩
231 追忆曾孟朴先生
234 广州杂记
243 平绥路旅行小记
251 丁在君这个人
259 高梦旦先生小传

新 生 活 观

>>> 胡适 再造文明>>> 再造文明>>> 再造文明

归国杂感

我在美国动身的时候，有许多朋友对我道："密斯忒胡，你和中国别了七个足年了，这七年之中，中国已经革了三次的命，朝代也换了几个了。真个是一日千里的进步。你回去时，恐怕要不认得那七年前的老大帝国了。"我笑着对他们说道："列位不用替我担忧。我们中国正恐怕进步太快，我们留学生回去要不认得他了，所以他走上几步，又退回几步。他正在那里回头等我们回去认旧相识呢。"

这话并不是戏言，乃是真话。我每每劝人回国时莫存大希望：希望越大，失望越大。所以我自己回国时，并不曾怀什么大希望。果然船到了横滨，便听得张勋复辟的消息。如今在中国已住了四个月了，所见所闻，果然不出我所料。七年没见面的中国还是七年前的老相识！到上海的时候，有一天，有一位朋友拉我到大舞台去看戏。我走进去坐了两点钟，出来的时候，对我的朋友说道："这个大舞台真正是中国的一个绝妙的缩本模型。你看这大舞台三个字岂不很新？外面的房屋岂不是洋房？里面的座位和戏台上的布景装潢又岂不是西洋新式？但是做戏的人都不过是赵如泉、沈韵秋、万盏灯、何家声、何金寿这些人。没有一个不是二十年前的旧古董！我十三岁到上海的时候，他们已成了老角色了。如今又隔了十三年了,却还是他们在台上撑场面。这十三年造出来的新角色都到那里去了呢?你再看那台上作的《举鼎观画》。那祖先堂上的布景,岂不很完备?只是那小薛蛟拿了那老头儿的书信,就此跨马加鞭,却忘记了台上布的景是一座祖先堂!又看那出《四进士》,台上布景,明明有了门了,那宋士杰却还要做手势去关那没有的门!上公堂时,还要跨那没有的门槛!你看这二十年前的旧古董,在20世纪的小舞台上做戏;装上了20世纪的新布景,却偏要做那二十年前的旧手脚!这不是一幅绝妙的中国现势图吗?"

我在上海住了十二天,在内地住了一个月,在北京住了两个月,在路上走了二十天,看了两件大进步的事:第一件是"三炮台"的纸烟,居然行到我们徽州去了;第二件是"扑克"牌居然比麻雀牌还要时髦了。"三炮台"纸烟还不算稀奇,只有那"扑克"牌何以会这样风行呢?有许多老先生向来学A、B、C、D是很不行的,如今打起"扑克"来,也会说"恩德"、"累死"、"接客倭彭"了!这些怪不好记的名词,何以会这样容易上口呢?他们学这些名词这样容易,何以学正经的A、B、C、D,又那样蠢呢?我想这里面很有可以研究的道理。新思想行不到徽州,恐怕是因为新思想没有"三炮台"那样中吃罢?A、B、C、D不容易教,恐怕是因为教的人不得其法罢?

我第一次走过四马路,就看见了三部教"扑克"的书。我心想"扑克"的书已有这许多了,那别种有用的书,自然更少不了,所以我就花了一天的工夫,专去调查上海的出版界。我是学哲学的,自然先寻哲学的书。不料这几年来,中国竟可以算得没有出过一部哲学书。找来找去,找到一部《中国哲学史》,内中王阳明占了四大页,洪范倒占了八页!还说了些"孔子既受天之命","与天地合德"的话。又看见一部《韩非子精华》,删去了《五蠹》和《显学》两篇,竟成了一部《韩非子》糟粕了。文学书内,只有一部王国维的《宋元戏曲史》是很好的。又看见一家书目上有翻译的萧士比亚剧本,找来一看,原来把会话体的戏剧,都改做了《聊斋志异》体的叙事古文!又看见一部《妇女文学史》,内中苏蕙的回文诗足足占了六十页！又看见《饮冰室丛著》内有《墨学微》一书,我是喜欢看看墨家的书的人,自然心中很高兴。不料抽出来一看,原来是任公先生十四年前的旧作,不曾改了一个字！此外只有一部《中国外交史》,可算是一部好书,如今居然到了三版了。这件事还可以使人乐观。此外那些新出版的小说,看来看去,实在找不出一部可看的。有人对我说,如今最风行的是一部《新华春梦记》,这也可想见中国小说界的程度了。

总而言之,上海的出版界——中国的出版界——这七年来简直没有两三部以上可看的书！不但高等学问的书一部都没有,就是要找一部轮船上火车上消遣的书,也找不出！（后来我寻来寻去只寻得一部吴稚晖先生的《上下古今谈》带到芜湖路上去看。）我看了这个怪现状,真可以放声大哭。如今的中国人,肚子饿了,还有些施粥的厂把粥给他们吃。只是那些脑子叫饿的人可真没有东西吃了。难道可以把些九尾龟十尾龟来充饥吗？

中文书籍既是如此,我又去调查现在市上最通行的英文书籍。看来看去,都是些什么萧士比亚的《威匿思商》、《麦克白传》,阿狄生的《文报选录》,戈司密的《威克斐牧师》,欧文的《见闻杂记》……大概都是些17世纪18世纪的书。内中有几部19世纪的书,也不过是欧文、迭更司、司各脱、麦考来几个人的书,都是和现在欧美的新思潮毫无关系的。怪不得我后来问起一位有名的英文教习,竟连 Bernard Shaw 的名字也不曾听见过,不要说 Tchekoff 和 Andreyev 了。我想这都是现在一班教会学堂出身的英文教习的罪过。这些英文教习,只会用他们先生教过的课本。他们的先生又只会用他们先生的先生教过的课本。所以现在中国学堂所用的英文书籍,大概都是教会先生的太老师或太太老师们教过的课本！怪不得和现在的思想潮流绝无关系了。

有人说,思想是一件事,文学又是一件事,学英文的人何必要读与现代新思潮有关系的书呢？这话似乎有理,其实不然。我们中国人学英文,和英国美国的小孩子学英文,是两样的。我们学西洋文字,不单是要认得几个洋字,会说几句洋话,我们的目的在于输入西洋的学术思想。

所以我以为中国学校教授西洋文字,应该用一种"一箭射双雕"的方法,把"思想"和"文字"同时并教。例如教散文,与其用欧文的《见闻杂记》,或阿狄生的《文报选录》,不如用赫胥黎的《进化杂论》。又如教戏曲,与其教萧士比亚的《威匿思商》,不如用 Bernard Shaw 的 *Androcles and The Lion*,或是 Galsworthy 的 *Strife* 或 *Justice*。又如教长篇的文字,与其教麦考来的《约翰生行述》,不如教弥尔的《群己权界论》……我写到这里,忽然想起日本东京丸善书店的英文书目。那书目上,凡是英美两国一年前出版的新书,大概都有。我把这书目和商务印书馆与伊文思书馆的书目一比较,我几乎要羞死了。

我回中国所见的怪现状,最普通的是"时间不值钱"。中国人吃了饭没有事做,不是打麻雀,便是打"扑克"。有的人走上茶馆,泡了一碗茶,便是一天了。有的人拿一只鸟儿到处逛逛,也是一天了。更可笑的是朋友去看朋友,一坐下便生了根了,再也不肯走。有事商议,或是有话谈论,到也罢了。其实并没有可议的事,可说的话。我有一天在一位朋友处有事,忽然来了两位客,是□□馆的人员。我的朋友走出去会客,我因为事没有完,便在他房里等他。我以为这两位客一定是来商议这□□馆中什么要事的。不料我听得他们开口道:"□□先生,今回是打津浦火车来的,还是坐轮船来的?"我的朋友说是坐轮船来的。这两位客接着便说轮船怎样不便,怎样迟缓。又从轮船上谈到铁路上,从铁路上又谈到现在中、交两银行的钞洋跌价。因此又谈到梁任公的财政本领,又谈到梁士诒的行踪去迹……谈了一点多钟,没有谈上一句要紧的话。后来我等的没法了,只好叫听差去请我的朋友。那两位客还不知趣,不肯就走。我不得已,只好跑了,让我的朋友去领教他们的"二梁优劣论"罢!

美国有一位大贤名弗兰克令(Benjamin Franklin)的,曾说道:"时间乃是造成生命的东西。"时间不值钱,生命自然也不值钱了。上海那些拣茶叶的女工,一天拣到黑,至多不过得二百铜钱,少的不过得五六十钱!茶叶店的伙计,一天做十六七点钟的工,一个月平均只拿得两三块钱!还有那些工厂的工人,更不用说了。还有那些更下等,更苦痛的工作,更不用说了。人力那样不值钱,所以卫生也不讲究,医药也不讲究。我在北京上海看那些小店铺里和穷人家里的种种不卫生,真是一种黑暗世界。至于道路的不洁净、瘟疫的流行,更不消说了。最可怪的是无论阿猫阿狗都可挂牌医病,医死了人,也没有人怨恨,也没有人干涉。人命的不值钱,真可算得到了极端了。

现今的人都说教育可以救种种的弊病。但是依我看来,中国的教育,不但不能救亡,简直可以亡国。我有十几年没到内地去了,这回回去,自然去看看那些学堂。学堂的课程表,看来何尝不完备?体操也有,图画也有,英文也有,那些国文、修身之类,更不用说了。但是学堂的弊病,却正在这课程完备上。例如我们家乡的小学堂,经费自然不充足了,却也要每年花六十块钱去请一个中学堂学生兼教英文唱歌。又化二十块钱买一架风琴。我心想:这六十块一年的英文教习,能教什么英文?教的英文,在我们山里的小地方,又有什么用处?至于那音乐一科,更无道理了。请问那种学堂的音乐,还是可以增进"美感"呢,还是可以增进音乐知识呢?若果然要教音乐,为什么不去村乡里找一个会吹笛子的唱昆腔的人来教?为什么一定要用那实在不中听的二十块钱的风琴呢?那些穷人的子弟学了音乐回家,能买得起一架风琴来练习他所学的音乐知识吗?我真是莫名其妙了。所以我在内地常说:"列位办学堂,尽不必问教育部规程是什么,须先问这块地方上最需要的是什么。譬如我们这里最需要的是农家常识、蚕桑常识、商业常识、卫生常识,列位却把修身教科书去教他们做圣贤!又把二十块钱的风琴去教他们学音乐!又请一位六十块钱一年的教习教他们的英文!列位且自己想想看,这样的教育,造得出怎么样的人才?所以我奉劝列位办学堂,切莫注重课程的完备,须要注意课程的实用。尽不必去巴结视学员,且去巴结那些小百姓。视学员说这个学堂好,是没有用的。须要小百姓都肯把他们的子弟送来上学,那才是教育有成效了。

以上说的是小学堂。至于那些中学堂的成绩,更可怕了。我遇见一位省立法政学堂的本科学生,谈了一会,他忽然问道:"听说东文是和英文差不多的,这话可真吗?"我已经大诧异了。后来他听我说日本人总有些岛国的习气,忽然问道:"原来日本也在海岛上吗?"这个固然是一个极端的例子。但是如今中学堂毕业的人才,高又高不得,低又低不得,竟成了一种无能的游民。这都由于学校里所教的功课,和社会上的需要毫无关涉。所以学校只管多,教育只管兴,社会上的工人、伙计、账房、警察、兵士、农夫……还只是用没有受过教育的人。社会所需要的是做事的人才,学堂所造成的是不会做事又不肯做事的人才,这种教育不是亡国的教育吗?

  我说我的"归国杂感",提起笔来,便写了三四千字。说的都是些很可以悲观的话。但是我却并不是悲观的人。我以为这二十年来中国并不是完全没有进步,不过惰性太大,向前三步又退回两步,所以到如今还是这个样子。我这回回家寻出了一部叶德辉的《翼教丛编》,读了一遍,才知道这二十年的中国实在已经有了许多大进步。不到二十年前,那些老先生们,如叶德辉、王益吾之流,出了死力去驳康有为,所以这书叫做《翼教丛编》。我们今日也痛骂康有为。但二十年前的中国,骂康有为太新;二十年后的中国,却骂康有为太旧。如今康有为没有皇帝可保了,很可以作一部《翼教续编》来骂陈独秀了。这两部"翼教"的书的不同之处,便是中国二十年来的进步了。

1918 年 1 月

贞操问题

一

周作人先生所译的日本与谢野晶子的《贞操论》，我读了很有感触。这个问题，在世界上受了几千年的无意识的迷信，到近几十年中，方才有些西洋学者正式讨论这问题的真意义。文学家如易卜生的《群鬼》和 Thomas Hardy 的《苔史》（Tess），都带着讨论这个问题。如今家庭专制最厉害的日本居然也有这样大胆的议论！这是东方文明史上一件极可贺的事。

当周先生翻译这篇文字的时候，北京一家很有价值的报纸登出一篇恰相反的文章。这篇文章是海宁朱尔迈的《会葬唐烈妇记》。上半篇写唐烈妇之死如下：

> 唐烈妇之死，所阅灰水、钱卤、投河、雉经者五，前后绝食者三；又益之以砒霜，则其亲试乎杀人之方者凡九。自除夕上溯其夫亡之夕，凡九十有八日。夫以九死之惨毒，又历九十八日之长，非所称百挫千折有进而无退者乎？

下文又借出一件"俞氏女守节"的事来替唐烈妇做陪衬：

女年十九，受海盐张氏聘，未于归，夫夭，女即绝食七日；家人劝之力，始进糜曰："吾即生，必至张氏，宁服丧三年，然后归报地下。"

最妙的是朱尔迈的论断：

嗟乎，俞氏女盖闻烈妇之风而兴起者乎？……俞氏女果能死于绝食七日之内岂不甚幸？乃为家人阻之，俞氏女亦以三年为己任，余正恐三年之间，凡一千八十日有奇，非如烈妇之九十八日也。且绝食之后，其家人防之者百端……虽有死之志，而无死之间，可奈何？烈妇倘能阴相之以成其节，风化所关，猗欤甚矣！

这种议论简直是全无心肝的贞操论。俞氏女还不曾出嫁，不过因为信了那种荒谬的贞操迷信，想做那"青史上留名的事"，所以绝食寻死，想做烈女。这位朱先生要维持风化，所以忍心害理的巴望那位烈妇的英灵来帮助俞氏女赶快死了，"岂不甚幸"！这种议讨可算得贞操迷信的极端代表。《儒林外史》里面的王玉辉看他女儿殉夫死了，不但不哀痛，反仰天大笑道："死得好！死得好！"王玉辉的女儿殉已嫁之夫，尚在情理之中。王玉辉自己"生这女儿为伦纪生色"，他看他女儿死了反觉高兴，已不在情理之中了。至于这位朱先生巴望别人家的女儿替她未婚夫做烈女，说出那种"猗欤甚矣"的全无心肝的话，可不是贞操迷信的极端代表吗？

贞操问题之中，第一无道理的，便是这个替未婚夫守节和殉烈的风俗。在文明国里，男女用自由意志，由高尚的恋爱，订了婚约，有时男的或女的不幸死了，剩下的那一个因为生时爱情太深，故情愿不再婚嫁。这是合情理的事。若在婚姻不自由之国，男女订婚以后，女的还不知男的面长面短，有何情爱可言？不料竟有一种陋儒，用"青史上留名的事"来鼓励无知女儿做烈女，"为伦纪生色"，"风化所关，猗欤甚矣"！我以为我们今日若要作具体的贞操论，第一步就该反对这种忍心害理的烈女论，要渐渐养成一种舆论，不但永不把这种行为看做"猗欤甚矣"可旌表褒扬的事，还要公认这是不合人情，不合天理的罪恶；还要公认劝人做烈女，罪等于故意杀人。

这不过是贞操问题的一方面。这个问题的真相，已经与谢野晶子说得很明白了。他提出几个疑问，内中有一条是："贞操是否单是女子必要的道德，还是男女都必要的呢？"这个疑问，在中国更为重要。中国的男子要他们的妻子替他们守贞守节，他们自己却公然嫖妓，公然纳妾，公然"吊膀子"。再嫁的妇人在社会上几乎没有社交的资格；再婚的男子，多妻的男子，却一毫不损失他们的身份。这不是最不平等的事吗？怪不得古人要请"周婆制礼"来补救"周公制礼"的不平等了。

我不是说，因为男子嫖妓，女子便该偷汉；也不是说，因为老爷有姨太太，太太便该有姨老爷。我说的是，男子嫖妓，与妇人偷汉，犯的是同等的罪恶；老爷纳妾，与太太偷人，犯的也是同等的罪恶。

为什么呢？因为贞操不是个人的事，乃是人对人的事，不是一方面的事，乃是双方面的事。女子尊重男子的爱情，心思专一，不肯再爱别人，这就是贞操。贞操是一个"人"对别一个"人"的一种态度。因为如此，男子对于女子，也该有同等的态度。若男子不能照样还敬，他就是不配受这种贞操的待遇。这并不是外国进口的妖言，这乃是孔丘说的"己所不欲，勿施于人"。孔丘说：

> 君子之道四，丘未能一焉：所求乎子以事父，未能也；所求乎臣以事君，未能也；所求乎弟以事兄，未能也；所求乎朋友，先施之，未能也。

孔丘"五伦"之中，只说了"四伦"，未免有点欠缺。他理该加上一句道：

> 所求乎吾妇，先施之，未能也。

这才是大公无私的圣人之道！

二

我这篇文字刚才做完,又在上海报上看见陈烈女殉夫的事。今先记此事大略如下:

> 陈烈女名宛珍,绍兴县人,三世居上海。年十七,字王远甫之子菁士。菁士于本年三月廿三日病死,年十八岁。陈女闻死耗,即沐浴更衣,潜自仰药。其家人觉察,仓皇施救,已无及。女乃泫然曰:"儿志早决,生虽未获见夫,殁或相从地下……"言讫,遂死,死时距其未婚夫之死仅三时而已。

过了两天,又见上海县知事呈江苏省长请予褒扬的呈文。中说:

> 呈为陈烈女行实可风,造册具书证明,请予按例褒扬事。……(事实略)……兹据呈称……并开具事实,附送褒扬费银六元前来。……知事复查无异。除先给予"贞烈可风"匾额,以资旌表外,谨援《褒扬条例》……之规定,造具清册,并附证明书,连同褒扬费,一并备文呈送,仰祈鉴核,俯赐咨行内务部将陈烈女按例褒扬,实为德便。

我读了这篇呈文,方才知道我们中华民国居然还有什么《褒扬条例》。于是我把那些条例寻来一看,只见第一条九种可褒扬的行谊的第二款便是"妇女节烈贞操可以风世者";第七款是"著述书籍,制造器用,于学术技艺或发明或改良之功者";第九款是"年逾百岁者"。一个人偶然活到了一百岁,居然也可以与学术技艺上的著作发明享受同等的褒扬!这已是不伦不类可笑得很了。再看那条例《施行细则》解释第一条第二款的"妇女节烈贞操可以风世者"如下:

> 第二条:《褒扬条例》第一条第二款所称之"节"妇,其守节年限自三十岁以前守节至五十岁以后者。但年未五十而身故,其守节已及六年者同。
>
> 第三条:同条款所称之"烈"妇"烈"女,凡遇强暴不从致死,或

羞忿自尽,及夫亡殉节者,属之。

第四条:同条款所称之"贞"女,守贞年限与节妇同。其在夫家守贞身故,及未符年例而身故者,亦属之。

以上各条乃是中国贞操问题的中心点。第二条褒扬"自三十岁以前守节至五十岁以后"的节妇,是中国法律明明认三十岁以下的寡妇不该再嫁,再嫁为不道德。第三条褒扬"夫亡殉节"的烈妇烈女,是中国法律明明鼓励妇人自杀以殉夫,明明鼓励未嫁女子自杀以殉未嫁之夫。第四条褒扬未嫁女子替未婚亡夫守贞二十年以上,是中国法律明明说未嫁而丧夫的女子不该再嫁人,再嫁便是不道德。

这是中国法律对于贞操问题的规定。

依我个人的意思看来,这三种规定都没有成立的理由。

第一,寡妇再嫁问题。这全是一个个人问题。妇人若是对他已死的丈夫真有割不断的情义,他自己不忍再嫁;或是已有了孩子,不肯再嫁;或是年纪已大,不能再嫁;或是家道殷实,不愁衣食,不必再嫁——妇人处于这种境地,自然守节不嫁。还有一些妇人,对她丈夫,或有怨心,或无恩意,年纪又轻,不肯抛弃人生正当的家庭快乐;或是没有儿女,家又贫苦,不能度日——妇人处于这种境遇没有守节的理由,为个人计,为社会计,为人道计,都该劝她改嫁。贞操乃是夫妇相待的一种态度。夫妇之间爱情深了,恩谊厚了,无论谁生谁死,无论生时死后,都不忍把这爱情移于别人,这便是贞操。夫妻之间若没有爱情恩意,即没有贞操可说。若不问夫妇之间有无可以永久不变的爱情,若不问做丈夫的配不配受他妻子的操贞,只晓得主张做妻子的总该替她丈夫守节;这是一偏的贞操论,这是不合人情公理的伦理。再者,贞操的道德,"照各人境遇体质的不同,有时能守,有时不能守;在甲能守,在乙不能守"。若不问个人的境遇体质,只晓得说"忠臣不事二君,烈女不更二夫";只晓得说"饿死事极小,失节事极大";这是忍心害理,男子专制的贞操论。——以上所说,大旨只要指出寡妇应否再嫁全是个人问题,有个人恩情上、体质上、家计上种种不同的理由,不可偏于一方面主张不近情理的守节。因为如此,故我极端反对国家用法律的规定来褒扬守节不嫁的寡妇。褒扬守节的寡妇,即是说寡妇再嫁为不道德,即是主张一偏的贞操论。法律既不能断定寡妇再嫁为不道德,即不该褒扬不嫁的寡妇。

第二,烈妇殉夫问题。寡妇守节最正当的理由是夫妇间的爱情。妇人殉夫最正当的理由也是夫妇间的爱情。爱情深了,生离尚且不能堪,何况死别?再加以宗教的迷信,以为死后可以夫妇团圆。因此有许多妇人,夫死之后,情愿杀身从夫于地下。这个不属于贞操问题。但我以为无论如何,这也是个人恩爱问题,应由个人自由意志去决定。无论如何,法律总不该正式褒扬妇人自杀殉夫的举动。一来呢,殉夫既由于个人的恩爱,何须用法律来褒扬鼓励?二来呢,殉夫若由于死后团圆的迷信,更不该有法律的褒扬了。三来呢,若用法律来褒扬殉夫的烈妇,有一些好名的妇人,便要借此博一个"青史留名";是法律的褒扬反发生一种沽名钓誉,作伪不诚的行为了!

第三,贞女烈女问题。未嫁而夫死的女子,守贞不嫁的,是"贞女";杀身殉夫的是"烈女"。我上文说过,夫妇之间若没有恩爱,即没有贞操可说。依此看来,那未嫁的女子,对于她丈夫有何恩爱?既无恩爱,更有何贞操可守?我说到这里,有个朋友驳我道,这话别人说了还可,胡适之可不该说这话。为什么呢?你自己曾作过一首诗,诗里有一段道:

> 我不认得她,她不认得我,
> 我却常念她,这是为什么?
> 岂不因我们,分定常相亲?
> 由分生情意,所以非路人。
> 海外土生子,生不识故里,
> 终有故乡情,其理亦如此。

依你这诗的理论看来,岂不是已订婚而未嫁娶的男女因为名分已定,也会有一种情意。既有了情意,自然发生贞操问题。你如今又说未婚嫁的男女没有恩爱,故也没有贞操可说,可不是自相矛盾吗?

我听了这段驳论,几乎开口不得。想了一想,我才回答道,我那首诗所说名分上发生的情意,自然是有的;若没有那种名分上的情意,中国的旧式婚姻决不能存在。如旧日女子听人说她未婚夫的事,即面红害羞,即留神注意,可见她对她未婚夫实有这种名分上所发生的情谊。但这种情谊完全属于理想的。这种理想的情谊往往因实际上的反证,遂完全消灭。如女子悬想一个可爱的丈夫,及到嫁时,只见一个极下流不堪的男子,他如何能坚持那从前理想中的情谊呢?我承认名分可以发生一种情谊,我并且希望一切名分都能发生相当的情谊。但这种理想的情谊,依我看来实在不够发生终生不嫁的贞操,更不够发生杀身殉夫的节烈。即使我更让一步,承认中国有些女子,例如吴趼人《恨海》里那个浪子的聘妻,深中了圣贤经传的毒,由名分上真能生出极浓挚的情谊,无论她未婚夫如何浮荡,人格如何堕落,依旧贞一不变。试问我们在这个文明时代,是否应该赞成提倡这种盲从的贞操?这种盲从的贞操,只值得一句"其愚不可及也"的评论,却不值得法律的褒扬。法律既许未嫁的女子夫死再嫁,便不该褒扬处女守贞。至于法律褒扬无辜女子自杀以殉不曾见面的丈夫,那更是男子专制时代的风俗,不该存在于现今的世界。

总而言之,我对于中国人的贞操问题,有三层意见。

第一,这个问题,从前的人都看做"天经地义",一味盲从,全不研究"贞操"两字究竟有何意义。我们生在今日,无论提倡何种道德,总该想想那种道德的真意义是什么。墨子说得好:

> 子墨子问于儒者曰:"何故为乐?"曰:"乐以为乐也。"子墨子曰:"子未我应也。今我问曰:'何故为室?'曰:'冬避寒焉,夏避暑焉,室以为男女之别也。'则子告我为室之故矣。今我问曰:'何故为乐?'曰:'乐以为乐也。'是犹曰:'何故为室?'曰:'室以为室也。'"(《公孟篇》)

今试问人"贞操是什么"?或"为什么你褒扬贞操"?他一定回答道:"贞操就是贞操。我因为这是贞操,故褒扬它。"这种"室以为室也"的论理,便是今日道德思想宣告破产的证据。故我作这篇文字的第一个主意只是要大家知道,"贞操"这个问题并不是"天经地义",是可以彻底研究,可以反复讨论的。

第二，我以为贞操是男女相待的一种态度，乃是双方交互的道德，不是偏于女子一方面的。由这个前提，便生出几条引申的意见：1. 男子对于女子，丈夫对于妻子，也应有贞操的态度；2. 男子做不贞操的行为，如嫖妓娶妾之类，社会上应该用对待不贞妇女的态度来对待他；3. 妇女对于无贞操的丈夫，没有守贞操的责任；4. 社会法律既不认嫖妓纳妾为不道德，便不该褒扬女子的"节烈贞操"。

第三，我绝对的反对褒扬贞操的法律。我的理由是：

（一）贞操既是个人男女双方对待的一种态度，诚意的贞操是完全自动的道德，不容有外部的干涉，不须有法律的提倡。

（二）若用法律的褒扬为提倡贞操的方法，势必至造成许多沽名钓誉，不诚不实，无意识的贞操举动。

（三）在现代社会，许多贞操问题，如寡妇再嫁、处女守贞等等问题的是非得失，却都还有讨论余地，法律不当以武断的态度制定褒贬的规条。

（四）法律既不奖励男子的贞操，又不惩男子的不贞操，便不该单独提倡女子的贞操。

（五）以近世人道主义的眼光看来，褒扬烈妇烈女杀身殉夫，都是野蛮残忍的法律。这种法律，在今日没有存在的地位。

1918年7月

新 生 活

——为《新生活》杂志第一期作的

哪样的生活可以叫做新生活呢?

我想来想去,只有一句话:新生活就是有意思的生活。

你听了必定要问我,有意思的生活又是什么样子的生活呢?

我且先说一两件实在的事情做个样子,你就明白我的意思了。

前天你没有事做,闲的不耐烦了,你跑到街上一个小酒店里,打了四两白干,喝完了,又要四两,再添上四两。喝的大醉了,同张大哥吵了一回嘴,几乎打起架来。后来李四哥来把你拉开,你气忿忿的又要了四两白干,喝的人事不知,幸亏李四哥把你扶回去睡了。昨儿早上,你酒醒了,大嫂子把前天的事告诉你,你懊悔的很,自己埋怨自己:"昨儿为什么要喝那么多酒呢? 可不是糊涂吗?"

你赶快上张大哥家去,作了许多揖,赔了许多不是,自己怪自己糊涂,请张大哥大量包涵。正说时,李四哥也来了,王三哥也来了。他们"三缺一",要你陪他们打牌。你坐下来,打了十二圈牌,输了一百多吊钱。你回得家来,大嫂子怪你不该赌博,你又懊悔的很,自己怪自己道:"是呵,我为什么要陪他们打牌呢? 可不是糊涂吗?"

诸位,像这样子的生活,叫做糊涂生活,糊涂生活便是没有意思的生活。你做完了这种生活,回头一想:"我为什么要这样干呢?"你自己也回答不出究竟为什么。

诸位,凡是自己说不出"为什么这样做"的事,都是没有意思的生活。

反过来说,凡是自己说得出"为什么这样做"的事,都可以说是有意思的生活。

生活的"为什么",就是生活的意思。

人同畜生的分别,就在这个"为什么"上。你到万牲园里去看那白熊一天到晚摆来摆去不肯歇,那就是没有意思的生活。我们做了人,应该不要学那些畜生的生活。畜生的生活只是糊涂,只是胡混,只是不晓得自己为什么如此做。一个人做的事应该件件事回答得出一个"为什么"。

我为什么要干这个?为什么不干那个?回答得出,方才可算是一个人的生活。

我们希望中国人都能做这种有意思的新生活。其实这种新生活并不十分难,只消时时刻刻问自己为什么这样做,为什么不那样做,就可以渐渐的做到我们所说的新生活了。

诸位,千万不要说"为什么"这三个字是很容易的小事。你打今天起,每做一件事,便问一个为什么——为什么不把辫子剪了?为什么不把大姑娘的小脚放了?为什么大嫂子脸上搽那么多的脂粉?为什么出棺材要用那么多叫花子?为什么娶媳妇也要用那么多叫花子?为什么骂人要骂他的爹妈?为什么这个?为什么那个?——你试办一两天,你就会晓得这三个字的趣味真是无穷无尽,这三个字的功用也无穷无尽。

诸位,我们恭恭敬敬的请你们来试试这种新生活。

1919 年 8 月

差不多先生传

你知道中国最有名的人是谁？

提起此人，人人皆晓，处处闻名。他姓差，名不多，是各省各县各村人氏。你一定见过他，一定听过别人谈起他。差不多先生的名字天天挂在大家的口头，因为他是中国全国人的代表。

差不多先生的相貌和你和我都差不多。他有一双眼睛，但看的不很清楚；有两只耳朵，但听的不很分明；有鼻子和嘴，但他对于气味和口味都不很讲究。他的脑子也不小，但他的记性却不很精明，他的思想也不很细密。

他常常说："凡事只要差不多，就好了。何必太精明呢？"

他小的时候，他妈叫他去买红糖，他买了白糖回来。他妈骂他，他摇摇头说："红糖白糖不是差不多吗？"

他在学堂的时候，先生问他："直隶省的西边是哪一省？"他说是陕西。先生说："错了。是山西，不是陕西。"他说："陕西同山西，不是差不多吗？"

后来他在一个钱铺里做伙计；他也会写，也会算，只是总不会精细。十字常常写成千字，千字常常写成十字。掌柜的生气了，常常骂他。他只是笑嘻嘻地赔小心道："千字比十字只多一小撇，不是差不多吗?"

有一天,他为了一件要紧的事,要搭火车到上海去。他从从容容地走到火车站,迟了两分钟,火车已开走了。他白瞪着眼,望着远远的火车上的煤烟,摇摇头道:"只好明天再走了,今天走同明天走,也还差不多。可是火车公司未免太认真了。8 点 30 分开,同 8 点 32 分开,不是差不多吗?"他一面说,一面慢慢地走回家,心里总不明白为什么火车不肯等他两分钟。

有一天,他忽然得了急病,赶快叫家人去请东街的汪医生。那家人急急忙忙地跑去,一时寻不着东街的汪大夫,却把西街牛医王大夫请来了。差不多先生病在床上,知道寻错了人;但病急了,身上痛苦,心里焦急,等不得了,心里想道:"好在王大夫同汪大夫也差不多,让他试试看罢。"于是这位牛医王大夫走近床前,用医牛的法子给差不多先生治病。不上一点钟,差不多先生就一命呜呼了。

差不多先生差不多要死的时候,一口气断断续续地说道:"活人同死人也差——差——差不多,凡事只要——差——差不多——就——好了,何——何——必——太——太认真呢?"他说完了这句格言,方才绝气了。

他死后,大家都很称赞差不多先生样样事情看得破,想得通;大家都说他一生不肯认真,不肯算账,不肯计较,真是一位有德行的人。于是大家给他取个死后的法号,叫他做圆通大师。

他的名誉越传越远,越久越大。无数无数的人都学他的榜样。于是人人都成了一个差不多先生。——然而中国从此就成为一个懒人国了。

非个人主义的新生活

这个题目是我在山东道上想着的,后来曾在天津学生联合会的学术讲演会讲过一次,又在唐山的学术讲演会讲过一次。唐山的演讲稿由一位刘赞清君记出,登在1月15日《时事新报》上。我这一篇的大意是对于新村的运动贡献一点批评。这种批评是否合理,我也不敢说。但是我自信这一篇文字是研究考虑的结果,并不是根据于先有的成见的。

本篇有两层意思。一是表示我不赞成现在一般有志青年所提倡,我所认为"个人主义"的新生活。一是提出我所主张的"非个人主义"的新生活。就是"社会"的新生活。

先说什么叫做"个人主义"(individualism)。1月2日夜(就是我在天津讲演前一晚),杜威博士在天津青年会讲演"真的与假的个人主义",他说,个人主义有两种:

(一)假的个人主义——就是为我主义(egoism),他的性质是自私自利:只顾自己的利益,不管群众的利益。

(二)真的个人主义——就是个性主义(individuality),他的特性有两种:一是独立思想,不肯把别人的耳朵当耳朵,不肯把别人的眼睛当眼睛,不肯把别人的脑力当自己的脑力;二是个人对于自己思想信仰的结果要负完全责任，不怕权威，不怕监禁杀身，只认得真理，不认得个人的利害。

杜威先生极力反对前一种假的个人主义，主张后一种真的个人主义。这是我们都赞成的。但是他反对的那种自私自利的个人主义的害处，是大家都明白的。因为人多明白这种主义的害处，故他的危险究竟不很大。例如东方现在实行这种极端为我主义的"财主督军"，无论他们眼前怎样横行，究竟逃不了公论的怨恨，究竟不会受多数有志青年的崇拜。所以我们可以说这种主义的危险是很有限的。但是我觉得"个人主义"还有第三派，是很受人崇敬的，是格外危险的。这一派是：

（三）独善的个人主义，他的共同性质是：不满意于现社会，却又无可如何，只想跳出这个社会去寻一种超出现社会的理想生活。

这个定义含有两部分：1. 承认这个现社会是没有法子挽救的了；2. 要想在现社会之外另寻一种独善的理想生活。自有人类以来，这种个人主义的表现也不知有多少次了。简括说来，共有四种：

（一）宗教家的极乐国。如佛家的净土，犹太人的伊丁园，别种宗教的天堂、天国，都属于这一派。这种理想的缘起，都由于对现社会不满意。因为厌恶现社会，故悬想那些无量寿、无量光的净土；不识不知，完全天趣的伊丁园；只有快乐，毫无痛苦的天国。这种极乐国里所没有的，都是他们所厌恨的；所有的，都是他们所梦想而不能得到的。

（二）神仙生活。神仙的生活也是一种悬想的超出现社会的生活。人世有疾病痛苦，神仙无病长生；人世愚昧无知，神仙能知过去未来；人生不自由，神仙乘云遨游，来去自由。

（三）山林隐逸的生活。前两种是完全出世的，他们的理想生活是悬想的渺茫的出世生活。山林隐逸的生活虽然不是完全出世的，也是不满意于现社会的表示。他们不满意于当时的社会政治，却又无能为力，只得隐姓埋名，逃出这个恶浊社会去过他们自己理想中的生活。他们不能"得君行道"，故对于功名利禄，表示藐视的态度；他们痛恨富贵的人骄奢淫佚，故说富贵如同天上的浮云，如同脚下的破草鞋。他们痛恨社会上有许多不耕而食、不劳而得的"吃白阶级",故自己耕田锄地,自食其力。他们厌恶这污浊的社会,故实行他们理想中梅妻鹤子、渔蓑钓艇的洁净生活。

（四）近代的新村生活。近代的新村运动,如19世纪法国美国的理想农村,如现在日本日向的新村,照我的见解看起来,实在同山林隐逸的生活是根本相同的。那不同的地方,自然也有。山林隐逸是没有组织的,新村是有组织的：这是一种不同。隐逸的生活是同世事完全隔绝的,故有"不知有汉,遑论魏晋"的理想；现在的新村的人能有赏玩 Rodin 同 Cézanne 的幸福,还能在村外著书出报：这又是一种不同。但是这两种不同都是时代造成的,是偶然的,不是根本的区别。从根本性质上看来,新村的运动都是对于现社会不满意的表示。即如日向的新村,他们对于现在"少数人在多数人的不幸上,筑起自己的幸福"的社会制度,表示不满意,自然是公认的事实。周作人先生说日向新村里有人把中国看做"最自然,最自在的国"。这是他们对于日本政制极不满意的一种牢骚话,很可玩味的。武者小路实笃先生一班人虽然极不满意于现社会,却又不赞成用"暴力"的改革。他们都是"真心仰慕着平和"的人。他们于无可如何之中,想出这个新村的计划来。周作人先生说："新村的理想,要将历来非暴力不能做到的事,用和平方法得来。"这个和平方法就是离开现社会,去过一种模范的生活。"只要万人真希望这种的世界,这世界便能实现。"这句话不但是独善主义的精义,简直全是净土宗的口气了！所以我把新村来比山林隐逸,不算冤枉他；就是把他来比求净土天国的宗教运动,也不算玷辱他。不过他们的"净土"是在日向,不在西天罢了。

我这篇文章要批评的"个人主义的新生活",就是指这一种跳出现社会的新村生活。这种生活,我认为是"独善的个人主义"的一种。"独善"两个字是从孟轲"穷则独善其身"一句话上来的。有人说：新村的根本主张是要人人"尽了对于人类的义务,却又完全发展自己个性"；如此看来,他们既承认"对于人类的义务",如何还是独善的个人主义呢。我说：这正是个人主义的证据。试看古今来主张个人主义的思想家,从希腊的

"狗派"(Cynic)以至十八九世纪的个人主义,那一个不是一方面崇拜个人,一方面崇拜那广漠的"人类"的?主张个人主义的人,只是否认那些切近的伦谊——或是家族,或是"社会",或是国家——但是因为要推翻这些比较狭小逼人的伦谊,不得不捧出那广漠不逼人的"人类"。所以凡是个人主义的思想家,没有一个不承认这个双重关系的。

新村的人主张"完全发展自己个性",故是一种个人主义。他们要想跳出现社会去发展自己的个性,故是一种独善的个人主义。

这种新村的运动,因为恰合现在青年不满意于现社会的心理,故近来中国也有许多人欢迎、赞叹、崇拜。我也是敬仰武者先生一班人的,故也曾仔细考究这个问题。我考究的结果是不赞成这种运动。我以为中国的有志青年不应该仿行这种个人主义的新生活。

这种新村的运动有什么可以反对的地方呢?

第一,因为这种生活是避世的,是避开现社会的。这就是让步。这便不是奋斗。我们自然不应该提倡"暴力",但是非暴力的奋斗是不可少的。我并不是说武者先生一班人没有奋斗的精神。他们在日本能提倡反对暴力的论调——如《一个青年的梦》——自然是有奋斗精神的。但是他们的新村计划想避开现社会里"奋斗的生活",去寻那现社会外"生活的奋斗",这便是一大让步。武者先生的《一个青年的梦》里的主人翁最后有几句话,很可玩味。他说:

……请宽恕我的无力。——宽恕我的话的无力。但我心里所有的对于美丽的国的仰慕,却要请诸君体察的。

我们对于日向的新村应该做如此观察。

第二,在古代,这种独善主义还有存在的理由;在现代,我们就不该崇拜他了。古代的人不知道个人有多大的势力,故孟轲说:"穷则独善其身,达则兼济天下。"古人总想,改良社会是"达"了以后的事业——是得君行道以后的事业;故承认个人——穷的个人——只能做独善的事业,不配做兼济的事业。古人错了。现在我们承认个人有许多事业可做。人人都是一个无冠的帝王,人人都可以做一些改良社会的事。去年的五四运动和六三运动,何尝是"得君行道"的人做出来的?知道个人可以做事,知道有组织的个人更可以做事,便可以知道这种个人主义的独善生活是不值得模仿的了。

第三,他们所信仰的"泛劳动主义"是很不经济的。他们主张:"一个人生存上必要的衣食住,论理应该用自己的力去得来,不该要别人代负这责任。"这话从消极一方面看——从反对那"游民贵族"的方面看——自然是有理的。但是从他们的积极实行方面看,他们要"人人尽劳动的义务,制造这生活的资料"——就是衣食住的资料——这便是"矫枉过正"了。人人要尽制造衣食住的资料的义务,就是人人要加入这生活的奋斗。(周作人先生再三说新村里平和幸福的空气,也许不承认"生活的奋斗"的话;但是我说的,并不是人同人争面包米饭的奋斗,乃是人在自然界谋生存的奋斗;周先生说新村的农作物至今还不够自用,便是一证。)现在文化进步的趋势,是要使人类渐渐减轻生活的奋斗至最低度,使人类能多分一些精力出来,做增加生活意味的事业。新村的生活使人人都要尽"制造衣食住的资料"的义务,根本上否认分功进化的道理,增加生活的奋斗,是很不经济的。

第四,这种独善的个人主义的根本观念就是周先生说的"改造社会,还要从改造个人做起"。我对于这个观念,根本上不能承认。这个观念的根本错误在于把"改造个人"与"改造社会"分做两截;在于把个人看做一个可以提到社会外去改造的东西。要知道个人是社会上种种势力的结果。我们吃的饭,穿的衣服,说的话,呼吸的空气,写的字,有的思想……没有一件不是社会的。我曾有几句诗,说:"此身非吾有:一半属父母,一半属朋友。"当时我以为把一半的我归功社会,总算很慷慨了。后来我才知道这点算学做错了!父母给我的真是极少的一部分。其余各种极重要的部分,如思想、信仰、知识、技术、习惯,等等,大都是社会给我的。我穿线袜的法子是一个徽州同乡教我的;我穿皮鞋打的结能不散开,是一个美国女朋友教我的。这两件极细碎的例,很可以说明这个"我"是社会上无数势力所造成的。社会上的"良好分子"并不是生成的,也不是个人修炼成的——都是因为造成他们的种种势力里面,良好的势力比不良的势力多些。反过来,不良的势力比良好的势力多,结果便是"恶劣分子"了。古代的社会哲学和政治哲学只为要妄想凭空改造个人,故主张正心、诚意、独善其身的办法,这种办法其实是没有办法,因为没有下手的地方。近代的人生哲学渐渐变了,渐渐打破了这种迷梦,渐渐觉悟:改造社会的下手方法在于改良那些造成社会的种种势力——制度、习惯、思想、教育,等等。那些势力改良了,人也改良了。所以我觉得"改造社会要从改造个人做起"还是脱不了旧思想的影响。我们的根本观念是:

个人是社会上无数势力造成的。
改造社会须从改造这些造成社会,造成个人的种种势力做起。
改造社会即是改造个人。

新村的运动如果真是建筑在"改造社会要从改造个人做起"一个观念上,我觉得那是根本错误了。改造个人也是要一点一滴的改造那些造成个人的种种社会势力。不站在这个社会里来做这种一点一滴的社会改造,却跳出这个社会去"完全发展自己个性",这便是放弃现社会,认为不能改造。这便是独善的个人主义。

以上说的是本篇的第一层意思。现在我且简单说明我所主张的"非个人主义"的新生活是什么。这种生活是一种"社会的新生活",是站在这个现社会里奋斗的生活,是霸占住这个社会来改造这个社会的新生活。他的根本观念有三条:

(一)社会是种种势力造成的,改造社会须要改造社会的种种势力。这种改造一定是零碎的改造——一点一滴的改造,一尺一步的改造。无论你的志愿如何宏大,理想如何彻底,计划如何伟大,你总不能笼统的改造,你总不能不做这种"得寸进寸,得尺进尺"的功夫。所以我说:社会的改造是这种制度那种制度的改造,是这种思想那种思想的改造,是这个家庭那个家庭的改造,是这个学堂那个学堂的改造。

有人说:"社会的种种势力是互相牵掣的,互相影响的。这种零碎的改造,是不中用的。因为你才动手改这一种制度,其余的种种势力便围拢来牵掣你了。如此看来,改造还是该做笼统的改造。"我说不然。正因为社会的势力是互相影响牵掣的,故一部分的改造自然会影响到别种势力上去。这种影响是最切实的,最有力的。近年来的文字改革,自然是局部的改革,但是他所影响的别种势力,竟有意想不到的多。这不是一个很明显的例吗?

(二)因为要做一点一滴的改造,故有志做改造事业的人必须要时时刻刻存研究的态度,做切实的调查,下精细的考虑,提出大胆的假设,寻出实验的证明。这种新生活是研究的生活,是随时随地解决具体问题的生活。具体的问题多解决了一个,便是社会的改造进了那么多一步。做这种生活的人要睁开眼睛,公开心胸;要手足灵敏,耳目聪明,心思活泼;要欢迎事实,要不怕事实;要爱问题,要不怕问题的逼人!

(三)这种生活是要奋斗的。那避世的独善主义是与人无忤,与世无争的,故不必奋斗。这种"淑世"的新生活,到处翻出不中听的事实,到处提出不中听的问题,自然是很讨人厌的,是一定要招起反对的。反对就是兴趣的表示,就是注意的表示。我们对于反对的旧势力,应该做正当的奋斗,不可退缩。我们的方针是:奋斗的结果,要使社会的旧势力不能不让我们;切不可先就偃旗息鼓退出现社会去,把这个社会双手让给旧势力。换句话说,应该使旧社会变成新社会,使旧村变为新村,使旧生活变为新生活。

我且举一个实际的例。英美近二三十年来,有一种运动,叫做"贫民区域居留地"(Social Settlements)的运动。这种运动的大意是:一班青年的男女——大都是大学的毕业生——在本城拣定一块极龌龊、极不堪的贫民区域,买一块地,造一所房屋。这一班人便终日在这里面做事。这屋里,凡是物质文明所赐的生活需要品——电灯、电话、热气、浴室、游水池、钢琴、话匣,等等——无一不有。他们把附近的小孩子——垢面的孩子,顽皮的孩子——都招拢来,教他们游水,教他们读书,教他们打球,教他们演说辩论,组成音乐队,组成演剧团,教他们演戏奏艺。还有女医生和看护妇,天天出去访问贫家,替他们医病,帮他们接生和看护产妇。病重的,由"居留地"的人送入公家医院。因为天下贫民都是最安本分的,他们眼见那高楼大屋的大医院心里以为这定是为有钱人家造的,决不是替贫民诊病的;所以必须有人打破他们这种见解,教他们知道医院不是专为富贵人家的。还有许多贫家的妇女每日早晨出门做工,家里小孩子无人看管,所以"居留地"的人教他们把小孩子每天寄在"居留地"里,有人替他们洗浴,换洗衣服,喂他们饮食,领他们游戏。到了晚上,他们的母亲回来了,各人把小孩领回去。这种小孩子从小就在洁净慈爱的环境里长大,渐渐养成了良好习惯,回到家中,自然会把从前的种种污秽的环境改了。家中的大人也因时时同这种新生活接触,渐渐的改良了。我在纽约时,曾常常去看亨利街上的一所居留地,是华德女士(Lilian Wald)办的。有一晚我去看那条街上的贫家子弟演戏,演的是贝里(Barry)的名剧。我至今回想起来,他们演戏的程度比我们大学的新戏高得多咧!

  这种生活是我所说的"非个人主义的新生活"!是我所说的"变旧社会为新社会,变旧村为新村"的生活!这也不是用"暴力"去得来的!我希望中国的青年要做这一类的新生活,不要去模仿那跳出现社会的独善生活,我们的新村就在我们自己的旧村里!我们所要的新村是要我们自己的旧村变成的新村!

  可爱的男女少年!我们的旧村里我们可做的事业多得很咧!村上的鸦片烟灯还有多少?村上的吗啡针害死了多少人?村上缠脚的女子还有多少?村上的学堂成个什么样子?村子的绅士今年卖选票得了多少钱?村上的神庙香火还是怎么兴旺?村上的医生断送了几百条人命?村上的煤矿工人每日只拿到五个铜子,你知道吗?村上多少女工被贫穷逼去卖淫,你知道吗?村上的工厂没有避火的铁梯,昨天火起,烧死了一百多人，你知道吗？村上的童养媳妇被婆婆打断了一条腿，村上的绅士逼他的女儿饿死做烈女，你知道吗？

有志求新生活的男女少年！我们有什么权利，丢开这许多的事业去做那避世的新村生活！我们放着这个恶浊的旧村，有什么面孔，有什么良心，去寻那"和平幸福"的新村生活！

1920年1月22日

所谓"中小学文言运动"

本年5月初,汪懋祖先生在《时代公论》第一一〇号上发表了一篇《禁习文言与强令读经》,引起了吴研因先生在各报上发表反驳的文字。汪先生第一次答辩(《时代公论》第一一四号)才用了"中小学文言运动"的题目。这个月中,各地颇有讨论这个问题的文字,渐渐的离原来的论点更远了。我本来不愿意加入这个问题的讨论。今天任叔永先生送来了一篇《为全国小学生请命》,这是《独立评论》上第一次牵涉到这个问题,叔永在他的文章里把这个"论战"作了一段简单的提要,我读了觉得他的提要不很正确,所以我要补充几句,并且借这个机会说说我的一点意见。

汪懋祖的第一篇文字,条理很不清楚,因为是用很不清楚的文言写的。我细细分析,可把他的主张总括成这几点:

(一)"初级小学自以全用白话教材为宜。"

(二)"而五六年级应参教文言。不特为升学及社会应用所需,即对于不升学者,亦不当绝共研习文言之机会也。"

(三)关于中学国文科文言教材应该占多大的成分,汪先生没有明说,但他曾说:"吾只望初中能读毕《孟子》,高中能读《论语》、《学》、《庸》以及《左传》、《史记》、《诗经》、《国策》、《庄子》、《荀子》、

《韩非子》等选本,作为正课,而辅以各家文选,及现代文艺,作为课外读物。"

他的主张不过如此。这样的主张,不过是一个教育家的个人见解,本来不值得我们大惊小怪。他的文字所以引起读者的反感,全因为他在每一段里总有几句痛骂白话拥护文言的感情话,使人不能不感觉这几条简单的主张背后是充满着一股热烈的迷恋古文的感情。感情在那儿说话,所以理智往往失掉了作用。例如他说:

> 学习文言与学习语体,孰难孰易,必经心理学专家之长于文字者,做长期的测验研究,殊未可一语武断。

这好像是个学者的态度。但他下文说:

> 二者(文言与白话)各有其用,欲卓然成一作家,则所资于天力与功力,正复相同。

这就是"武断"二者难易"正复相同"了。下文他又说:

> 草写"如之何"三字,时间一秒半;草写"怎么办"三字需七秒半,时间相差六秒。文言之省便,毋待哓哓。乃必舍轻便之利器,用粗笨之工具,吾不知其何说也。

这又更进一步"武断"白话为"粗笨之工具",文言为"轻便之利器"了!然而汪先生接着又忽然下一转语:

> 或谓学习文言当较白话费力。曰,然。

这又是不待"心理学专家……长期的测验研究",而"武断"学习文言"较白话费力"了!

究竟学习白话与学习文言"孰难孰易"呢?还是"学习文言当较白话费力"呢?还是"文言之省便,毋待哓哓"呢?还是二者"正复相同"呢?还是我们应该静待"心理学专家……做长期的测验研究"呢?汪先生越说,我们越糊涂了。

这是那个所谓"中小学文言运动"的发难文字的内容。以后的讨论,更使我们看出当日发难的人和后来附和的人的心事。在《中小学文言运动》一篇里，汪先生很明白的说：

> 读经绝非恶亭，似毋庸讳言。时至今日，使各省当局如何键陈济棠辈之主张尊孔读经，可谓豪杰之士矣。

在这里我的老朋友汪懋祖先生真是"图穷而匕首见"了。至于附和的人，大都是何键陈济棠两位"豪杰之士"的同志。在《时代公论》第一一七号里，有位许梦因先生投了一篇《告白话派青年》，说：

> 白话必不可为治学工具。今用学术救国，急应恢复文言。

他痛哭流涕的控诉"白话派"：

> 其所奉行唯谨之白话，实质全系外国的而非中国的。（胡适谨按：这句话大有白话的嫌疑。许梦因先生何不把这句白话改做古文试试看？）其体势构造每非一般识字读书之中国人所能领会。可领会者，大都外国假面具社会主义之宣传，无一事一理及子实用科学，或为本国所有者。

发这样议论的人，当然够得上拥护今日一班"豪杰之士"的主张了。这个所谓"中小学文言运动"的主张和动机，不过如此。我们综合我们看见的一些讨论（惭愧的很，上海各刊物上的讨论，我们收集到的很少）。觉得《时代公论》第一一三号上龚启昌先生的一篇《读了"禁习文言与强令读经"以后》，立论很公平，其中有许多细密的议论。龚先生认清了今日白话文言之争，"是社会对于文言语体的态度问题"。他说：

> 我们试看社会上对于文言语体的态度如何？报纸影响于社会心理者最大，应能提倡语体才好。其他如官场的文告，来往的公事，虽是加上了新式标点，内容依旧是文言……就在教育界本身也还有种种矛盾的现象。日前看见报上载江苏省会考试题议决一律用文言。现在国内各大学的考试，及考试院举办的考试，更非用文言不可。……无怪乎现在的中学生（胡适按：此处及下文，原文有缺

误),甚而小学生,你不教他文言,他还要求你教他文言。中学大学入学试验的影响于学生心理与态度,比了行政机关的一纸号令,或丈人的两三篇文字,不知要大多少。

这都是一针见血的诊断。汪懋祖先生们说的"社会应用所需",其实正是这一类的"矛盾的现象"在那儿作怪。教育部屡次下令禁止小学讲习文言,并且明令初中各科教科书,除国文一小部分之外,不得用文言编撰。但教育部如何敌得过许多"豪杰之士"主持的政府机关、教育机关、考试机关、舆论机关的用全力维护古文的残喘?七八年的革命政府在这一方面只做到了去年的公文一律用新式标点的通令而已。我很佩服龚先生的说法:

> 语体文在小学里的地位,当然毫无异议。不过应当使社会尊重语体文,广为推行,一切报章公文一律改过,尤其是中学大学入学试验也要能提倡。否则一部分人提倡语体,又有一部分人在那里提倡文言,以至青年无所适从了。

> 我们既是认定了语体为提高国民文化的轻便工具,我们应当再请政府来彻底的革一下命。否则虽是十年百年也还没有结果。

可惜今日的"豪杰之士"还不肯承认龚先生的前提呵!

龚先生说的"社会的态度"的问题,我们在十七八年前早已认清楚了。满清的末年,民国的初年,也有提倡白话报的,也有提倡白话书的,也有提倡官话字母的,也有提倡简字字母的。他们的失败在于他们自己就根本瞧不起他们提倡的白话。他们自己作八股策论,却想提倡一种简易文字给老百姓和小孩子用。殊不知道他们自己不屑用的文字,老百姓和小孩子如何肯学呢?所以我们在十七八年前提倡"白话文学"的运动时,决心先把白话认做我们自己爱敬的工具;决心先认定白话不光是"开通民智"的利器,乃是创造中国文学的唯一工具。我曾说:

> 白话不是只配抛给狗吃的一块骨头,乃是我们全国人都该赏识的一件好宝贝。

这就是说：若要使白话运动成功，我们必须根本改变社会上轻视白话的态度。怎样下手呢？我们主张从试作白话文学下手。单靠几部《水浒》、《西游》、《红楼梦》是不够的。所以民国七年我在《建设的文学革命论》里，很明白的说：

> 若要造国语，必须造国语的文学。有了国语的文学，自然有国语。……真正有功效有势力的国语教科书便是国语的文学，便是国语的小说诗文剧本。……中国将来的新文学用的国语，就是将来的标准国语。

这就是说：我们下手的方法，只有全力用白话创造文学。白话文学的真美被社会公认之时，标准化的国语自然成立了。

我当时的主张，一班朋友都还不能完全了解。时势的逼迫也就不容许我的缓进的办法的实行。白话文学运动开始后的第三年，北京政府的教育部就下令改用白话做小学第一二年级的教科书了！民国十一年的新学制不但完全采用国语做小学教科书，中学也局部的用国语了！这是白话文学运动开始后第五年的事！这样急骤的改革，固然证明了我的主张的一部分：就是"白话文学"的运动果然抬高了社会对白话的态度，因而促进了白话教科书的实现。但是在那个时代，白话的教材实在是太不够用了，实在是贫乏的可怜！中小学的教科书是两家大书店编的，里面的材料都是匆匆忙忙的收集来的；白话作家太少了，选择的来源当然很缺乏；编撰教科书的人又大都是不大能作好白话文的，往往是南方作者勉强作白话；白话文学还没有标准，所以往往有不很妥帖的句子。但平心而论，民国十一年"新学制"之下的国语教科书还经过了比较细心的编纂，谨慎的审查。民国十五六年的政治大革命以后，各家书店争着编纂时髦的教科书，竞争太激烈了，各家书店都没有细心考究的时间，所以编纂审查都更潦草了；甚至于把日报上的党国要人的演说笔记都用做教科书的材料！所以这几年出的国语教科书，在文字上、在内容上，恐怕还不如民国十一二年的教科书了。

所以我们回头看这十几年出的教科书，实在不能否认这些教科书应该大大的改良。但这十几年的中小学教科书的不满人意，却也证明了我十七年前的忧虑。我当时希望有第一流的白话诗、文、戏本、传记等等出来做"真正有功效有力量的国语教科书"。但十七年来，白话文字的作品虽然在质上和量上都有了进步，究竟十七年的光阴是很短的，第一流的作家在一个短时期里是不会很多的。何况牟利的教科书商人又不肯虚心的，细心的做披沙拣金的编纂工作呢？今日社会上还有一部分人对于白话文存着轻藐的态度，我们提倡白话文学的人不应该完全怪他们的顽固，我们应该责备我们自己提倡有心而创作不够，所以不能服反对者之心。

老实说，我并不妄想"再请政府来彻底的革一下命"。我深信白话文学是必然能继长增高的发展的，我也深信白话在社会上的地位是一天会比一天抬高的。在那第一流的白话文学完全奠定标准国语之前，顽固的反对总是时时会有的。对付这种顽固的反对，不能全靠政府的"再革一下命"——虽然那也可以加速教育工具的进步——必须还靠第一流白话文学的增多。

1934 年 7 月 9 日

漫游的感想

一　东西文化的界线

我离了北京,不上几天,到了哈尔滨。在此地我得了一个绝大的发现:我发现了东西文明的交界点。

哈尔滨本是俄国在远东侵略的一个重要中心。当初俄国人经营哈尔滨的时候,早就预备要把此地辟做一个二百万居民的大城,所以一切文明设备,应有尽有;几十年来,哈尔滨就成了北中国的上海。这是哈尔滨的租界,本地人叫做"道里",现在租界收回,改为特别区。

租界的影响,在几十年中,使附近的一个村庄逐渐发展,也变成了一个繁盛的大城。这是"道外"。

"道里"现在收归中国管理了。但俄国人的势力还是很大的,向来租界时代的许多旧习惯至今还保存着。其中的一种遗风就是不准用人力车(东洋车)。"道外"的街道上都是人力车。一到了"道里",只见电车与汽车,不见一部人力车。"道外"的东洋车可以拉到"道里",但不准再拉客,只可拉空车回去。

我到了哈尔滨,看了"道里"与"道外"的区别,忍不住叹口气,自己想道：这不是东方文明与西方文明的交界点吗？东西洋文明的界线只是人力车文明与摩托车文明的界线——这是我的一大发现。

人力车又叫做东洋车，这真是确切不移。请看世界之上，人力车所至之地，北起哈尔滨，西至四川，南至南洋，东至日本，这不是东方文明的区域吗？

人力车代表的文明就是那用人做牛马的文明。摩托车代表的文明就是用人的心思才智制作出机械来代替人力的文明。把人做牛马看待，无论如何，够不上叫做精神文明。用人的智慧造作出机械来，减少人类的苦痛，便利人类的交通，增加人类的幸福——这种文明却含有不少的理想主义，含有不少的精神文明的可能性。

我们坐在人力车上，眼看那些圆颅方趾的同胞努起筋肉，弯着背脊梁，流着血汗，替我们做牛做马，施我们行远登高，为的是要挣几十个铜子去活命养家——我们当此时候，不能不感谢那发明蒸汽机的大圣人，不能不感谢那发明电力的大圣人，不能不祝福那制作汽船汽车的大圣人：感谢他们的心思才智节省了人类多少精力，减除了人类多少苦痛！你们嫌我用"圣人"一个字吗？孔夫子不说过吗？"制而用之谓之器。利用出入，民咸用之，谓之神。"孔老先生还嫌"圣"字不够，他简直要尊他们为"神"呢！

二 摩托车的文明

去年 8 月 17 日的《伦敦晚报》(*Evening Standard*)有下列的统计：

全世界的摩托车共二四，五九〇，〇〇〇辆。

全世界人口平均每七十一人有一辆摩托车。

美国每六人有车一辆。

加拿大与纽西兰每十二人有车一辆。

澳洲每二十人有车一辆。

今年 1 月 16 日纽约的《国民周报》(The Nation)有下列的统计：

全世界摩托车　二七,五〇〇,〇〇〇

美国摩托车　　二二,三三〇,〇〇〇

美国摩托车数占全世界百分之八十一。

美国人口平均每五人有车一辆。

去年(1926)美国造的摩托车凡四百五十万辆,出口五十万辆。

美国的路上,无论是大城里或乡间,都是不断的汽车。《纽约时报》上曾说一个故事：有一个北方人驾着摩托车走过 Miami 的一条大道,他开的速度是每点钟三十五英里。后面一个驾着两轮摩托车的警察赶上来问他为什么挡住大路。他说："我开的已是三十五里了。"警察喝道："开六十里！"

今年 3 月里我到费城(Philadelphia)演讲,一个朋友请我到乡间 Haverford 去住一天。我和他同车往乡间去,到了一处,只见那边停着一二百辆摩托车。我说："这里开汽车赛会吗？"他用手指道："那边不在造房子吗？这些都是木匠泥水匠坐来做工的汽车。"

这真是一个摩托车的国家！木匠泥水匠坐了汽车去做工,大学教员自己开着汽车去上课,乡间儿童上学都有公共汽车接送,农家出的鸡蛋牛乳每天都自己用汽车送上火车或直送进城。十字街头,向来总有一两家酒店的；近年酒禁实行了,十字街头往往建着汽油的小站。车多了,停车的空场遂成为都市建筑的一个大问题。此外还发生了许多连带的问题,很能使都市因此改观。例如我到丹佛城(Danver),看见墙上都没有街道的名字,我很诧异。后来才看见街名都用白漆写在马路两边的"行道"(Pavement or Side Walk)的底下,为的是要使夜间汽车灯光容易照着。这一件事便可以看出摩托车在都市经营上的影响了。

摩托车文明的好处真是一言难尽。汽车公司近年通行"分月付款"的法子,使普通人家都可以购买汽车。据最近统计,去年一年之中美国人买的汽车有三分之二是分月付钱的。这种人家向来是不肯出远门的。

如今有了汽车,旅行便利了,所以每日工作完毕之后,在家带了家中妻儿,自己开着汽车,到郊外去游玩;每星期日,可以全家到远地旅行游览。例如旧金山的金门公园,远在海滨,可以纵观太平洋上的水光岛色;每到星期日,四方男女来游的真是人山人海!这都是摩托车的恩赐。这种远游的便利可以增进健康,开拓眼界,增加知识——这都是我们在轿子文明与人力车文明底下想象不到的幸福。

最大的功效还在人的官能的训练。人的四肢五官都是要训练的;不练就不灵巧了,久不练就迟钝麻木了。中国乡间的老百姓,看见汽车来了,往往手足失措,不知道怎样回避;你尽着呜呜地压着号筒,他们只听不见;连街上的狗与鸡也只是懒洋洋地踱来摆去,不知避开。但是你若把这班老百姓请到上海来,请他们从先施公司走到永安公司去,他们便不能不用耳目手足了。走过大马路的人,真如《封神传》上的黄天化说的"须要眼观四处,耳听八方"。你若眼不明,耳不听,手足不灵动,必难免危险。这便是摩托车文明的训练。

美国的汽车大概都是各人自己驾驶的。往往一家中,父母子女都会开车。人工贵了,只有顶富的人家可以雇人开车。这种开车的训练真是"胜读十年书"!你开着汽车,两手各有职务,两脚也各有职务,眼要观四处,耳要听八方,还要手足眼耳一时并用,通力合作。你不但要会开车,还要会修车;随你是什么大学教授、诗人诗哲,到了半路车坏的时候,也不能不卷起袖管,替机器医病。什么书呆子、书蹀头、傻瓜,若受了这种训练,都不会四体不勤,五官不灵了。你们不常听见人说大学教授"心不在焉"的笑话吗?我这回新到美国,有些大学教授如孟禄博士等请我坐他们自己开的车,我总觉得有点栗栗危惧,怕他们开到半路上忽然想起什么哲学问题或天文学问题来,那才危险呢!但是我经过几回之后,才觉得这些大学教授已受了摩托车文明的洗礼,把从前的"心不在焉"的呆气都赶跑了,坐在轮子前便一心在轮子上,手足也灵活了,耳目也聪明了!猗欤休哉!摩托车的教育!

三　一个劳工代表

有些自命"先知"的人常常说："美国的物质发展终有到头的一天；到了物质文明破产的时候，社会革命便起来了。"

我可以武断地说：美国是不会有社会革命的，因为美国天天在社会革命之中。这种革命是渐进的，天天有进步，故天天是革命。如所得税的实行，不过是十四年来的事，然而现在所得税已成了国家税收的一大宗，巨富的家私有纳税百分之五十以上的。这种"社会化"的现象随地都可以看见。美国近年的变化是资本集中而所有权分散在民众。一个公司可以有一万万的资本，而股票可由雇员与工人购买，故一万万元的资本就不妨有一万人的股东。近年移民进口的限制加严，贱工绝迹，故国内工资天天增长；工人收入既丰，多有积蓄，往往购买股票，逐渐成为小资本家。不但白人如此，黑人的生活也逐渐抬高。纽约城的哈伦区，向为白人居住的，十年之中土地房屋全被发财的黑人买去了，遂成了一片五十万人的黑人区域。人人都可以做有产阶级。

我且说一件故事。

我在纽约时，有一次被邀去参加一个"两周讨论会"（Fortnightly Forum）。这一次讨论的题目是"我们这个时代应该叫什么时代"？18世纪是"理智时代"，19世纪是"民治时代"，这个时期应该叫什么？究竟是好是坏？

依这个讨论会规矩，这一次请了六位客人做辩论员：一个是俄国克伦斯基革命政府的交通总长；一个是印度人；一个是我；一个是有名的"效率工程师"（Efficiency Engineer），是一位老女士；一个是纽约有名的牧师 Holmes；一个是工会代表。

有些人的话是可以预料的。那位印度人一定痛骂这个物质文明时代；那位俄国交通总长一定痛骂鲍尔雪维克；那位牧师一定是很悲观的；我一定是很乐观的；那位女效率专家一定鼓吹她的效率主义。一言表过不提。

单说那位劳工代表 Frahne 先生。他站起来演说了。他穿着晚餐礼服,挺着雪白的硬衬衫,头发苍白了。他站起来,一手向里面衣袋里抽出一卷打字的演说稿,一手向外面袋里摸出眼镜盒,取出眼镜戴上。他高声演说了。

他一开口便使我诧异。他说:我们这个时代可以说是人类有历史以来最好的最伟大的时代,最可惊叹的时代。

这是他的主文。以下他一条一条地举例来证明这个主旨。他先说科学的进步,尤其注重医学的发明;次说工业的进步;次说美术的新贡献,特别注重近年的新音乐与新建筑。最后他叙述社会的进步,列举资本制裁的成绩、劳工待遇的改善、教育的普及、幸福的增加。他在十二分钟之内描写世界人类各方面的大进步,证明这个时代是人类有史以来最好的时代。

我听了他的演说,忍不住对自己说道:这才是真正的社会革命。社会革命的目的就是要做到向来被压迫的社会分子能站在大庭广众之中,歌颂他的时代为人类有史以来最好的时代。

四　往西去

我在莫斯科住了三天,见着一些中国共产党的朋友,他们很劝我在俄国多考察一些时。我因为要赶到英国去开会,所以不能久留。那时冯玉祥将军在莫斯科郊外避暑,我听说他很崇拜苏俄,常常绘画列宁的肖像。我对他的秘书刘伯坚诸君说:我很盼望冯先生从俄国向西去看看。即使不能看美国,至少也应该看看德国。

我的老朋友李大钊先生在他被捕之前一两月曾对北京的朋友说:"我们应该写信给适之,劝他仍旧从俄国回来,不要让他往西去打美国回来。"但他说这话时,我早已到了美国了。

我希望冯玉祥先生带了他的朋友,往西去看看德国美国;李大钊先生却希望我不要往西去。要明白此中的意义,且听我再说一件有趣味的故事。

我在日本时,同了马伯援先生去访问日本最有名的经济学家福田德三博士。我说:"福田先生,听说先生新近到欧洲游历回来之后,先生的思想主张颇有改变,这话可靠吗?"

他说:"没有什么大的改变。"

我问:"改变的大致是什么?"

他说:"从前我主张社会政策;这次从欧洲回来之后,我不主张这种妥协的缓和的社会政策了。我现在以为这其间只有两条路:不是纯粹的马克思派社会主义,就是纯粹的资本主义。没有第三条路。"

我说:"可惜先生到了欧洲不曾走的远点,索性到美国去看看,也许可以看见第三条路,也未可知。"

福田博士摇头说:"美国我不敢去,我怕到了美国会把我的学说完全推翻了。"

我说:"先生这话使我颇失望。学者似乎应该尊重事实。若事实可以推翻学说,那么,我们似乎应该抛弃那学说,另寻更满意的假设。"

福田博士摇头说:"我不敢到美国去。我今年五十五了,等到我六十岁时,我的思想定了,不会改变了,那时候我要往美国看看去。"

这一次的谈话给了我一个绝大的刺激。世间的大问题决不是一两个抽象名词(如"资本主义""共产主义"等等)所能完全包括的。最要紧的是事实。现今许多朋友却只高谈主义,不肯看看事实。孙中山先生曾引外国俗语说"社会主义有五十七种,不知那一种是真的"。岂但社会主义有五十七种?资本主义还不止五百七十种呢!拿一个"赤"字抹杀新运动,那是张作霖吴佩孚的把戏。然而拿一个"资本主义"来抹杀一切现代国家,这种眼光究竟比张作霖吴佩孚高明多少?

朋友们，不要笑那位日本学者。他还知道美国有些事实足以动摇他的学说，所以他不敢去。我们之中却有许多人决不承认世上会有事实足以动摇我们的迷信的。

五 东方人的"精神生活"

我到纽约后的第十天——1月21日——《纽约时报》上登出一条很有趣味的新闻：

> 昨天下午1点钟，纽吉赛邦的恩格儿坞（Englewood, N. J.）的山郎先生住宅面前，围了许多男男女女、小孩子、小狗，等着要看一位埃及道人（Fakir）名叫哈密（Hamid Bey）的被活埋的奇事。
>
> 哈密道人站在那掘好的坟坑旁边；微微的雨点洒在他的飘飘的长袍上。他身边站着两个同道的助手。
>
> 人越来越多了。到了1点1分的时候，哈密道人忽然倒在地下，不省人事了。两个请来的医生同了三个报馆访员动手把他的耳朵、鼻子、嘴，都用棉花塞好。随后便有人来把哈密道人抬下坟坑，放在坟里的内穴里。他脸上撒了一薄层的沙。内穴上面用木板盖好。
>
> 内穴上面还有三尺深的空坑，他们也用泥土填满了。填满了后，活埋的工作算完了。
>
> 到场的许多人都走进山郎先生的家里去吃茶点。山郎夫人未嫁之前就是那位绰号"千眼姑娘"的李麻小姐。她在那边招待来宾，大家谈着"人生无涯"一类的问题，静候那活埋道人的复活。
>
> 一点钟过去了。……一点半过去了。……两点钟过去了。
>
> 到了下午4点，三个爱耳兰的工人动手把坟掘开。三个黑种工人站在旁边陪着——也许是给那三个白种同伴镇压邪鬼罢。

4点钟敲过不久,哈密道人扶起来了。扶到了空气里,他便颤动了,渐渐活过来了。他低低地喊了一声"胡帝尼",微微一笑,他回生了。

他未埋之先,医生验过他的脉跳是七十二,呼吸是十八。复活之后,脉跳与呼吸仍是七十二与十八。他在坑里足足埋了两点五十二分。

这回的安排布置全是勒乌公司(Loew's)的杜纳先生办理的。杜纳先生说,本想同这位埃及道人订一个"杂耍戏"的契约,不过还得考虑一会,因为看戏的人等不得三个钟头就都会跑光了。

哈密道人却很得意,他说他还可以活埋三天咧。

美国是个有钱的地方,世界各国的奇奇怪怪的宗教掮客都赶到这里来招揽信徒,炫卖花样。前一年,有个埃及道人名叫拉曼(Rahman)的,自称能收敛心神,停止呼吸。他当大众试验,闭在铁棺内,沉在赫贞河里,过一点钟之久。当时美国有大幻术家胡帝尼(Harry Houdini)研究此事,说这不是停止呼吸,乃是一种"浅呼吸",是可以操练出来的。胡帝尼自己练习,到了去年夏间,他也公开试验:睡在铁棺里,叫人沉在纽约谢尔敦大旅馆的水池里,过了一点半钟,方才捞起来。开棺之后,依然复生,不过脉跳增加至一百四十二跳而已。胡帝尼的成绩比拉曼加长半点钟,颇能使人明白这种把戏不过是一种技术上的训练,并没有什么精神作用。

胡帝尼死后,这班东方道人还不服气,所以有今年1月20日哈密道人的公开试验。哈密的成绩又比胡帝尼加长了八十二分钟,应该够得上和勒乌公司订六个月的"杂耍戏"的契约了,然而杜纳先生又嫌活埋三点钟太干燥无味了,怕不能号召看戏的群众!可惜,可惜!大概哈密先生和他的道友们后来仍旧回到东方去继续他们的"内心生活"了罢。

胡帝尼试验的精神是很可佩服的。其实即使这班东方道人真能活埋三点钟以至三天,完全停止呼吸,这又算得什么精神生活?这里面那有什么"精神的分子"?泥里的蚯蚓,以至一切冬天蛰伏的爬虫,不是都能这样吗？

六　麻　将

前几年，麻将牌忽然行到海外，成为出口货的一宗。欧洲与美洲的社会里，很有许多人学打麻将的；后来日本也传染到了。有一个时期，麻将竟成了西洋社会里最时髦的一种游戏：俱乐部里差不多桌桌都是麻将，书店里出了许多种研究麻将的小册子，中国留学生没有钱的可以靠教麻将吃饭挣钱。欧美人竟发了麻将狂热了。

谁也梦想不到东方文明征服西洋的先锋队却是那一百三十六个麻将军！

这回我从西伯利亚到欧洲，从欧洲到美洲，从美洲到日本，十个月之中，只有一次在日本京都的一个俱乐部里看见有人打麻将牌。在欧美简直看不见麻将了。我曾问过欧洲和美国的朋友，他们说："妇女俱乐部里，偶然还可以看见一桌两桌打麻将的，但那是很少的事了。"我在美国人家里，也常看见麻将牌盒子——雕刻装潢很精致的——陈列在室内，有时一家竟有两三副的。但从不见主人主妇谈起麻将，他们从不向我这位麻将国的代表请教此中的玄妙！麻将在西洋已成了架上的古玩了，麻将的狂热已退凉了。

我问一个美国朋友，为什么麻将的狂热过去的这样快？他说："女太太们喜欢麻将，男子们却很反对，终于是男子们战胜了。"

这是我们意想得到的。西洋的勤劳奋斗的民族决不会做麻将的信徒，决不会受麻将的征服。麻将只是我们这种好闲爱荡、不爱惜光阴的"精神文明"的中华民族的专利品。

当明朝晚年，民间盛行一种纸牌，名为"马吊"。马吊中有四十张牌，有一文至九文，一千至九千，一万至九万等，等于麻将牌的筒子、索子、万子。还有一张"零",即是"白板"的祖宗。还有一张"千万",即是徽州纸牌的"千万"。马吊牌上每张上画有《水浒传》的人物。徽州纸牌上的"王英"即是矮脚虎王英的遗迹。乾隆嘉庆间人汪师韩的全集里收有几种明人的马吊牌(在《丛睦汪氏丛书》内)。

马吊在当日风行一时,士大夫整日整夜的打马吊,把正事都荒废了。所以明亡之后,吴梅村作《绥寇纪略》说,明之亡是亡于马吊。

三百年来,四十张的马吊逐渐演变,变成每样五张的纸牌,近七八十年中又变为每样四张的麻将牌。(马吊三人对一人,故名"马吊脚",省称"马吊";"麻将"称"麻雀"的音变,"麻雀"为"马脚"的音变。)越变越繁复巧妙了,所以更能迷惑人心,使国中的男男女女,无论富贵贫贱,不分日夜寒暑,把精力和光阴葬送在这一百三十六张牌上。

英国的"国戏"是 Cricket,美国的"国戏"是 Baseball,日本的"国戏"是角抵。中国呢?中国的"国戏"是麻将。

麻将平均每四圈费时约两点钟。少说一点,全国每日只有一百万桌麻将,每桌只打八圈,就得费四百万点钟,就是损失十六万七千日的光阴,金钱的输赢,精力的消磨,都还在外。

我们走遍世界,可曾看见那一个长进的民族、文明的国家,肯这样荒时废业的吗?一个留学日本的朋友对我说:"日本人的勤苦真不可及!到了晚上,登高一望,家家板屋里都是灯光;灯光之下,不是少年人跳着读书,便是老年人跪着翻书,或是老妇人跪着做活计。到了天明,满街上,满电车上都是上学去的儿童。单只这一点勤苦就可以征服我们了。"

其实何止日本?凡是长进的民族都是这样的。只有咱们这种不长进的民族以"闲"为幸福,以"消闲"为急务,男人以打麻将为消闲,女人以打麻将为家常,老太婆以打麻将为下半生的大事业!

从前的革新家说中国有三害:鸦片、八股、小脚。鸦片虽然没禁绝,总算是犯法的了。虽然还有作"洋八股"与更时髦的"党八股"的,但八股的四书文是过去的了。小脚也差不多没有了。只有这第四害——麻将,还是日兴月盛,没有一点衰歇的样子,没有人说它是可以亡国的大害。

新近麻将先生居然大摇大摆地跑到西洋去招摇一次，几乎做了鸦片与杨梅疮的还敬礼物。但如今它仍旧缩回来了，仍旧回来做东方精神文明的国家的"国粹"、"国戏"！

后　记

"漫游的感想"本不止这六条，我预备写四五十条，作成一本游记。但我当时正在赶写《白话文学史》，忙不过来，便把游记搁下来了。现在我把这六条保存在这里，因为游记专书大概是写不成的了。

1930 年 3 月 10 日

信心与反省

这一期《独立》里有寿生先生的一篇文章,题为《我们要有信心》。在这文里,他提出一个大问题:中华民族真不行吗?他自己的答案是:我们是还有生存权的。

我很高兴我们的青年在这种恶劣空气里还能保持他们对于国家民族前途的绝大信心。这种信心是一个民族生存的基础,我们当然是完全同情的。

可是我们要补充一点:这种信心本身要建筑在稳固的基础之上,不可站在散沙之上。如果信仰的根据不稳固,一朝根基动摇了,信仰也就完了。

寿生先生不赞成那些旧人"拿什么五千年的古国哟,精神文明哟,地大物博哟,来遮丑"。这是不错的。然而他自己提出的民族信心的根据,依我看来,文字上虽然和他们不同,实质上还是和他们同样的站在散沙之上,同样的挡不住风吹雨打。例如他说:

> 我们今日之改进不如日本之速者,就是因为我们的固有文化太丰富了。富于创造性的人,个性必强,接受性就较缓。

这种思想在实质上和那五千年古国精神文明的迷梦是同样的无稽的夸大。第一,他的原则"富于创造性的人,个性必强,接受性就较缓",这个大前提就是完全无稽之谈,就是懒惰的中国士大夫捏造出来替自己遮丑的胡说。事实上恰是相反的:凡富于创造性的人必敏于模仿,凡不善模仿的人决不能创造。创造是一个最误人的名词,其实创造只是模仿到十足时的一点点新花样。古人说的最好:"太阳之下,没有新的东西。"一切所谓创造都从模仿出来。我们不要被新名词骗了。新名词的模仿就是旧名词的"学"字;"学之为言效也"是一句不磨的老话。例如学琴,必须先模仿琴师弹琴;学画必须先模仿画师作画;就是画自然界的景物,也是模仿。模仿熟了,就是学会了,工具用的熟了,方法练的细密了,有天才的人自然会"熟能生巧",这一点功夫到时的奇巧新花样就叫做创造。凡不肯模仿,就是不肯学人的长处。不肯学如何能创造?葛理略(Galileo)听说荷兰有个磨镜匠人做成了一座望远镜,他就依他听说的造法,自己制造了一座望远镜。这就是模仿,也就是创造。从17世纪初年到如今,望远镜和显微镜都年年有进步,可是这三百年的进步,步步是模仿,也步步是创造。一切进步都是如此:没有一件创造不是先从模仿下手的。孔子说的好:

> 三人行,必有我师焉:择其善者而从之,其不善者而改之。

这就是一个圣人的模仿。懒人不肯模仿,所以决不会创造。一个民族也和个人一样,最肯学人的时代就是那个民族最伟大的时代;等到它不肯学人的时候,它的盛世已过去了,它已走上衰老僵化的时期了,我们中国民族最伟大的时代,正是我们最肯模仿四邻的时代:从汉到唐宋,一切建筑、绘画、雕刻、音乐、宗教、思想、算学、天文、工艺,哪一件里没有模仿外国的重要成分?佛教和它带来的美术建筑,不用说了。从汉朝到今日,我们的历法改革,无一次不是采用外国的新法;最近三百年的历法是完全学西洋的,更不用说了。到了我们不肯学人家的好处的时候,我们的文化也就不进步了。我们到了民族中衰的时代,只有懒劲学印度人的吸食鸦片,却没有精力学满洲人的不缠脚,那就是我们自杀的法门了。

第二,我们不可轻视日本人的模仿。寿生先生也犯了一般人轻视日本的恶习惯,抹杀日本人善于模仿的绝大长处。日本的成功,正可以证明我在上文说的"一切创造都从模仿出来"的原则。寿生说：

> 从唐以至日本明治维新，千数百年间，日本有一件事足为中国取镜者吗？中国的学术思想在它手里去发展改进过吗？我们实无法说有。

这又是无稽的诬告了。三百年前，朱舜水到日本，他居留久了，能了解那个岛国民族的优点，所以他写信给中国的朋友说，日本的政治虽不能上比唐虞，可以说比得上三代盛世。这一个中国大学者在长期寄居之后下的考语是值得我们注意的。日本民族的长处全在他们肯一心一意的学别人的好处。他们学了中国的无数好处，但始终不曾学我们的小脚、八股文、鸦片烟。这不够"为中国取镜"吗？他们学别国的文化，无论在那一方面，凡是学到家的，都能有创造的贡献。这是必然的道理，浅见的人都说日本的山水人物画是模仿中国的，其实日本画自有他的特点，在人物方面的成绩远胜过中国画，在山水方面也没有走上"四王"的笨路；在文学方面，他们也有很大的创造。近年已有人赏识日本的小诗了。我且举一个大家不甚留意的例子。文学史家往往说日本的《源氏物语》等作品是模仿中国唐人的小说《游仙窟》等书的。现今《游仙窟》已从日本翻印回中国来了，《源氏物语》也有了英国人卫来先生（Arthur Waley）的五巨册的译本。我们若比较这两部书，就不能不惊叹日本人创造力的伟大。如果"源氏"真是从模仿《游仙窟》出来的，那真是徒弟胜过师傅千万倍了！寿生先生原文里批评日本的工商业，也是中了成见的毒。日本今日工商业的长脚发展，虽然也受了生活程度比人低和货币低落的恩惠，但他的根基实在是全靠科学与工商业的进步。今日大阪与兰肯歇的竞争，骨子里还是新式工业与旧式工业的竞争。日本今日自造的纺织器是世界各国公认为最新最良的。今日英国纺织业也不能不购买日本的新机器了。这是从模仿到创造的最好的例子。不然，我们工人的工资比日本更低，货币平常也比日本钱更贱，为什么我们不能"与他国资本家抢商场"呢？我们到了今日，若还要抹杀事实，笑人模仿，而自居于"富于创造性者"的不屑模仿，那真是盲目的夸大狂了。

第三,再看看"我们的固有文化"是不是真的"太丰富了"。寿生和其他夸大本国固有文化的人们,如果真肯平心想想,必然也会明白这句话也是无根的乱谈。这个问题太大,不是这篇短文里所能详细讨论的,我只能指出这个比较重要之点,使人明白我们的固有文化实在是很贫乏的,谈不到"太丰富"的梦话,近代的科学文化、工业文化,我们可以撇开不谈,因为在那些方面,我们的贫乏未免太丢人了。我们且谈谈老远的过去时代罢。我们的周秦时代当然可以和希腊、罗马相提比论,然而我们如果平心研究希腊、罗马的文学、雕刻、科学、政治,单是这四项就不能不使我们感觉我们的文化的贫乏了。尤其是造型美术与算学的两方面,我们真不能不低头愧汗。我们试想想,《几何原本》的作者欧几里得(Euclid)正和孟子先后同时;在那么早的时代,在两千多年前,我们在科学上早已太落后了!(少年爱国的人何不试拿《墨子·经上篇》里的三五条几何学界说来比较《几何原本》?)从此以后,我们所有的,欧洲也都有;我们所没有的,人家所独有的,人家都比我们强。试举一个例子:欧洲有三个一千年的大学,有许多个五百年以上的大学,至今继续存在,继续发展;我们有没有?至于我们所独有的宝贝,骈文、律诗、八股、小脚、太监、姨太太、五世同居的大家庭、贞节牌坊、地狱活现的监狱、廷杖、板子夹棍的法庭……虽然"丰富",虽然"在这世界无不足以单独成一系统",究竟都是使我们抬不起头来的文物制度。即如寿生先生指出的"那更光辉万丈"的宋明理学,说起来也真正可怜!讲了七八百年的理学,没有一个理学圣贤起来指出裹小脚是不人道的野蛮行为,只见大家崇信"饿死事极小,失节事极大"的吃人礼教:请问那万丈光辉究竟照耀到那里去了?

以上说的,都只是略略指出寿生先生代表的民族信心是建筑在散沙上面,禁不起风吹草动,就会倒塌下来的。信心是我们需要的,但无根据的信心是没有力量的。

可靠的民族信心,必须建筑在一个坚固的基础之上,祖宗的光荣自是祖宗之光荣,不能救我们的痛苦羞辱。何况祖宗所建的基业不全是光荣呢？我们要指出：我们的民族信心必须站在"反省"的唯一基础之上。反省就是要闭门思过，要诚心诚意的想，我们祖宗的罪孽深重，我们自己的罪孽深重，要认清了罪孽所在，然后我们可以用全副精力去消灾减罪。寿生先生引了一句"中国不亡是无天理"的悲叹词句，他也许不知道这句伤心的话是我十三四年前在中央公园后面柏树下对孙伏园先生说的，第二天被他记在《晨报》上，就流传至今。我说出那句话的目的，不是要人消极，是要人反省；不是要人灰心，是要人起信心，发下大宏誓来忏悔，来替祖宗忏悔，替我们自己忏悔；要发愿造新因来替代旧日种下的恶因。

  今日的大患在于全国人不知耻，所以不知耻者只是因为不曾反省。一个国家兵力不如人，被人打败了，被人抢夺了一大块土地去，这不算是最大的耻辱。一个国家在今日还容许整个的省份遍种鸦片烟，一个政府在今日还要依靠鸦片烟的税收——公卖税、吸户税、烟苗税、过境税——来做政府的收入的一部分，这是最大的耻辱。一个现代民族在今日还容许他们的最高官吏公然提倡什么"时轮金刚法会"、"息灾利民法会"，这是最大的耻辱。一个国家有五千年的历史，而没有一个四十年的大学，甚至于没有一个真正完备的大学，这是最大的耻辱。一个国家能养三百万不能捍卫国家的兵，而至今不肯计划任何区域的国民义务教育，这是最大的耻辱。

  真诚的反省自然发生与真诚的愧耻。孟子说的好："不耻不若人，何若人有？"真诚的愧耻自然引起向上的努力，要发宏愿努力学人家的好处，划除自家的罪恶。经过这种反省与忏悔之后，然后可以起新的信心：要信仰我们自己正是拨乱反正的人，这个担子必须我们自己来挑起。三四十年的天足运动已经差不多完全划除了小脚的风气：从前大脚的女人要装小脚，现在小脚的女人要装大脚了。风气转移的这样快，这不够坚定我们的自信心吗？

  历史的反省自然使我们明了今日的失败都是因为过去的不努力，同时也可以使我们格外明了"种瓜得瓜，种豆得豆"的因果铁律。划除过去的罪孽只是割断已往种下的果。我们要收新果，必须努力造新因。祖宗生在过去的时代，他们没有我们今日的新工具，也居然能给我们留下了不少的遗产。我们今日有了祖宗不曾梦见的种种新工具，当然应该有比祖宗高明千百倍的成绩，才对得起这个新鲜的世界。日本一个小岛国，那么贫瘠的土地，那么少的人民，只因为伊藤博文、大久保利通、西乡隆盛等几十个人的努力，只因为他们肯拼命的学人家，肯拼命的用这个世界的新工具，居然在半个世纪之内一跃而为世界三五大强国之一。这不够鼓舞我们的信心吗？

反省的结果应该使我们明白那五千年的精神文明，那"光辉万丈"的宋明理学，那并不太丰富的固有文化都是无济于事的银样镴枪头。我们的前途在我们自己的手里。我们的信心应该望在我们的将来。我们的将来全靠我们下什么种，出多少力。"播了种一定会有收获，用了力决不至于白费。"——这是翁文灏先生要我们有的信心。

1934 年 5 月 28 日

三论信心与反省

自从《独立》第一〇三号发表了那篇《信心与反省》之后,我收到了不少的讨论,其中有几篇已在《独立》登出了。我们读了这些和还有一些未发表的讨论,忍不住还要提出几个值得反复申明的论点来补充几句话。

第一个论点是:我们对于我们的"固有文化",究竟应该采取什么态度?吴其玉先生怪我"把中国文化压得太低了",寿生先生也怪我把中国文化"抑"的太过火了。他们都怕我把中国看的太低了,会造成"民族自暴自弃的心理,造成它对于其他民族屈服卑鄙的心理"。吴其玉先生说:我们"应该优劣并提。不可只看人家的长,我们的短;更应当知道我们的长,人家的短。这样我们才能有努力的勇气"。

这些责备的话,含有一种共同的心理,就是不愿意揭穿固有文化的短处,更不愿意接受"祖宗罪孽深重"的控诉。一听见有人指出"骈文、律诗、八股、小脚、太监、姨太太、贞节牌坊、地狱的监牢、板子夹棍的法庭"等等,一般自命为爱国的人们总觉得心里怪不舒服,总要想出法子来证明这些"未必特别羞辱我们",因为这些都是"不可免的现象","无论古今中外是一样的"(吴其玉先生的话)。所以吴其玉先生指出日本的"下女、男女同浴、自杀、暗杀、娼妓的风行、贿赂、强盗式的国际行为";所以寿生先生也指出欧洲中古武士的"初夜权"、"贞操锁"。所以子固先生也要问:"欧洲可有一个文化系统过去没有类似小脚、太监、姨太太、骈文、律诗、八股、地狱活现的监狱、廷杖、板子夹棍的法庭一类的丑处呢?"本期《独立》有周作人先生来信,指出这又是"西洋也有臭虫"的老调。这种心理实在不是健全的心理,只是"遮羞"的一个老法门而已。从前笑话书上说:甲乙两人同坐,甲摸着身上一个虱子,有点难为情,把它抛在地上,说:"我道是个虱子,原来不是的。"乙偏不识窍,弯身下去,把虱子拾起来,说:"我道不是个虱子,原来是个虱子!"甲的做法,其实不是除虱的好法子。乙的做法,虽然可恼,至少有"实事求是"的长处。虱子终是虱子,臭虫终是臭虫,何必讳呢?何必问别人家有没有呢?

况且我原来举出的"我们所独有的宝贝":骈文、律诗、八股、小脚、太监、姨太太、五世同居的大家庭、贞节牌坊、地狱的监牢、廷杖、板子夹棍的法庭,这十一项,除姨太太外,差不多全是"我们所独有的","在这世界无不足以单独成一系统的"。高跟鞋与木屐何足以媲美小脚?"贞操锁"我在巴黎的克吕尼博物院看见过,并且带有照片回来,这不过是几个色情狂的私人的特制,万不配比那普及全国至一千多年之久,诗人颂为"香钩",文人尊为"金莲"的小脚。我们走遍世界,研究过初民社会,没有看见过一个文明的或野蛮的民族把他们的女人的脚裹小到三四寸,裹到骨节断折残废,而一千年公认为"美"的!也没有看见过一个文明的民族的知识阶级有话不肯老实的说,必须凑成对子,做成骈文律诗律赋八股,历一千几百年之久,公认为"美"的!无论我们如何爱护祖宗,这十项的"国粹"是洋鬼子家里搜不出来的。

况且西洋的"臭虫"是装在玻璃盒里任人研究的,所以我们能在巴黎的克吕尼博物院纵观高跟鞋的古今沿革,纵观"贞操锁"的制法,并且可以在博物院中购买精制的"贞操锁"的照片寄回来让国中人士用做"西洋也有臭虫"的实例。我们呢?我们至今可有一个历史博物馆敢于收集小脚鞋样、模型、图画，或鸦片烟灯、烟枪、烟膏，或廷杖、板子、闸床、夹棍等等极重要的文化史料，用历史演变的原理排列展览，供全国人的研究与警醒的吗？因为大家都要以为灭迹就可以遮羞，所以青年一辈人全不明白祖宗造的罪孽如何深重，所以他们不能明白国家民族何以堕落到今日的地步，也不能明白这三四十年的解放与改革的绝大成绩。不明白过去的黑暗，所以他们不认得今日的光明；不懂得祖宗罪孽的深重，所以他们不能知道这三四十年革新运动的努力并非全无效果。我们今日所以还要郑重指出八股、小脚、板子、夹棍等等罪孽，岂是仅仅要宣扬家丑？我们的用意只是要大家明白我们的脊梁上驮着那两三千年的罪孽重担，所以几十年的不十分自觉的努力还不能够叫我们海底翻身。同时我们也可以从这种历史的知识上得着一种坚强的信心：三四十年的一点点努力已可以废除三千年的太监、一千年的小脚、六百年的八股、四五百年的男娼、五千年的酷刑，这不够使我们更决心向前努力吗！西洋人把高跟鞋、细腰模型、贞操锁都装置在博物院里，任人观看，叫人明白那个"美德造成的黄金世界"原来不在过去，而在那辽远的将来。这正是鼓励人们向前努力的好方法，是我们青年人不可不知道的。

固然，博物院里同时也应该陈列先民的优美成绩，谈固有文化的也应该如吴其玉先生说的"优劣并提"。这虽然不是我们现在讨论的本题（本题是"我们的固有文化真是太丰富了吗"），我们也可以在此谈谈。我们的固有文化究竟有什么"优""长"之处呢？我是研究历史的人，也是个有血气的中国人，当然也时常想寻出我们这个民族的固有文化的优长之处。但我寻出来的长处实在不多，说出来一定叫许多青年人失望。依我的愚见，我们的固有文化有三点是可以在世界上占数一数二的地位的：第一是我们的语言的"文法"是全世界最容易最合理的。第二是我们的社会组织，因为脱离封建时代最早，所以比较的是很平等的，很平民化的。第三是我们的先民，在印度宗教输入以前，他们的宗教比较的是最简单的，最近人情的；就在印度宗教势力盛行之后，还能勉力从中古宗教之下爬出来，勉强建立一个人世的文化；这样的宗教迷信的比较薄弱，也可算是世界稀有的。然而这三项都夹杂着不少的有害的成分,都不是纯粹的长处。文法是最合理的简易的,可是文学的形体太繁难,太不合理了。社会组织是平民化了,同时也因为没有中坚的主力,所以缺乏领袖,又不容易组织,弄成一个一盘散沙的国家;又因为社会没有重心,所以一切风气都起于最下层而不出于最优秀的分子,所以小脚起于舞女,鸦片起于游民,一切赌博皆出于民间,小说戏曲也皆起于街头弹唱的小民。至于宗教,因为古代的宗教太简单了,所以中间全国投降了印度宗教,造成了一个长期的黑暗迷信的时代,至今还留下了不少的非人生活的遗痕。——然而这三项究竟还是我们在这个世界上最特异的三点:最简易合理的文法、平民化的社会构造、薄弱的宗教心。此外,我想了二十年,实在想不出什么别的优长之点了。如有别位学者能够指出其他的长处来,我当然很愿意考虑的。(这个问题当然不是一段短文所能讨论的,我在这里不过提出一个纲要而已。)

所以,我不能不被逼上"固有文化实在太不丰富"之结论了。我以为我们对于固有的文化,应该采取历史学者的态度,就是"实事求是"的态度。一部文化史平铺放着,我们可以平心细看:如果真是丰富,我们又何苦自讳其丰富?如果真是贫乏,我们也不必自讳其贫乏。如果真是罪孽深重,我们也不必自讳其罪孽深重。"实事求是",才是最可靠的反省。自认贫乏,方才肯死心塌地的学;自认罪孽深重,方才肯下决心去消除罪愆。如果因为发现了自家不如人,就自暴自弃了,那只是不肖的纨袴子弟的行径,不是我们的有志青年应该有的态度。

话说长了,其他的论点不能详细讨论了,姑且讨论第二个论点,那就是模仿与创造的问题。吴其玉先生说文化进步发展的方式有四种:1. 模仿,2. 改进,3. 发明,4. 创作。这样分法,初看似乎有理,细看是不能成立的。吴先生承认"发明"之中"很多都由模仿来的"。"但也有许多与旧有的东西毫无关系的"。其实没有一件发明不是由模仿来的。吴先生举了两个例:一是瓦特的蒸汽力,一是印字术。他若翻开任何可靠的历史书,就可以知道这两件也是从模仿旧东西出来的。印字术是模仿抄写,这是最明显的事:从抄写到刻印章,从刻印章到刻印版画,从刻印版画到刻印符咒短文,逐渐进到刻印大部书,又由刻版进到活字排印,历史具在,哪一个阶段不是模仿前一个阶段而添上的一点新花样?瓦特的蒸汽力,也是从模仿来的。瓦特生于1736年,他用的是牛可门(Newcomen)的蒸汽机,不过加上第二个凝冷器及其他修改而已。牛可门生于1663年,他用了同时人萨维里(Savery)的蒸汽机,牛、萨两人又都是根据法国人巴平(Denis Papin)的蒸汽唧筒。巴平又是模仿他的老师荷兰人胡根斯(Huygens)的空气唧筒的(Kaempffert: *Modern Wonder Workers*)。吴先生举的两个"发明"的例子,其实都是我所说的"模仿到十足时的一点新花样"。吴先生又说:"创作也须靠模仿为入手,但只模仿是不够的。"这和我的说法有何区别?他把"创作"归到"精神文明"方面,如美术、音乐、哲学等。这几项都是"模仿以外,还须有极高的开辟天才和独立精神"。我的说法并不曾否认天才的重要。我说的是:

> 模仿熟了,就是学会了,工具用的熟了,方法练的细密了,有天才的人自然会"熟能生巧",这一点功夫到时的奇巧新花样就叫做创造。

吴先生说,"创造须由模仿入手";我说,"一切所谓创造都从模仿出来"。我看不出有一丝一毫的分别。

如此看来,吴先生列举的四个方式,其实只有一个方式:一切发明创作都从模仿出来。没有天才的人只能死板的模仿;天才高的人,功夫到时,自然会改善一点,改变的稍多一点。新花样添的多了,就好像是一件发明或创作了,其实还只是模仿功夫深时添上的一点新花样。

这样的说法,比较现时一切时髦的创造论似乎要减少一点弊窦。今日青年人的大毛病是误信"天才"、"灵感"等等最荒谬的观念,而不知天才没有功力只能蹉跎自误,一无所成。世界大发明家爱迭生说的最好:"天才(Genius)是一分神来,九十九分汗下。"他所谓"神来"(Inspiration),即是玄学鬼所谓"灵感"。用血汗苦功到了九十九分时,也许有一分的灵巧新花样出来,那就是创作了。颓废懒惰的人,痴待"灵感"之来,是终无所成的。

寿生先生引孔子的话:"吾尝终日不食,终夜不寝,以思无益,不如学也。"这一位最富于常识的圣人的话是值得我们大家想想的。

1934年6月25日

科学的人生观

今天讲的题目,就是"科学的人生观",研究人是什么东西?在宇宙中占据什么地位?人生究竟有何意味?因为少年人近来觉得很烦闷,自杀、颓废的都有,我比较至少多吃了几斤盐、几担米,所以来计划计划,研究自身人的问题。至于人生观,各人不同,都随环境而改变,不可以一个人的人生观去统理一切;因为公有公理,婆有婆理,我们至少要以科学的立场,去研究它,解决它。"科学的人生观"有两个意思:第一拿科学做人生观的基础;第二拿科学的态度、精神、方法,做我们生活的态度、生活的方法。

现在先讲第一点,就是人生是什么?人生是啥物事?拿科学的研究结果来讲,我在民国十二年发表了十条,这十条就是武昌有一个主教,称为新的"十诫",说我是中华基督教的危险物的。十条内容如下:

(一)要知道空间的大。拿天文、物理考察,得着宇宙之大;从前孙行者翻筋斗,一翻翻到南天门,一翻翻到下界,天的观念,何等的小?现在从地球到银河中间的最近的一个星,中间距离,照孙行者一秒钟翻十万八千里的速率计算,恐怕翻一万万年也翻不到,宇宙是何等的大?地球是宇宙间的沧海之一粟,九牛之一毛;我们人类,更是小,真是不成东西的东西!以前看得人的地位太重了,以为是万物之灵,同大地并行,凡是政治不良,就有彗星、地震的征象,这是错的。从前王充很能见得到,说,一个虱子不能改变那裤子里的空气,和那人类不能改变皇天一样。所以我们眼光要大。

(二)时间是无穷的长。从地质学、生物学的研究,晓得时间是无穷的长,以前开口五千年,闭口五千年,以为目空一切;不料世界太阳系的存在,有几万万年的历史,地球也有几万万年,生物至少几千万年,人类也有二三百万年,所以五千年占很小的地位。明白了时间之长,就可以看见各种进步的演变,不是上帝一刻可以造成的。

(三)宇宙间自然的行动。根据了一切科学,知道宇宙、万物都有一定不变的自然行动。"自然自己,也是如此",就是自己自然如此,各物自己如此的行动,并没有一种背后的指示,或是一个主宰去规范他们。明白了这点,对于月食是月亮被天狗所吞的种种迷信,可以打破了。

(四)物竞天择的原理。从生物学的知识,可以看到"物竞天择"的原理。鲫鱼下卵有几百万个,但是变鱼的只有几个;否则就要变成"鱼世界"了!大的吃小的,小的又吃更小的,人类都是如此。从此晓得人生不受安排,是自己如此的行动;否则要安排起来,为什么不安排一个完善的世界呢?

(五)人是什么东西。从社会学、生理学、心理学方面去看,人是什么东西?吴稚晖先生说:"人是两手一个大脑的动物,与其他的不同,只在程度上的区别罢了。"人类的手,与鸡、鸭的掌差不多,实是他们的弟兄辈。

(六)人类是演进的。根据了人种学来看,人类是演进的;因为要应付环境,所以要慢慢的变;不变不能生存,要灭亡了。所以从下等的动物,慢慢演进到高等的动物,现在还是演进。

(七)心理受因果律的支配。根据了心理学、生物学来讲,心理现状是有因果律的。思想、做梦,都受因果律的支配,是心理、生理的现象,和头痛一般;所以人的心理说是超过一切,是不对的。

（八）道德、礼教的变迁。照生理学、社会学来讲，人类道德、礼教也是变迁的。以前以为脚小是美观，但是现在脚小要装大了。所以道德、礼教的观念，正在改进。以二十年、二百年或两千年以前的标准，来判断二十年、二百年、两千年后的状况，是格格不相入的。

（九）各物都有反应。照物理、化学来讲，物质是活的，原子分为电子，是动的。石头倘然加了化学品，就有反应，像人打了一记，就有反动一样。不同的，只在程度不同罢了。

（十）人的不朽。根据一切科学知识，人是要死的，物质上的腐败，和猫死狗死一般。但是个人不朽的工作，是功德：在立德，立功，立言。善恶都是不朽。一块痰中，有微生物，这菌能散布到空间，使空气都恶化了；人的言语，也是一样。凡是功业、思想，都能传之无穷；匹夫匹妇，都有其不朽的存在。

我们要看破人世间、时间之伟大，历史的无穷，人是最小的动物，处处都在演进，要去掉那"小我"的主张，但是那小小的人类，居然现在对于制度、政治各种都有进步。

以前都是拿科学去答复一切，现在要用什么方法去解决人生，就是哪样生活？各人有各人的方法，但是，至少要有那科学的方法、精神、态度去做。分四点来讲：

（一）怀疑。三个弗相信的态度，人生问题就很多。有了怀疑的态度，就不会上当。以前我们幼时的知识，都从阿金、阿狗、阿毛等黄包车夫、娘姨处学来；但是现在自己要反省，问问以前的知识是否靠得住？

（二）事实。我们要实事求是，现在像贴贴标语，什么打倒田中义一等，都仅务虚名，像豆腐店里生意不好，看看"对我生财"泄闷一样。又像是以前的画符，一画符病就好的思想。贴了打倒帝国主义，帝国主义就真个打倒了么？这不对，我们应做切实的工作，奋力的做去。

（三）证据。怀疑以后，相信总要相信，但是相信的条件，就是拿凭据来。有了这一句，论理学诸书，都可以不读。赫胥黎的儿子死了以后，宗教家去劝他信教，但是他很坚决的说："拿有上帝的证据来！"有了这种态度，就不会上当。

（四）真理。朝夕的去求真理，不一定要成功，因为真理无穷，宇宙无穷；我们去寻求，是尽一点责任，希望在总分上，加上万万分之一。胜固是可喜，败也不足忧。明知赛跑，只有一个人第一，我们还要跑去，不是为我为私，是为大家。发明不是为发财，是为人类。英国有一个医生，发明了一种治肺的药。但是因为自秘，就被医学会开除了。

所以科学家是为求真理。庄子虽有"吾生也有涯，而知也无涯，以有涯逐无涯，殆已"的话头，但是我们还要向上做去，得一分就是一分，一寸就是一寸，可以有亚基米特氏发现浮力时叫 Eureka 的快活。有了这种精神，做人就不会失望。所以人生的意味，全靠你自己的工作；你要它圆就圆，方就方，是有意味；因为真理无穷，趣味无穷，进步快活也无穷尽。

工程师的人生观

今天要赶 10 点 40 分钟的飞机到台东,所以只能很简单地说几句话,很为抱歉。报上说我作学术讲演,这是不敢当。我是来向工学院拜寿的。昨夜我问秦院长希望我送什么礼物。晚上想想,认为最好的礼物,是讲讲工程师的思想史同哲学史。所以我便以此送给各位。

究竟什么算是工程师的哲学呢?什么算是工程师的人生观呢?因为时间很短,我当然不能把这个大的题目讲得满意,只是提出几点意思,给现在的工程师同将来的工程师做个参考。法国从前有一位科学家柏格生(Bergson)说:"人是制器的动物。"过去有许多人说:"人是有效力的动物。"也有许多人说:"人是理智的动物。"而柏格生说:"人是能够制造器具的动物。"这个初造器具的动物,是工程师的老祖宗。什么叫做工程师呢?工程师的作用,在能够找出自然界的利益,强迫自然世界把它的利益一个一个贡献出来;就是改造自然、征服自然、控制自然,以减除人的痛苦,增加人的幸福。这是工程师哲学的简单说法。

大家都承认:学做工程师的,每天在课堂里面上应该上的课,在试验室里面做应该做的试验,也许忽略了最大的目标,或者忽略了真正的基本——工程师的人生观。所以这个题目,是值得我们考虑的。

昨天在工学院教授座谈会中,我说:我到了六十二岁,还不知道我专门学的什么。起初学农;以后弄弄文学,弄弄哲学,弄弄历史;现在搞《水经注》,人家说我改弄地理。也许六十五岁以后、七十岁的时候,说不定要到工学院做学生;只怕工学院的先生们不愿意收一个老学徒,说"老狗教不会新把戏"。今天在工学院做学生不够资格的人,要来谈谈现在的工程师同将来的工程师的人生观,实属狂妄,就是有点大胆。不过我觉得我这个意思,值得提出来说说。人是能够制造器具的动物,别的动物,也有能够制造东西的,譬如:蜘蛛能够制造网,蜜蜂能够制造蜜糖,珊瑚虫能够制造珊瑚岛。而我们人同这些动物之所以不同,就是蜘蛛制造网的丝,是从肚子里出来的,它肚子里有无穷无尽的丝;蜜蜂采取百花,经一番制造,做成的确比原料高明的蜜糖:这些动物,可算是工程师;但是它的范围,它用的,只是它自己的本能。珊瑚虫能够做成很大的珊瑚岛,也是本能的。人,如果只靠他的本能,讲起来也是有限得很的!人与蜘蛛、蜜蜂、珊瑚虫所以不同,是在他充分运用聪明才智,揭发自然的秘密,来改造自然,征服自然,控制自然。控制自然,为的是什么呢?不是像蜘蛛制网,为的捕虫子来吃;人的控制自然,为的是要减轻人的劳苦,减除人的痛苦,增加人的幸福,使人类的生活格外的丰富,格外有意义。这是"科学与工业的文化"的哲学。我觉得柏格生这个"人"的定义,同我们刚才简单讲的工程师的哲学、工程师的人生观、工程师的目标,是值得我们随时想想,随时考虑的。

这个话同这个目标,不是外国来的东西,可以说是我们老祖宗在几百年,甚至几千年以前,就有了这种理想了。目前有些人提倡读经;我倒很愿意为工程师背几句经书,来说明这个理想。

人如何能控制自然,制造器具呢?人控制自然这个观念,无论东方的圣人贤人,西方的圣人贤人,都是同样有的。我现在提出我们古人的几句话,使大家知道工程师的哲学,并不是完全外来的洋货。我常常喜欢把《易经·系辞》里面几句话翻成外国文给外国人看。这几句话是:"见乃谓之象;形乃谓之器;制而用之谓之法;利用出入,民咸用之,谓之神。"看见一个意思,叫做象;把这个意象变成一种东西——形,叫做器;大规模的制造出来,叫做法;老百姓用工程师制造出来的这些器具,都说好呀!好呀!但是不晓得这器具是从一种意象来的,所以看见工程师便叫做神。

希腊神话,说火是从天上偷来的;中国历史上发明火的燧人氏被称为古帝之一——神。火,是一个大发明。发明火的人,是一个大工程师。我刚才所举《易经·系辞》,从一个观念——意象——造成器具,这个意思,是了不得的。人类历史上所谓文化的进步,完全在制造器具的进步。文化的时代,是照工程师的成绩划分的。人类第一发明是火;大体说来,火的发现是文化的开始。下去为石器时代。无论旧石器时代,新石器时代,都是人类用智慧把石头造成功器具的时候。再下去为青铜器时代。用铜制造器具,这是工程师最大的贡献。再下去为铁的时代。这是一个大的革命。后来把铁炼成钢。再下去发明蒸汽机,为蒸汽机时代。再下去运用电力,为电力的时代;现在为原子能时代:这都是制器的大进步。每一个大时代,都只是制器的原料与动力的大革命。从发明火以后,石器时代、铜器时代、铁器时代、电力时代、原子能时代,这些文化的阶段,都是依工程师所创造划分的。

这种理想,中国历史上早就有了的。工学院水工试验室要我写字,我写了两句话。这两句话,是《荀子·天论篇》里面的。《荀子·天论篇》是中国古代了不得的哲学,也就是西方柏格生征服自然以为人用的思想。《荀子·天论篇》说:"从天而颂之,孰与制天命而用之?大天而思之,孰与物蓄而制裁之?"这个文字,依照清代学者校勘,稍须改动。但意思没有改动。"从天而颂之",是说服从自然。"从天而颂之,孰与制天命而用之。"两句话联起来说,意思是:跟着自然走而歌颂,不如控制自然来用。"大天而思之",是问自然是怎样来的。"大天而思之,孰与物蓄而制裁之?"是说:问自然从哪里来的,不如把自然看成一种东西,养它、制裁它。把自然控制来用,中国思想史上只有荀子才说得这样彻底。从这两句话,也可以看出中国在两千二三百年前,就有控制天命——古人所谓天命,就是自然——把天命看做一种东西来用的思想。

"穷理致知"四个字,是代表七八百年前——11世纪到12世纪——宋朝的思想的。宋代程子、朱子提倡格物——穷理——的哲学。什么叫做"格物"呢?这有七十几种说法。今天我们不去研究这些说法。照程子、朱子的解释,"格物"是"即物而穷其理。……即凡天下之物,莫不因其已知之理而益穷之,以求至乎其极"。这样的格物致知,可以扩大人的知识。程子说,今天格一物,明天格一物,习而久之,自然贯通。有人以范围问他,他说,上自天地之高大,下至一草一木,都要格的。这个范围,就是科学的范围、工程师的范围。

两千二三百年前,荀子就有"制天命而用之"的思想;七八百年前,程子、朱子就有格物——穷理——的哲学。这是科学的哲学,可算是工程师的哲学。我们老祖宗有这样好的思想、哲学,为什么不能做到科学工业的文化呢?简单一句话,我们不幸得很,两千五百年以前的时候,已经走上了自然主义的哲学一条路了。像老子、庄子,以及更后的淮南子,都是代表自然主义思想的。这种自然主义的哲学发达的太早,而自然科学与工业发达的太迟:这是中国思想史的大缺点。

刚才讲,人是用智慧制造器具的动物。这样,人就要天天同自然界接触,天天动手动脚的,抓住实物,把实物来玩,或者打碎它、煮它、烧它。玩来玩去,就可以发现新的东西,走上科学工业的一条路。比方"豆腐",就是把豆子磨细,用其他的东西来点,来试验,一次,二次……经过许多次的试验,结果点成浆,做成功豆腐;做成功豆腐还不够,还要做豆腐干、豆腐乳。豆腐的做成,很显然的,是与自然界接触,动手动脚,多方试验的结果,不是对自然界看看,想想,或作一首诗恭维自然界就行了的。

顶好一个例子,是格物哲学到了明朝的一个故事。明朝有一位大哲学家王阳明,他说,照程子、朱子的说法,要做圣人,要"即物而穷其理"。"即物穷理",你们没有试验过,我王阳明试验过了。有一天,他同一位姓钱的朋友研究格物,并由钱先生动手格竹子;拿一个凳子坐在竹子旁边望,望了三天三夜,格不出来,病了。王阳明说,你不够做圣人,我来格。

也端把椅子对着竹子望,望了一天一夜,两天两夜……到了七天七夜,王阳明也格不出来,病了。于是王阳明说,我们不配做圣人,不能格物。从这个故事,可以看出传统的不动手动脚,拿天然实物来玩的习惯。今天工学院植物系的学生格竹子,是要把竹子劈开,用显微镜来细细的看,再加上颜色的水,做各种的试验,然后就可以判定竹子在工业上的地位。为什么王阳明格不出来,今天的工程师可以格出来?因王阳明没有动手动脚做器具的习惯,今天的工程师有动手动脚做器具的习惯。荀子"制天命而用之"的哲学,终敌不过老子、庄子"错(措)人而思天"的哲学。故程、朱的格物穷理的思想,终不能应用到自然界的实物上去,至多只能在"读书"(文史的研究)上发生了一点功效。

今天送给各位工程师哲学的人生观,又约略讲一讲我们老祖宗为什么失败;为什么有了这样好的征服天然的理想,穷理致知的哲学,而没有造成功科学文化、工业文化。我们可以了解我们老祖宗让西方人赶上去了。同时,从西方人后来实现了我们老祖宗的理想,我们亦就可以知道,只要振作,是可以迎头赶上的。我们只要二十年、三十年的努力,就可以同世界上科学工业发达的国家站在一样的地位。

二十年前,中国科学社要我作一个社歌;后来请赵元任先生作了乐谱。今天我把这个东西送给各位工程师。这个社歌,一共三段十二句。

>我们不崇拜自然,它是一个刁钻古怪;
>　我们要捶它、煮它,要叫它听我们的指派。

>我们要它给我们推车,我们要它给我们送信。
>　我们要揭穿它的秘密,好叫它服侍我们人。

>我们唱天行有常,我们唱致知穷理。
>　明知道真理无穷,进一寸有一寸的欢喜。

1953 年

一个防身药方的三味药

毕业班的诸位同学,现在都得离开学校去开始你们自己的事业了。今天的典礼,我们叫做"毕业"、叫做"卒业",在英文里叫做"始业"(Commencement)。你们的学校生活现在有一个结束,现在你们开始进入一段新的生活,开始撑起自己的肩膀来挑自己的担子,所以叫做"始业"。

我今天承毕业班同学的好意,承阎校长的好意,来说几句话。我进大学是在五十年前(1910),我毕业是在四十六年前(1914),够得上做你们的老大哥了。今天我用老大哥的资格,应该送你们一点小礼物,我要送你们的小礼物只是一个防身的药方,给你们离开校门,进入大世界,做随时防身救急之用的一个药方。

这个防身药方只有三味药:

第一味药叫做"问题丹"。

第二味药叫做"兴趣散"。

第三味药叫做"信心汤"。

第一味药,"问题丹",就是说:每个人离开学校,总得带一两个麻烦而有趣味的问题在身边做伴,这是你们入世的第一要紧的救命宝丹。

问题是一切知识学问的来源,活的学问、活的知识,都是为了解答实际上的困难,或理论上的困难而得来的。年轻入世的时候,总得有一个两个不大容易解决的问题在脑子里,时时向你挑战,时时笑你不能对付他,不能奈何他,时时引诱你去想他。

只要你有问题跟着你,你就不会懒惰了,你就会继续有知识上的长进了。

学堂里的书,你带不走;仪器,你带不走;先生,他们不能跟你去。但是问题可以跟你走到天边!有了问题,没有书,你自会省吃省穿去买书;没有仪器,你自会卖田卖地去买仪器!没有好先生,你自会去找好师友;没有资料,你自会上天下地去找资料。

各位青年朋友,你今天离开学校,夹袋里准备了几个问题跟着你走?

第二味药,叫做"兴趣散",这就是说:每个人进入社会,总得多发展一点专门职业以外的兴趣——"业余"的兴趣。

你们多数是学工程的,当然不愁找不到吃饭的职业,但四年前你们选择的专门职业,真是你们自己的自由志愿吗?你们现在还感觉你们手里的文凭真可以代表你们每个人终生的志愿,终生的兴趣吗?——换句话说,你们今天不懊悔吗?明年今天还不会懊悔吗?

你们在这四年里,没有发现什么新的、业余的兴趣吗?在这四年里,没有发现自己在本行以外的才能吗?

总而言之,一个人应该有他的职业,又应该有他的非职业的玩意儿。不是为吃饭而是心里喜欢做的,用闲暇时间做的——这种非职业的玩意儿,可以使他的生活更有趣、更快乐、更有意思。有时候,一个人的业余活动也许比他的职业还更重要。

英国19世纪的两个哲学家,一个是弥尔(J. S. Mill),他的职业是东印度公司的秘书,他的业余工作使他在哲学上、经济学上、政治思想史上,都有很大的贡献。一个是斯宾塞(Herbert Spencer),他是一个测量工程师,他的业余工作使他成为一个很有实力的思想家。

英国的大政治家丘吉尔,政治是他的终生职业,但他的业余兴趣很多,他在文学、历史两方面,都有大成就;他用余力作油画,成绩也很好。

美国大总统艾森豪先生,他的终生职业是军事,人都知道他最爱打高尔夫球,但我们知道他的油画也很有功夫。

各位青年朋友,你们的专门职业是不用愁的了,你们的业余兴趣是什么? 你们能做的,爱做的业余活动是什么?

第三味药,我叫他做"信心汤",这就是说:你总得有一点信心。

我们生存在这个年头,看见的、听见的,往往都是可以叫我们悲观、失望的——有时候竟可以叫我们伤心,叫我们发疯。

这个时代,正是我们要培养我们的信心的时候,没有信心,我们真要发狂自杀了。

我们的信心只有一句话"努力不会白费",没有一点努力是没有结果的。

对你们学工程的青年人,我还用多举例来说明这种信心吗? 工程师的人生哲学当然建筑在"努力不白费"的定律的基石之上。

我只举这短短几十年里大家都知道的两个例子:

一个是亨利·福特(Henry Ford),这个人没有受过大学教育,他小时半工半读,只读了几年书,十六岁就在一小机器店里做工,每周工钱两块半美金,晚上还得去帮别家做夜工。

五十七年前(1903)他三十九岁,他创立 Ford Motor Co.(福特汽车公司),原定资本十万元,只招得两万八千元。

五年之后(1908),他造成了他的最出名的 model T 汽车,用全力制造这一种车子。

1913 年——我已在大学三年级了,福特先生创立他的第一副"装配线"(Assembly line)。

1914 年——四十六年前——他就能够完全用"装配线"的原理来制造他的汽车了。同时(1914)他宣布他的汽车工人每天只工作八点钟,比别处工人少一点钟——而每天最低工钱五元美金,比别人多一倍。

他的汽车开始是九百五十元一部,他逐年减低卖价,从九百五十元直减到三百六十元——第一次世界大战之后，减到二百九十元一部。

他的公司，在创办时（1903）只有两万八千元的资本——到二十三年之后（1926）已值得十亿美金了，已成了全世界最大的汽车公司了。1915年，他造了一百万部汽车，1928 年，他造了一千五百万部车。

他的"装配线"的原则在二十年里造成了全世界的"工业新革命"。

福特的汽车在五十年中征服全世界的历史还不能叫我们产生"努力不白费"的信心吗？

第二个例子是航空工程与航空工业的历史。

也是五十七年前——1903 年 12 月 27 日，正是我十二整岁的生日——那一天，在北加罗林那州的海边 Kitty Hawk（基帝霍克）沙滩上，两个修理脚踏车的匠人，兄弟两人，用他们自己制造的一只飞机，在沙滩上试起飞，弟弟叫 Owille Wright，他飞起了十二秒钟。哥哥叫 Wilbur Wright，他飞起了五十九秒钟。

那是人类制造飞机飞在空中的第一次成功——现在那一天（12 月 17 日）是全美国庆祝的"航空日"——但当时并没有人注意到那两个兄弟的试验，但这两个没有受过大学教育的脚踏车修理匠人，他们并不失望，他们继续试飞，继续改良他们的飞机，一直到四年半之后（1908 年 5 月），才有重要的报纸来报道他们两个人的试飞，那时候，他们已能在空中飞三十八分钟了！

这四十年中，航空工程的大发展，航空工业的大发展，这是你们学工程的人都知道的。航空工业在最近三十年里已成了世界最大工业的一种。

我第一次看见飞机是在 1912 年。我第一次坐飞机是在 1930 年（三十年前）。我第一次飞过太平洋是在二十三年前（1937）；第一次飞过大西洋是在十五年前，当我第一次飞渡太平洋的时候，从香港到旧金山总共费了七天！去年我第一次坐 Jet 机，从旧金山到纽约，五个半钟点飞了三千英里！下月初，我又得飞过太平洋，中午起飞，当天晚上就到美国西岸了！

五十七年前，Kitty Hawk沙滩上两个脚踏车修理匠人自造的一个飞机居然在空中飞起了十二秒钟，那十二秒钟的飞行就给人类打开了一个新的时代——打开了人类的航空时代。

　　这不够叫我们深信"努力不会白费"的人生观吗？

　　古人说："信心可以移山"（Faith moves mountains），又说："功不唐捐"（唐是空的意思），又说："只要功夫深，生铁磨成绣花针。"

　　青年的朋友，你们有这种信心没有？

1960年

再 造 心 灵

>>> **胡适** 再造文明 >>>　　再造文明 >>>　　再造文明

少年中国之精神

前番太炎先生,话里面说现在青年的四种弱点,都是很可使我们反省的;他的意思是要我们少年人:1. 不要把事情看得太容易了;2. 不要妄想凭借已成的势力;3. 不要虚慕文明;4. 不要好高骛远。这四条都是消极的忠告。我现在且从积极一方面提出几个观念,和各位同志商酌。

(一)少年中国的逻辑。逻辑即是思想、辩论、办事的方法;一般中国人现在最缺乏的就是一种正当的方法,因为方法缺乏,所以有下列的几种现象:1. 灵异鬼怪的迷信,如上海的盛德坛及各地的各种迷信;2. 谩骂无理的议论;3. 用诗云子曰做根据的议论;4. 把西洋古人当做无上真理的议论;还有一种平常人不很注意的怪状,我且称他为"目的热",就是迷信一些空虚的大话,认为高尚的目的;全不问这种观念的意义究竟如何;今天有人说"我主张统一和平",大家齐声喝彩,就请他做内阁总理;明天又有人说"我主张和平统一",大家又齐声叫好,就举他做大总统;此外还有什么"爱国"哪,"护法"哪,"孔教"哪,"卫道"哪……许多空虚的名词;意义不曾确定,也都有许多人随声附和,认为天经地义,这便是我所说的"目的热"。以上所说各种现象都是缺乏方法的表示。我们既然自认为

"少年中国",不可不有一种新方法;这种新方法,应该是科学的方法;科学方法,不是我在这短促时间里所能详细讨论的,我且略说科学方法的要点:

第一注重事实。科学方法是用事实做起点的,不要问孔子怎么说,柏拉图怎么说,康德怎么说;我们须要先从研究事实下手,凡游历调查统计等事都属于此项。

第二注重假设。单研究事实,算不得科学方法;王阳明对着庭前的竹子做了七天的"格物"功夫,格不出什么道理来,反病倒了,这是笨伯的"格物"方法;科学家最重"假设"(Hypothesis)。观察事物之后,自说有几个假定的意思;我们应该把每一个假设所含的意义彻底想出,看那意义是否可以解释所观察的事实?是否可以解决所遇的疑难?所以要博学;正是因为博学方才可以有许多假设,学问只是供给我们种种假设的来源。

第三注重证实。许多假设之中,我们挑出一个,认为最合用的假设;但是这个假设是否真正合用?必须实地证明。有时候,证实是很容易的;有时候,必须用"试验"方才可以证实;证实了的假设,方可说是"真"的,方才可用;一切古人今人的主张、东哲西哲的学说,若不曾经过这一层证实的功夫,只可作为待证的假设,不配认做真理。

少年的中国,中国的少年,不可不时时刻刻保存这种科学的方法,实验的态度。

(二)少年中国的人生观。现在中国有几种人生观都是"少年中国"的仇敌:第一种是醉生梦死的无意识生活,固然不消说了;第二种是退缩的人生观,如静坐会的人,如坐禅学佛的人,都只是消极的缩头主义;这些人没有生活的胆子,不敢冒险,只求平安,所以变成一班退缩懦夫;第三种是野心的投机主义,这种人虽不退缩,但完全为自己的私利起见,所以他们不惜利用他人做他们自己的器具,不惜牺牲别人的人格和自己的人格来满足自己的野心;到了紧要关头,不惜作伪,不惜作恶,不顾社会的公共幸福,以求达他们自己的目的。这三种人生观都是我们该反对的。少年中国的人生观，依我个人看来，该有下列的几种要素：

第一须有批评的精神。一切习惯、风俗、制度的改良，都起于一点批评的眼光、个人的行为和社会的习俗。都最容易陷入机械的习惯，到了"机械的习惯"的时代，样样事都不知不觉的做去，全不理会何以要这样做，只晓得人家都这样做故我也这样做；这样的个人便成了无意识的两脚机器，这样的社会便成了无生气的守旧社会，我们如果发愿要造成少年的中国，第一步便须有一种批评的精神；批评的精神不是别的，就是随时随地都要问：我为什么要这样做？为什么不那样做？

第二须有冒险进取的精神。我们须要认定这个世界是很多危险的，定不太平的，是需要冒险的；世界的缺点很多，是要我们来补救的；世界的痛苦很多，是要我们来减少的；世界的危险很多，是要我们来冒险进取的，俗语说得好："成人不自在，自在不成人。"我们要做一个人，岂可贪图自在；我们要想造一个"少年的中国"，岂可不冒险；这个世界是给我们活动的大舞台，我们既上了台，便应该老着面皮，拼着头皮，大着胆子，干将起来；那些缩进后台去静坐的人都是懦夫，那些袖着双手只会看戏的人，也都是懦夫；这个世界岂是给我们静坐旁观的吗？那些厌恶这个世界梦想超生别的世界的人，更是懦夫，不用说了。

第三须要有社会协进的观念。上条所说的冒险进取，并不是野心的，自私自利的；我们既认定这个世界是给我们活动的，又须认定人类的生活全是社会的生活，社会是有机的组织，全体影响个人，个人影响全体，社会的活动是互助的，你靠他帮忙，他靠你帮忙，我又靠你同他帮忙，你同他又靠我帮忙；你少说了一句话，我或者不是我现在的样子，我多尽了一份力，你或者也不是你现在这个样子，我和你多尽了一份力，或少做了一点事，社会的全体也许不是现在这个样子，这便是社会协进的观念。有这个观念，我们自然把人人都看做通力合作的伴侣，自然会尊重人人的人格了；有这个观念，我们自然觉得我们的一举一动都和社会有关，自然不肯为社会造恶因，自然要努力为社会种善果，自然不致变成自私自利的野心投机家了。

少年的中国,中国的少年,不可不时时刻刻保存这种批评的、冒险进取的、社会的人生观。

(三)少年中国的精神。少年中国的精神并不是别的,就是上文所说的逻辑和人生观;我且说一件故事做我这番谈话的结论:诸君读过英国史的,一定知道英国前世纪有一种宗教革新的运动,历史上称为"牛津运动"(The Oxford Movement),这种运动的几个领袖如客白尔(Keble)、纽曼(Newman)、福鲁德(Froude)诸人,痛恨英国国教的腐败,想大大的改革一番;这个运动未起事之先,这几位领袖作了一些宗教性的诗歌写在一个册子上,纽曼摘了一句荷马的诗题在册子上,那句诗是 You shall see the difference now that we are back again! 翻译出来即是"如今我们回来了,你们看便不同了"!

少年的中国,中国的少年,我们也该时时刻刻记着这句话:

  如今我们回来了,

  你们看便不同了!

这便是少年中国的精神。

历史的文学观念论

居今日而言文学改良，当注重"历史的文学观念"。一言以蔽之，曰：一时代有一时代之文学。此时代与彼时代之间，虽皆有承前启后之关系，而决不容完全抄袭；其完全抄袭者，决不成为真文学。愚唯深信此理，故以为古人已造古人之文学，今人当造今人之文学。至于今日之文学与今后之文学究竟当为何物，则全系于事辈之眼光识力与笔力，而非一二人所能逆料也。唯愚纵观古今文学变迁之趋势，以为白话之文学种子已伏于唐人之小诗短词。及宋而语录体大盛，诗词亦多有用白话者。（放翁之七律七绝多白话体。宋词用白话者更不可胜计。南宋学者往往用白话通信，又不但以白话作语录也。）元代之小说戏曲，则更不待论矣。此白话文学之趋势，虽为明代所截断，而实不曾截断。语录之体，明清之宋学家多沿用之。词益如《牡丹亭》、《桃花扇》，已不如《元人杂剧》之通俗矣。然昆曲卒至废绝，而今之俗剧（吾徽之"徽调"与今日"京调"、"高腔"皆是也）。乃起而代之。今后这戏剧或将全废唱本而归于说白，亦未可知。此亦由文言趋于白话之一例也。小说则明清之有名小说，皆白话也。近人之小说，其可以传后者，亦皆白话也。（笔记短篇如《聊斋志异》之类不在此例。）故白话之文学，自宋以来，虽见屏于古文家,而终一线相承,至今不绝。

夫白话之文学,不足以取富贵,不足以邀声誉,不列于文学之"正宗",而卒不能废绝者,岂无故耶？岂不以此为吾国文学趋势,自然如此,故不可禁遏而日以昌大耶？愚以深信此理,故又以为今日之文学,当以白话文学为正宗。然此但是一个假设之前提,在文学史上,虽已有许多证据,如上所云,而今后之文学之果出于此与否,则犹有待于今后文学家之实地证明。若今后之文人不能为吾国造一可传世之白话文学,则吾辈今日之纷纷议论,皆属枉费精力,决无以服古文家之心也。

然则吾辈又何必攻古文家乎？曰,是亦有故。吾辈主张"历史的文学观念",而古文家由反对此观念也。吾辈以为今人当造今人之文学,而古文家则以为今人作文必法马、班、韩、柳。其不法马、班、韩、柳者,皆非文学之"正宗"也。吾辈之攻古文家,正以其不明文学之趋势而强欲作一千年二千年以上之文。此说不破,则白话之文学无有列为文学正宗之一日,而世之文人将犹鄙薄之以为小道斜径而不肯以全力经营造作之。如是,则吾国将永无以全副精神实地试验白话文学之日。夫不以全副精神造文学而望文学之发生,此犹不耕而求获不食而求饱也,亦终不可得矣。(施耐庵、曹雪芹诸人所以能有成者,正赖其有特别胆力,能以全力为之耳。)

吾辈既以"历史的"眼光论文,则亦不可不以历史的眼光论古文家。《记》曰:"生乎今之世,反古之道,灾必及乎身。"(朱熹曰:反,复也。)此言复古者之谬,虽孔圣人亦不赞成也。古文家之罪正坐"生乎今之世,反古之道"。古文家盛称马、班,不知马、班之文已非古文。使马、班皆作《盘庚》《大诰》"清庙生民"之文,则马、班决不能千古矣。古文家又盛称韩、柳,不知韩、柳在当时皆为文学革命之人。彼以六朝骈俪之文为当废,故改而趋于较合文法,较近自然之文体。其时白话之文未兴,故韩、柳之文在当日皆为"新文学"。韩、柳皆未尝自称"古文",古文乃后人称之之辞耳。此如七言歌行,本非"古体",六朝人作之者数人而已。至唐而大盛,李、杜之歌行,皆可谓创作。后之妄人,乃谓之曰"五古"、"七古",不知五言作于汉代,七言尤不得为古,其起与律诗同时。(律诗起于六朝。谢灵运、江淹之诗,皆为骈偶之体矣,则虽谓律诗先于七古可也。)若《周颂》《商颂》则真"古诗"耳。故李、杜作"今诗",而后人谓之"古诗";韩、柳作"今文",而后人谓之"古文"。不知韩、柳但择当时文体中之最近于文言之自然者而作之耳。故韩、柳之为韩、柳,未可厚非也。

及白话之文体既兴,语录用于讲坛,而小说传于穷巷。当此之时,"今文"之趋势已成,而明七子之徒乃必欲反之于汉魏以上,则罪不容辞矣。归、方、刘、姚之志与七子同,特不敢远攀周秦,但欲近规韩、柳、欧、曾而已,此其异也。吾故谓古文家亦未可一概抹杀。分别言之,则马、班自作汉人之文,韩、柳自作唐代之文。其作文之时,言文之分尚不成一问题,正如欧洲中古之学者,人人以拉丁文著书,而不知其所用为"死文字"也。宋代之文人,北宋如欧、苏皆常以白话入词,而作散文则必用文言;南宋如陆放翁常以白话作律诗,而其文集皆用文言;朱晦庵白话著书写信,而作"规矩文字"则皆用文言:此皆过渡时代之不得已,如十六七世纪欧洲学者著书往往并用己国俚语与拉丁两种文字。(狄卡儿之《方法论》用法文,其《精思录》则用拉丁文。倍根之《杂论》有英文拉丁文两种,倍根自信其拉丁文书胜于其英文书,然今人罕有读其拉丁文《杂论》者矣。)不得概以古文家冤之也。唯元以后之古文家,则居心在于复古,居心在于过抑通俗文学而以汉魏唐宋代之。此种人乃可谓真正"古文家"!吾辈所攻击者亦仅限于此一种"生于今之世反古之道"之真正"古文家"耳!

1917 年 5 月

易卜生主义

一

　　易卜生最后所作的《我们死人再生时》(When We Dead Awaken)一本戏里面有一段话,很可表出易卜生所作文学的根本方法。这本戏的主人翁是一个美术家,费了全副精神,雕成一副像,名为"复活日"。这位美术家自己说他这副雕像的历史道:

　　　　我那时年纪还轻,不懂得世事。我以为这"复活日"应该是一个极精致,极美的少女像,不带着一毫人世的经验,平空地醒来,自然光明庄严,没有什么过恶可除。……但是我后来那几年,懂得些世事了,才知道这"复活日"不是这样简单的,原来是很复杂的……我眼里所见的人情世故,都到我理想中来,我不能不把这些现状包括进去。我只好把这像的座子放大了,放宽了。

　　　　我在那座子上雕了一片曲折爆裂的地面。从那地的裂缝里,钻出来无数模糊不分明,人身兽面的男男女女。这都是我在世间亲自见过的男男女女。　(二幕)

　　这是"易卜生主义"的根本方法。那不带一毫人世罪恶的少女像,是指那盲目的理想派文学。那无数模糊不分明,人身兽面的男男女女,是指写实派的文学。易卜生早年和晚年的著作虽不能全说是写实主义,但我们看他极盛时期的著作,尽可以说,易卜生的文学,易卜生的人生观,只是一个写实主义。1882年,他有一封信给一个朋友,信中说道:

> 我做书的目的,要使读者人人心中都觉得他所读的全是实事。

人生的大病根在于不肯睁开眼睛来看世间的真实现状。明明是男盗女娼的社会,我们偏说是圣贤礼仪之邦;明明是赃官污吏的政治,我们偏要歌功颂德;明明是不可救药的大病,我们偏说一点病都没有!却不知道:若要病好,须先认有病;若要政治好,须先认现今的政治实在不好;若要改良社会,须先知道现今的社会实在是男盗女娼的社会!易卜生的长处,只在他肯说老实话,只在他能把社会种种腐败龌龊的实在情形写出来叫大家仔细看。他并不是爱说社会的坏处,他只是不得不说。1880年,他对一个朋友说:

> 我无论作什么诗,编什么戏,我的目的只要我自己精神上的舒服清净。因为我们对于社会的罪恶,都脱不了干系的。

因为我们对于社会的罪恶都脱不了干系,故不得不说老实话。

二

我们且看易卜生写近世的社会,说的是一些什么样的老实话。第一,先说家庭。

易卜生所写的家庭,是极不堪的。家庭里面,有四种大恶德:一是自私自利;二是倚赖性,奴隶性;三是假道德,装腔做戏;四是懦怯没有胆子。做丈夫的便是自私自利的代表。他要快乐,要安逸,还要体面,所以他要娶一个妻子。正如《娜拉》戏中的郝尔茂,他觉得同他妻子有爱情是很好玩的。他叫他妻子做"小宝贝"、"小鸟儿"、"小松鼠儿"、"我的最亲爱的"等等肉麻名字。他给他妻子一点钱去买糖吃,买粉搽,买好衣服穿。他要他妻子穿得好看,打扮的标致。做妻子的完全是一个奴隶。她丈夫喜欢什么,她也该喜欢什么;她自己是不许有什么选择的。她的责任在于使丈夫欢喜。她自己不用有思想;她丈夫会替她思想。她自己不过是她丈夫的玩意儿,很像叫花子的猴子专替她变把戏引人开心的。(所以《娜拉》又名《玩物之家》)丈夫要妻子守节,妻子却不能要丈夫守节,正如《群鬼》(Ghosts)戏里的阿尔文夫人受不过丈夫的气,跑到一个朋友家去;那位朋友是个牧师,很教训了她一顿,说她不守妇道。但是阿尔文夫人的丈夫专在外面偷妇人,甚至淫乱他妻子的婢女;人家都毫不介意,那位牧师朋友也觉得这是男人常有的事,不足为奇!妻子对丈夫,什么都可以牺牲;丈夫对妻子,是不犯着牺牲什么的。《娜拉》戏内的娜拉因为要救她丈夫的生命,所以冒她父亲的名字,签了借据去借钱。后来事体闹穿了,她丈夫不但不肯替娜拉分担冒名的干系,还要痛骂她带累他自己的名誉。后来和平了结了,没有危险了,她丈夫又装出大度的样子,说不追究她的错处了。他得意洋洋的说道:"一个男人赦了他妻子的过犯是很畅快的事!"(《娜拉》三幕)

  这种极不堪的情形,何以居然忍耐得住呢?第一,因为人都要顾面子,不得不装腔做戏,做假道德遮着面孔。第二,因为大多数的人都是没有胆子的懦夫。因为要顾面子,故不肯闹翻;因为没有胆子,故不敢闹翻。那《娜拉》戏里的娜拉忽然看破家庭是一座做猴子戏的戏台,她自己是台上的猴子。她有胆子,又不肯再装假面子,所以告别了掌班的,跳下了戏台,去干她自己的生活。那《群鬼》戏里的阿尔文夫人没有娜拉的胆子,又要顾面子,所以被她的牧师朋友一劝,就劝回头了,还是回家去尽她的"天职",守她的"妇道"。她丈夫仍旧做那种淫荡的行为。阿尔文夫人只好牺牲自己的人格,尽力把他羁縻在家。后来生下一个儿子,他母亲恐怕他在家学了他父亲的坏榜样,所以到了七岁便把他送到巴黎去。她一面要哄她丈夫在家,一面要在外边替她丈夫修名誉,一面要骗她儿子说他父亲是怎样一个正人君子。这种情形,过了十九个足年,她丈夫才死。死后,他妻子还要替他装面子,花了许多钱,造了一所孤儿院,做她亡夫的遗爱。孤儿院造成了,她把儿子唤回来参与孤儿院落成的庆典。谁知她儿子从胎里就得了他父亲的花柳病的遗毒,变成一种脑腐症,到家没几天,那孤儿院也被火烧了,他儿子的遗传病发作,脑子坏了,就成了疯人了。这是没有胆子,又要顾面子的结局。这就是腐败家庭的下场!

三

其次,且看易卜生的社会的三种大势力。那三种大势力:一是法律,二是宗教,三是道德。

第一,法律。法律的效能在于除暴去恶,禁民为非。但是法律有好处也有坏处。好处在于法律是无有偏私的,犯了什么法,就该得什么罪。坏处也在于此。法律是死板板的条文,不通人情世故;不知道一样的罪名却有几等几样的居心,有几等几样的境迁情形;同犯一罪的人却有几等几样的知识程度。法律只说某人犯了某法的某某篇某某章某某节,该得某某罪,全不管犯罪的人的知识不同、境遇不同、居心不同。《娜拉》戏里有两件冒名签字的事:一件是一个律师做的,一件是一个不懂法律的妇人做的。那律师犯这罪全由于自私自利,那妇人犯这罪全因为他要救她丈夫的性命。但是法律全不问这些区别。请看这两个"罪人"讨论这个问题:

> 律师:郝夫人,你好像不知道你犯了什么罪,我老实对你说,我犯的那桩使我一生声名扫地的事,和你所做的事恰恰相同,一毫也不多,一毫也不少。
>
> 娜拉:你!难道你居然也敢冒险去救你妻子的命吗?
>
> 律师:法律不管人的居心如何。
>
> 娜拉:如此说来,这种法律是笨极了。

> 律师：不问它笨不笨，你总要受它的裁判。
>
> 娜拉：我不相信。难道法律不许做女儿的想个法子免得她临死的父亲烦恼吗？难道法律不许做妻子的救她丈夫的命吗？我不大懂得法律，但是我想总该有这种法律承认这些事的。你是一个律师，你难道不知道有这样的法律吗？柯先生，你真是一个不中用的律师了。　（《娜拉》一幕）

最可怜的是世上真没有这种入情入理的法律！

第二，宗教。易卜生眼里的宗教久已失了那种可以感化人的能力；久已变成毫无生气的仪节信条，只配口头念得烂熟，却不配使人奋发鼓舞了。《娜拉》戏里说：

> 郝尔茂：你难道没有宗教吗？
>
> 娜拉：我不很懂得究竟宗教是什么东西。我只知道我进教时那位牧师告诉我的一些话。他对我说宗教是这个，是那个，是这样，是那样。　（三幕）

如今人的宗教，都是如此，你问他信什么教，他就把他的牧师或是他的先生告诉他的话背给你听。他会背耶稣的祈祷文，他会念阿弥陀佛，他会背一部《圣谕广训》。这就是宗教了。

宗教的本意，是为人而做的，正如耶稣说的，"礼拜是为人造的，不是人为礼拜造的"。不料后世的宗教处处与人类的天性相反，处处反乎人情。如《群鬼》戏中的牧师，逼着阿尔文夫人回家去受那荡子丈夫的待遇，去受那十九年极不堪的惨痛。那牧师说，宗教不许人求快乐，求快乐便是受了恶魔的魔力了。他说，宗教不许做妻子的批评她丈夫的行为。他说，宗教教人无论如何总要守妇道，总须尽责任。那牧师口口声声所说是"是"的，阿尔文夫人心中总觉得都是"不是"的。后来阿尔文夫人仔细去研究那牧师的宗教，忽然大悟。原来那些教条都是假的，都是"机器造的"！（《群鬼》二幕）

但是这种机器造的宗教何以居然能这样兴旺呢？原来现在的宗教虽没有精神上的价值，却极有物质上的用场。宗教是可以利用的，是可以使人发财得意的。那《群鬼》戏里的木匠,本是一个极下流的酒鬼,卖妻卖女都肯干的。但是他见了那位道学的牧师,立刻就装出宗教家的样子,说宗教家的话,做宗教家的唱歌祈祷,把这位蠢牧师哄得滴溜溜的转。(二幕)那《罗斯马庄》(*Rosmersholm*)戏里面的主人翁罗斯马本是一个牧师,后来他的思想改变了,遂不信教了。他那时想加入本地的自由党,不料党中的领袖却不许罗斯马宣告他脱离教会的事。为什么呢?因为他们党里很少信教的人,故想借罗斯马的名誉来号召那些信教的人家。可见宗教的兴旺,并不是因为宗教真有兴旺的价值,不过是因为宗教有可以利用的好处罢了。

第三,道德。法律宗教既没有裁制社会的本领,我们且看"道德"可有这种本事。据易卜生看来,社会上所谓"道德"不过是许多陈腐的旧习惯。合于社会习惯的,便是道德;不合于社会习惯的,便是不道德。正如我们中国的老辈人看见少年男女实行自由结婚,便说是"不道德"。为什么呢?因为这事不合于"父母之命,媒妁之言"的社会习惯。但是这班老辈人自己讨许多小老婆,却以为是很平常的事,没有什么不道德。为什么呢?因为习惯如此。又如中国人死了父母,发出讣书,人人都说"泣血稽颡","苫块昏迷"。其实他们何尝泣血?又何尝"寝苫枕块"?这种自欺欺人的事,人人都以为是"道德",人人都不以为羞耻。为什么呢?因为社会的习惯如此,所以不道德的也觉得道德了。

这种不道德的道德,在社会上,造出一种诈伪不自然的伪君子。面子上都是仁义道德,骨子里都是男盗女娼。易卜生最恨这种人。他有一本戏,叫做《社会的栋梁》(*Pillars of Society*)戏中的主人名叫褒匿,是一个极坏的伪君子;他犯了一桩奸情,却让他兄弟受这恶名,还要诬赖他兄弟偷了钱跑脱了。不但如此,他还雇了一只烂脱底的船送他兄弟出海,指望把他兄弟和一船的人都沉死在海底,可以灭口。

这样一个大奸,面子上却做得十分道德,社会上都尊敬他,称他做"全市第一个公民"、"公民的模范"、"社会的栋梁"!他谋害他兄弟的那一天,本城的公民,聚了几千人,排起队来,打着旗,奏着军乐,上他的门来表示社会的敬意,高声喊道:"褒匿万岁!社会的栋梁褒匿万岁!"

这就是道德!

四

其次,我们且看易卜生写个人与社会的关系。

易卜生的戏剧中,有一条极显而易见的学说,是说社会与个人互相损害;社会最爱专制,往往用强力摧折个人的个性,压制个人自由独立的精神;等到个人的个性都消灭了,等到自由独立的精神都完了,社会自身也没有生气了,也不会进步了。社会里有许多陈腐的习惯,老朽的思想,极不堪的迷信,个人生在社会中,不能不受这些势力的影响。有时有一两个独立的少年,不甘心受这种陈腐规矩的束缚,于是东冲西突想与社会作对。上文所说的褒匿,当少年时,也曾想和社会反抗。但是社会的权力很大,网罗很密;个人的能力有限,如何是社会的敌手?社会对个人道:"你们顺我者生,逆我者死;顺我者有赏,逆我者有罚。"那些和社会反对的少年,一个一个的都受家庭的责备,遭朋友的怨恨,受社会的侮辱驱逐。再看那些奉承社会意旨的人,一个个的都升官发财,安富尊荣了。当此境地,不是顶天立地的好汉,决不能坚持到底。所以像褒匿那般人,做了几时的维新志士,不久也渐渐的受社会同化,仍旧回到旧社会去做"社会的栋梁"了。社会如同一个大火炉,什么金银铜铁锡,进了炉子,都要熔化。易卜生有一本戏叫做《雁》(*The Wild Duok*),写一个人捉到一只雁,把它养在楼上半阁里,每天给他一桶水,让他在水里打滚游戏。那雁本是一个海阔天空逍遥自得的飞鸟,如今在半阁里关久了,也会生活,也会长得胖胖的,后来竟完全忘记了他从前那种海阔天空来去自由的乐处了!个人在社会里,就同这雁在人家半阁上一般,起初未必满意,久而久之,也就惯了,也渐渐的把黑暗世界当做安乐窝了。

社会对于那班服从社会命令，维持陈旧迷信，传播腐败思想的人，一个一个的都有重赏。有的发财了，有的升官了，有的享大名誉了。这些人有了钱，有了势，有了名誉，就像老虎长了翅膀，更可横行无忌了，更可借着"公益"的名义去骗人钱财，害人生命，做种种无法无天的行为。易卜生的《社会栋梁》和《博克曼》（*John Gabriel Borkman*）两本戏的主人翁都是这种人物。他们钱赚得够了，然后掏出几个小钱来，开一个学堂，造一所孤儿院，立一个公共游戏场，"捐二十磅金去买面包给贫人吃"。于是社会格外恭维他们，打着旗子，奏着军乐，上他们家来，大喊"社会的栋梁万岁"！

那些不懂事又不安本分的理想家，处处和社会的风俗习惯反对，是该受重罚的。执行这种重罚的机关，便是"舆论"，便是大多数的"公论"。世间有一种最通行的迷信，叫做"服从多数的迷信"。人都以为多数人的公论总是不错的。易卜生绝对的不承认这种迷信。他说"多数党总在错的一边，少数党总在不错的一边"。一切维新革命，都是少数人发起的，都是大多教人所极力反对的。大多数人总是守旧麻木不仁的，只有极少数人，有时只有一个人，不满意于社会的现状，要想维新，要想革命。这种理想家是社会所最忌的。大多数人都骂他是"捣乱分子"，都恨他"扰乱治安"，都说他"大逆不道"；所以他们用大多数的专制威权去压扁那"捣乱"的理想志士，不许他开口，不许他行动自由；把他关在监牢里，把他赶出境去，把他杀了，把他钉在十字架上活活的钉死，把他捆在柴草上活活的烧死。过了几十年几百年，那少数人的主张渐渐的变成多数人的主张了，于是社会的多数人又把他们从前杀死钉死烧死的那些"捣乱分子"一个一个的重新推崇起来，替他们修墓，替他们作传，替他们立庙，替他们铸铜像。却不知道从前那种"新"思想，到了这时候，又早已成了"陈腐"的迷信！当他们替从前那些特立独行的人修墓铸铜像的时候，社会里早已发生了几个新派少数人，又要受他们杀死钉死烧死的刑罚了！所以说"多数党总是错的，少数党总是不错的"。

易卜生有一本戏叫做《国民公敌》，里面写的就是这个道理。这本戏的主人翁斯铎曼医生从前发现本地的水可以造成几处卫生浴池。本地的人听了他的话，觉得有利可图，便集了资本造了几处卫生浴池。后来四方人闻了这浴池之名，纷纷来这里避暑养病。来的人多了，本地的商业市面便渐渐发达兴旺。斯铎曼医生便做了浴池的官医。后来洗浴的人之中，忽然发生一种流行病症；经这位医生仔细考察，知道这病症是从浴池的水里来的，他便装了一瓶水寄与大学的化学师请他化验。化验出来，才知道浴池的水管安的太低了，上流的污秽，停积在浴池里，发生一种传染病的微生物，极有害于公众卫生。斯铎曼医生得了这种科学证据，便做了一篇切切实实的报告书，请浴池的董事会把浴池的水管重行改造，以免妨碍卫生。不料改造浴池须要花费许多钱又要把浴池闭歇一两年；浴池一闭歇，本地的商务便要受许多损失。所以本地的人全体用死力反对斯铎曼医生的提议。他们宁可听那些来避暑养病的人受毒病死，却不情愿受这种金钱的损失。所以他们用大多数的专制威权压制这位说老实话的医生，不许他开口。他做了报告，本地的报馆都不肯登载。他要自己印刷，印刷局也不肯替他印。他要开会演说，全城的人都不把空屋借他做会场。后来好容易找到了一所会场，开了一个公民会议，会场上的人不但不听他的老实话，还把他赶下台去，由全体一致表决，宣告斯铎曼医生从此是国民的公敌。他逃出会场，把裤子都撕破了，还被众人赶到他家，用石头掷他，把窗户都打碎了。到了明天，本地政府革了他的官医；本地商民发了传单不许人请他看病；他的房东请他赶快搬出屋去；他的女儿在学堂教书，也被校长辞退了。这就是"特立独行"的好结果！这就是大多数惩罚少数"捣乱分子"的辣手段！

五

其次，我们且说易卜生的政治主义。易卜生的戏剧不大讨论政治问题，所以我们须要用他的《尺牍》做参考的材料。

易卜生起初完全是一个主张无政府主义的人。当普法之战(1870—1871)时,他的无政府主义最为激烈。1871年,他有信与一个朋友道:

> ……个人绝无做国民的需要。不但如此,国家检直是个人的大害。请看普鲁士的国力,不是牺牲了个人的个性去买来的吗?国民都成了酒馆里跑堂的了,自然个个是好兵了。再看犹太民族:岂不是最高贵的人类吗?无论受了何种野蛮的待遇,那犹太民族还能保存本来的面目。这都因为他们没有国家的缘故。国家总得毁去。这种毁除国家的革命,我也情愿加入。毁去国家观念,单靠个人的情愿和精神上的团结做人类社会的基本——若能做到这步田地,这可算得有价值的自由起点。那些国体的变迁,换来换去,都不过是弄把戏——都不过是全无道理的胡闹。

易卜生的纯粹无政府主义,后来渐渐的改变了。他亲自看见巴黎"市民政府"(Commune)的完全失败(1871),便把他主张无政府主义的热心减了许多。到了1884年,他写信给他的朋友说,他在本国若有机会,定要把国中无权的人民联合成一个大政党,主张极力推广选举权,提高妇女的地位,改良国家教育要使脱除一切中古陋习。这就不是无政府的口气了。但是他自己到底不曾加入政党。他以为加入政党是很下流的事。他最恨那班政客,他以为"那班政客所力争的,全是表面上的权利,全是胡闹。最要紧的是人心的大革命"。

易卜生从来不主张狭义的国家主义,从来不是狭义的爱国者。1888年,他写信给一个朋友说道:

> 知识思想略为发达的人,对于旧式的国家观念,总不满意。我们不能以为有了我们所属的政治团体便足够了。据我看来,国家观念不久就要消灭了,将来定有人种观念起来代他。即以我个人而论,我已经过这种变化。我起初觉得我是那威国人,后来变成斯堪丁纳维亚人(那威与瑞典总名斯堪丁纳维亚)。我现在已成了条顿人了。

这是 1888 年的话。我想易卜生晚年临死的时候（1906），一定已进到世界主义的地步了。

六

我开篇便说过易卜生的人生观只是一个写实主义。易卜生把家庭社会的实在情形都写了出来，叫人看了动心，叫人看了觉得我们的家庭社会原来是如此黑暗腐败，叫人看了觉得家庭社会真正不得不维新革命——这就是"易卜生主义"。表面上看去，像是破坏的，其实完全是建设的。譬如医生诊了病，开了一个脉案，把病状详细写出，这难道是消极的破坏的手续吗？但是易卜生虽开了许多脉案，却不肯轻易开药方。他知道人类社会是极复杂的组织，有种种绝不相同的境地，有种种绝不相同的情形。社会的病，种类纷繁，决不是什么"包医百病"的药方所能治得好的。因此他只好开了脉案，说出病情，让病人各人自己去寻医病的药方。

虽然如此，但是易卜生生平却也有一种完全积极的主张。他主张个人须要充分发达自己的天才性，须要充分发展自己的个性。他有一封信给他的朋友白兰戴说道：

> 我所最期望于你的是一种真益纯粹的为我主义。要使你有时觉得天下只有关于我的事最要紧，其余的都算不得什么。……你要想有益于社会，最好的法子莫如把你自己这块材料铸造成器。……有的时候我真觉得全世界都像海上撞沉了船，最要紧的还是救出自己。

最可笑的是有些人明知世界"陆沉"却要跟着"陆沉"，跟着堕落，不肯"救出自己！"却不知道社会是个人组成的，多救出一个人便是多备下一个再造新社会的分子。所以孟轲说"穷则独善其身"，这便是易卜生所说"救出自己"的意思。这种"为我主义",其实是最有价值的利人主义。所以易卜生说,"你要想有益于社会,最妙的法子莫如把你自己这块材料铸造成器"。《娜拉》戏里,写娜拉抛了丈夫儿女飘然而去,也只为要"救出自己"。那戏中说:

郝尔茂:……你就是这样抛弃你的最神圣的责任吗?

娜拉:你以为我的最神圣的责任是什么?

郝:还等我说吗?可不是你对于你的丈夫和你的儿女的责任吗?

娜:我还有别的责任同这些一样的神圣。

郝:没有的。你且说,那些责任是什么。

娜:是我对于我自己的责任。

郝:最要紧的,你是一个妻子,又是一个母亲。

娜:这种话我现在不相信了。我相信第一我是一个人正同你一样。——无论如何,我务必努力做一个人。 (三幕)

1882年,易卜生有信给朋友道:

这样生活,须使各人自己充分发展——这是人类功业顶高的一层,这是我们大家都应该做的事。 (《尺牍》第一六四)

社会最大的罪恶莫过于摧折个人的个性,不使他自由发展。那本《雁》戏所写的只是一件摧残个人才性的惨剧。那戏写一个人少年时本极有高尚的志气,后来被一个恶人害得破家荡产,不能度日;那恶人又把他自己通奸有孕的下等女子配给他做妻子,从此家累日重一日,他的志气便日低一日。到了后来,他堕落深了,竟变成了一个懒人懦夫,天天受那下贱妇人和两个无赖的恭维,他洋洋得意的觉得这种生活很可以终生了。所以那本戏借一个雁做比喻:那雁在半阁上关得久了,他从前那种高飞远举的志气全消灭了。居然把人家的半阁做他的极乐国了!

发展个人的个性,须要有两个条件。第一,须使个人有自由意志。第二,须使个人担干系,负责任。《娜拉》戏中写郝尔茂的最大错处只在他把娜拉当做"玩意儿"看待，既不许他有自由意志，又不许他担负家庭的责任，所以娜拉竟没有发展她自己个性的机会。所以娜拉一旦觉悟时，恨极她的丈夫，决意弃家远去，也正为这个缘故。易卜生又有一本戏，叫做《海上夫人》(The Lady from the Sea)。里面写一个女子哀梨妲少年时嫁给人家做后母，她丈夫和前妻的两个女儿看她年纪轻，不让她管家务，只叫她过安闲日子。哀梨妲在家觉得做这种不自由的妻子，不负责任的后母，是极没趣的事。因此她天天想跟人到海外去过那海阔天空的生活。她丈夫越不许她自由，她偏越想自由。后来她丈夫知道留她不住，只得许她自由出去。她丈夫说道：

  丈夫：……我现在立刻和你毁约，现在你可以有完全自由拣定你自己的路子。……现在你可以自己决定，你有完全的自由，你自己担干系。

  哀梨妲：完全自由！还要自己担干系！还担干系咧！有这么一来，样样事都不同了。

  哀梨妲有了自由又自己负责任了，忽然大变了，也不想那海上的生活了，决意不跟人走了。这是为什么呢？因为世间只有奴隶的生活是不能自由选择的，是不用担干系的。个人若没有自由权，又不负责任，便和做奴隶一样，所以无论怎样好玩，无论怎样高兴，到底没有真正乐趣，到底不能发展个人的人格。所以哀梨妲说，有了完全自由，还要自己担干系，有这么一来，样样事都不同了。

  家庭是如此，社会国家也是如此。自治的社会，共和的国家，只是要个人有自由选择之权，还要个人对于自己所行所为都负责任。若不如此，决不能造出自己独立的人格。社会国家没有自由独立的人格，如同酒里少了酒曲，面包里少了酵，人身上少了脑筋：那种社会国家决没有改良进步的希望。

  所以易卜生的一生目的只是要社会极力容忍，极力鼓励斯铎曼医生一流的人物；要想社会上生出无数永不知足，永不满意，敢说老实话攻击社会腐败情形的"国民公敌"；要想社会上有许多人都能像斯铎曼医生那样宣言道："世上最强有力的人就是那个最孤立的人！"

社会国家是时刻变迁的，所以不能指定那一种方法是救世的良药：十年前用补药，十年后或者须用泄药了；十年前用凉药，十年后或者须用热药了。况且各地的社会国家都不相同，适用于日本的药，未必完全适用于中国；适用于德国的药，未必适用于美国。只有康有为那种"圣人"，还想用他们的"戊戌政策"来救戊午的中国；只有辜鸿铭那班怪物，还想用两千年前的"尊王大义"来施行于20世纪的中国。易卜生是聪明人，他知道世上没有"包医百病"的仙方，也没有"施诸四海而皆准，推之百世而不悖"的真理。因此他对于社会的种种罪恶污秽，只开脉案，只说病状，却不肯下药。但他虽不肯下药，却到处告诉我们一个保卫社会健康的卫生良法。他仿佛说道："人的身体全靠血里面有无量数的白血轮时时刻刻与人身的病菌开战，把一切病菌扑灭干净，方才可使身体健全，精神充足。社会国家的健康也全靠社会中有许多永不知足，永不满意，时刻与罪恶分子龌龊分子宣战的白血轮，方才有改良进步的希望。我们若要保卫社会的健康，须要使社会里时时刻刻有斯铎曼医生一般的白血轮分子。但使社会常有这种白血轮精神，社会决没有不改良进步的道理。"1883年，易卜生写信给朋友道：

> 十年之后，社会的多数人大概也会到了斯铎曼医生开公民大会时的见地了。但是这十年之中，斯铎曼自己也刻刻向前进；所以到了十年之后，他的见地仍旧比社会的多数人还高十年。即以我个人而论，我觉得时时刻刻总有进境。我从前每作一本戏时的主张，如今都已渐渐变成了很多数人的主张。但是等到他们赶到那里时，我久已不在那里了。我又到别处去了。我希望我总是向前去了。

1918年5月16日

大宇宙中谈博爱

"博爱"就是爱一切人。这题目范围很大。在未讨论以前,让我们先看一个问题:我们的世界有多大?

我的答复是"很大"!我从前念《千字文》的时候,一开头便已念到这样的词句:"天地玄黄,宇宙洪荒。"

宇宙是中国的字,和英文的 Universe、World 的意思差不多,都是抽象名词。

宇是空间(Space),即东南西北;宙是时间(Time),即古今旦暮。

《淮南子》说宇是上下四方,宙是古往今来。

宇宙就是天地,宇宙就是 Time-Space。

古人能得 Universe 的观念实在不易,相当合于今日的科学。

但古人所见的空间很小,时间很短,现在的观念已扩大了许多。考古学探讨千万年的事,地质学、古生物学、天文学等等不断的发现,更将时间空间的观念扩大。

现在的看法:空间是无穷的大,时间是无穷的长。

古人只见到八大行星,二十年前只见九大行星。现在所谓的银河,是古代所未能想象得到的。以前觉得太阳很远,现在说起来算不得什么,因为比太阳远千万倍的东西多得很。

科学就这样地答复了"宇宙究竟有多大"这个问题。

现在谈第二点：博爱。

在这个大世界里谈博爱，真是个大问题。

广义的爱，是世界各大宗教的最终目的。墨子可谓中国历史上最了不起的人，可说是宗教创立者（Founder of Religion），他提出"兼爱"为他的理论中心。兼爱就是博爱，是爱无等差的爱。墨子理论和基督教教义有很多相合的地方，如"爱人如己"、"爱我们的仇敌"等。

佛教哲学本谓一切无常，我亦无常，"我"是"四大"（土、水、火、风）偶然结合而成的，是十分简单的东西，因此无所谓爱与恨——根本不值得爱，也不值得恨。但早期佛教亦有爱的意念在：我既无常，可牺牲以为人。

和尚爱众生，但是佛教不准自食其力，所以有人称之为"叫花"（乞丐）宗教。自己的饭亦须取之于人，何能博爱？

古时很多人为了"爱"，每次登坑（大便）的时候便想想，大想一番，想到爱人。有些人则以身喂蚊，或以刀割肉，以自身所受的痛苦来显示他们对人的爱。这种爱的方法，只能做到牺牲自己，在现代的眼光看来，是可笑的。这种博爱给人的帮助十分有限，与现代的科学——工程、医学等所能给我们的"博爱"比起来，力量实在小得可怜。今日的科学增进了人类互助博爱的能力。就说最近意大利邮船 Andrea Doria 号遇难的事吧，短短的数小时内就救起千多人。近代交通、医学等的发达，减少了人类无数的痛苦。

我们要谈博爱，一定要换一观念。古时那种喂蚊割肉的博爱，等于开空头支票，毫无价值。现在的科学才能放大我们的眼光，促进我们的同情心，增加我们助人的能力。我们需要一种以科学为基础的博爱——一种实际的博爱。

孔子说："修己以敬，修己以安人，修己以安百姓。"修己就是把自己弄好。我们应当先把自己弄好，然后帮助别人；"独善其身"然后能"兼善天下"。同学们，现在我们读书的时候，不要空谈高唱博爱；但应先努力学习，充实自己，到我们有充分能力的时候才谈博爱，仍不算迟。

不　朽
——我的宗教

不朽有种种说法，但是总括看来，只有两种说法是真有区别的。一种是把"不朽"解做灵魂不灭的意思，一种就是《春秋左传》上说的"三不朽"。

（一）神不灭论。宗教家往往说灵魂不灭，死后须受末日的裁判：做好事的享受天国天堂的快乐，做恶事的要受地狱的苦痛。这种说法，几千年来不但受了无数愚夫愚妇的迷信，居然还受了许多学者的信仰。但是古今来也有许多学者对于灵魂是否可离形体而存在的问题，不能不发生疑问。最重要的如南北朝人范缜的《神灭论》说："形者神之质，神者形之用。……神之于质，犹利之于刀；形之于用，犹刀之于利。……舍利无刀，舍刀无利。未闻刀没而利存，岂容形亡而神在？"宋朝的司马光也说："形既朽灭，神亦飘散，虽有剉烧舂磨，亦无所施。"但是司马光说的"形既朽灭，神亦飘散"，还不免把形与神看做两件事，不如范缜说的更透彻。范缜说人的神灵即是形体的作用，形体便是神灵的形质。正如刀子是形质，刀子的利钝是作用；有刀子方才有利钝，没有刀子便没有利钝。人有形体方才有作用；这个作用，我们叫做"灵魂"。若没有形体，便没有作用了,便没有灵魂了。范缜这篇《神灭论》出来的时候,惹起了无数人的反对。梁武帝叫了七十几个名士作论驳他,都没有什么真有价值的议论。其中只有沈约的《难神灭论》说:"利若遍施四方,则利体无处复立;利之为用正存一边毫毛处耳。神之与形,举体若合,又安得同乎?若以此譬为尽耶,则不尽;若谓本不尽耶,则不可以为譬也。"这一段是说刀是无机体,人是有机体,故不能彼此相比。这话固然有理,但终不能推翻"神者形之用"的议论。近世唯物派的学者也说人的灵魂并不是什么无形体,独立存在的物事,不过是神经作用的总名;灵魂的种种作用都即是脑部各部分的机能作用;若有某部被损伤,某种作用即时废止;人幼年时脑部不曾完全发达,神灵作用也不能完全,老年人脑部渐渐衰耗,神灵作用也渐渐衰耗。这种议论的人旨,与范缜所说"神者形之用"正相同。但是有许多人总舍不得把灵魂打消了,所以咬住说灵魂另是一种神秘玄妙的物事,并不是神经的作用。这个"神秘玄妙"的物事究竟是什么,他们也说不出来,只觉得总应该有这么一件物事。既是"神秘玄妙",自然不能用科学试验来证明他,也不能用科学试验来驳倒他。既然如此,我们只好用实验主义(Pragmatism)的方法,看这种学说的实际效果如何,以为评判的标准。依此标准看来,信神不灭论的固然也有好人,信神灭论的也未必全是坏人。即如司马光范缜赫胥黎一类的人,说不信灵魂不灭的话,何尝没有高尚的道德?更进一层说,有些人因为迷信天堂、天国、地狱、末日裁判,方才修德行善,这种修行全是自私自利的,也算不得真正道德。总而言之,灵魂灭不灭的问题,于人生行为上实在没有什么重大影响;既没有实际的影响,简直可说是不成问题了。

(二)三不朽说。《左传》说的三种不朽是:1.立德的不朽。2.立功的不朽。3.立言的不朽。"德"便是个人人格的价值,像墨翟耶稣一类的人,一生刻意孤行,精诚勇猛,使当时的人敬爱信仰,使千百年后的人想念崇拜。这便是立德的不朽。"功"便是事业,像哥仑布发现美洲,像华盛顿造成美洲共和国,替当时的人开一新天地,替历史开一新纪元,替天下后世的人种下无量幸福的种子。这便是立功的不朽。"言"便是语言著作,像那《诗经》三百篇的许多无名诗人,又像陶潜杜甫萧士比亚易卜生一类的文学家,又像柏拉图卢骚弥儿一类的哲学家,又像牛敦达尔文一类的科学家,或是作了几首好诗使千百年后的人欢喜感叹;或是作了几部好戏使当时的人鼓舞感动,使后世的人发愤兴起;或是创出一种新哲学,或是发明了一种新学说,或在当时发生思想的革命,或在后世影响无穷。这便是立言的不朽。总而言之,这种不朽说,不问人死后灵魂能不能存在,只问他的人格、他的事业、他的著作有没有永远存在的价值。即如基督教徒说耶稣是上帝的儿子他的神灵永久存在,我们正不用驳这种无凭据的神话,只说耶稣的人格、事业和教训都可以不朽,又何必说那些无谓的神话呢?又如孔教会的人到了孔丘的生日,一定要举行祭孔的典礼,还有些人学那"朝山进香"的法子,要赶到曲阜孔林去对孔丘的神灵表示敬意!其实孔丘的不朽全在他的人格与教训,不在他那"在天之灵"。大总统多行两次丁祭,孔教会多走两次"朝山进香",就可以使孔丘格外不朽了吗?更进一步说,像那《三百篇》里的诗人,也没有姓名,也没有事实,但是他们都可说是立言的不朽。为什么呢?因为不朽全靠一个人的真价值,并不靠姓名事实的流传,也不靠灵魂的存在。试看古往今来的多少大发明家,那发明火的,发明养蚕的,发明缫丝的,发明织布的,发明水车的,发明舂米的水碓的,发明规矩的,发明秤的……虽然姓名不传,事实湮没,但他们的功业永远存在,他们也就都不朽了。这种不朽比那个人的小小灵魂的存在,可不是更可宝贵,更可羡慕吗?况且那灵魂的有无还在不可知之中,这三种不朽——德、功、言——可是实在的。这三种不朽可不是比那灵魂的不灭更靠得住吗?

以上两种不朽论,依我个人看来,不消说得,那"三不朽说"是比那"神不灭说"好得多了。但是那"三不朽说"还有三层缺点,不可不知。第一,照平常的解说看来,那些真能不朽的人只不过那极少数有道理、有功业、有著述的人。还有那无量平常人难道就没有不朽的希望吗?世界上能有几个墨翟耶稣,几个哥仑布华盛顿,几个杜甫陶潜,几个牛敦达尔文呢？这岂不成了一种"寡头"的不朽论吗？第二，这种不朽论单从积极一方面着想，但没有消极的裁制。那种灵魂的不朽论既说有天国的快乐，又说有地狱的苦楚，是积极消极两方面都顾着的。如今单说立德可以不朽，不立德又怎样呢？立功可以不朽，有罪恶又怎样呢？第三，这种不朽论所说的"德、功、言"三件，范围都很含糊。究竟怎样的人格方才可算是"德"呢？怎样的事业方才可算是"功"呢？怎样的著作方才可算是"言"呢？我且举一个例。哥仑布发现美洲固然可算得立了不朽之功，但是他船上的水手火头又怎样呢？他那只船的造船工人又怎样呢？他船上用的罗盘器械的制造工人又怎样呢？他所读的书的著作者又怎样呢？……举这一条例，已可见"三不朽"的界限含糊不清了。

因为要补足这三层缺点，所以我想提出第三种不朽论来请大家讨论。我一时想不起别的好名字，姑且称他做"社会的不朽论"。

（三）社会的不朽论。社会的生命，无论是看纵剖面，是看横截面，都像一种有机的组织。从纵剖面看来，社会的历史是不断的；前人影响后人，后人又影响更后人；没有我们的祖宗和那无数的古人，又那里有今日的我和你？没有今日的我和你，又那里有将来的后人？没有那无量数的个人，便没有历史，但是没有历史，那无数的个人也决不是那个样子的个人：总而言之，个人造成历史，历史造成个人。从横截面看来，社会的生活是交互影响的：个人造成社会，社会造成个人；社会的生活全靠个人分工合作的生活，但个人的生活，无论如何不同，都脱不了社会的影响；若没有那样这样的社会，决不会有这样那样的我和你；若没有无数的我和你，社会也决不是这个样子。来勃尼慈（Leibnitz）说得好：

> 这个世界乃是一片大充实（Plenum 为真空 Vacuum 之对），其中一切物质都是接连着的。一个大充实里面有一点变动，全部的物质都要受影响，影响的程度与物体距离的远近成正比例。世界也是如此。每一个人不但直接受他身边亲近的人的影响，并且间接又间接的受距离很远的人的影响。所以世间的交互影响，无论距离远近，都受得着的。所以世界上的人，每人受着全世界一切动作的影响。如果他

有周知万物的智慧,他可以在每人的身上看出世间一切施为,无论过去未来都可看得出,在这一个现在里面便有无穷时间空间的影子。

从这个交互影响的社会观和世界观上面,便生出我所说的"社会的不朽论"来。我这"社会的不朽论"的大旨是:

> 我这个"小我"不是独立存在的,是和无量数"小我"有直接或间接的交互关系的;是和社会的全体和世界的全体都有互为影响的关系的;是和社会世界的过去和未来都有因果关系的。种种从前的因,种种现在无数"小我"和无数他种势力所造成的因,都成了我这个"小我"的一部分。我这个"小我",加上了种种从前的因,又加上了种种现在的因,传递下去,又要造成无数将来的"小我"。这种种过去的"小我",和种种现在的"小我",和种种将来无穷的"小我",一代传一代,一点加一滴;一线相传,连绵不断;一水奔流,滔滔不绝——这便是一个"大我"。"小我"是会消灭的,"大我"是永远不灭的。"小我"是有死的,"大我"是永远不死,永远不朽的。"小我"虽然会死,但是每一个"小我"的一切作为,一切功德罪恶,一切语言行事,无论大小,无论是非,无论善恶,一一都永远留存在那个"大我"之中。那个"大我",便是古往今来一切"小我"的纪功碑、彰善祠、罪状判决书、孝子慈孙百世不能改的恶谥法。这个"大我"是永远不朽的,故一切"小我"的事业、人格、一举一动、一言一笑、一个念头、一场功劳、一桩罪过,也都永远不朽。这便是社会的不朽,"大我"的不朽。

那边"一座低低的土墙,遮着一个弹三弦的人"。那三弦的声浪,在空间起了无数波澜;那被冲动的空气质点,直接间接冲动无数旁的空气质点;这种波澜,由近而远,至于无穷空间;由现在而将来,由此刹那以至于无量刹那,至于无穷时间——这已是不灭不朽了。那时间,那"低低的土墙"外边来了一位诗人,听见那三弦的声音,忽然起了一个念头;由这一个念头,就成了一首好诗;这首好诗传诵了许多人;人读了这诗,各起种种念头;由这种种念头,更发生无量数的念头,更发生无数的动作,以至于无穷。然而那"低低的土墙"里面那个弹三弦的人又如何知道他所发生的影响呢？

一个生肺病的人在路上偶然吐了一口痰。那口痰被太阳晒干了，化为微尘，被风吹起空中，东西飘散，渐吹渐远，至于无穷时间，至于无穷空间。偶然一部分的病菌被体弱的人呼吸进去，便发生肺病，由他一身传染一家，更由一家传染无数人家。如此辗转传染，至于无穷空间，至于无穷时间。然而那先前吐痰的人的骨头早已腐烂了，他又如何知道他所种的恶果呢？

一千五六百年前有一个叫做范缜的人说了几句话道："神之于形，犹利之于刀；未闻刀没而利存，岂容形亡而神在？"这几句话在当时受了无数人的攻击。到了宋朝有个司马光把这几句话记在他的《资治通鉴》里。一千五六百年之后，有一个十一岁的小孩子——就是我——看《通鉴》到这几句话，心里受了一大感动，后来便影响了他半生的思想行事。然而那说话的范缜早已死了一千五百年了！

二千六七百年前，在印度地方有一个穷人病死了，没人收尸，尸首暴露在路上，已腐烂了。那边来了一辆车，车上坐着一个王太子，看见了这个腐烂发臭的死人，心中起了一念；由这一念，辗转发生无数念。后来那位王太子把王位也抛了，富贵也抛了，父母妻子也抛了，独自去寻思一个解脱生老病死的方法。后来这位王子便成了一个教主，创了一种哲学的宗教，感化了无数人。他的影响势力至今还在；将来即使他的宗教全灭了，他的影响势力终久还存在，以至于无穷。这可是那腐烂发臭的路毙所曾梦想到的吗？

以上不过是略举几件事，说明上文说的"社会的不朽"、"大我的不朽"。这种不朽论，总而言之，只是说个人的一切功德罪恶，一切言语行事，无论大小好坏，一一都留下一些影响在那个"大我"之中，一一都与这永远不朽的"大我"一同永远不朽。

上文我批评那"三不朽论"的三层缺点：1. 只限于极少数的人。2. 没有消极的裁制。3. 所说"功、德、言"的范围太含糊了。如今所说"社会的不朽"，其实只是把那"三不朽论"的范围更推广了。既然不论事业功德的大小,一切都可不朽,那第一第三两层短处都没有了。冠绝古今的道德功业固可以不朽,那极平常的"庸言庸行"、油盐柴米的琐屑、愚夫愚妇的细事、一言一笑的微细,也都永远不朽。那发现美洲的哥伦布固可以不朽,那些和他同行的水手火头,造船的工人,造罗盘器械的工人,供给他粮食衣服银钱的人,他所读的书的著作家,生他的父母,生他父母的父母祖宗,以及生育训练那些工人商人的父母祖宗,以及他以前和同时的社会……都永远不朽。社会是有机的组织,那英雄伟人可以不朽,那挑水的、烧饭的,甚至于浴堂里替你擦背的,甚至于每天替你家掏粪倒马桶的,也都永远不朽。至于那第二层缺点,也可免去。如今说立德不朽,行恶也不朽;立功不朽,犯罪也不朽;"流芳百世"不朽,"遗臭万年"也不朽;功德盖世固是不朽的善因,吐一口痰也有不朽的恶果。我的朋友李守常先生说得好:"稍一失脚,必致遗留层层罪恶种子于未来无量的人——即未来无量的我——永不能消除,永不能忏悔。"这就是消极的裁制了。

中国儒家的宗教提出一个父母的观念,和一个祖先的观念,来做人生一切行为的裁制力。所以说,"一出言而不敢忘父母,一举足而不敢忘父母"。父母死后,又用丧礼祭礼等等见神见鬼的方法,时刻提醒这种人生行为的裁制力。所以又说,"斋明盛服,以承祭祀,洋洋乎如在其上,如在其左右"。又说,"斋三日,则见其所为斋者;祭之日,入室,僾然必有见乎其位;周还出户,肃然必有闻乎其容声;出户而听,忾然必有闻乎其叹息之声"。这都是"神道设教",见神见鬼的手段。这种宗教的手段在今日是不中用了。还有那种"默示"的宗教、神权的宗教、崇拜偶像的宗教,在我们心里也不能发生效力,不能裁制我们一生的行为。以我个人看来,这种"社会的不朽"观念很可以做我的宗教了。我的宗教的教旨是:

> 我这个现在的"小我",对于那永远不朽的"大我"的无穷过去,须负重大的责任;对于那永远不朽的"大我"的无穷未来,也须负重大的责任。我须要时时想着,我应该如何努力利用现在的"小我",方才可以不辜负了那"大我"的无穷过去,方才可以不遗害那"大我"的无穷未来!

新思潮的意义

一

近来报纸上发表过几篇解释"新思潮"的文章,我读了这几篇文章,觉得他们所举出的新思潮的性质,或太琐碎,或太笼统,不能算做新思潮运动的真确解释,也不能指出新思潮的将来趋势。即如包世杰先生的《新思潮是什么》一篇长文,列举新思潮的内容,何尝不详细?但是他究竟不曾使我们明白那种种新思潮的共同意义是什么。比较最简单的解释要算我的朋友陈独秀先生所举出的《新青年》两大罪案——其实就是新思潮的两大罪案——一是拥护德莫克拉西先生(民治主义),一是拥护赛因斯先生(科学)。陈先生说:

> 要拥护那德先生,便不得不反对孔教、礼法、贞节、旧伦理、旧政治。要拥护那赛先生,便不得不反对旧艺术、旧宗教。要拥护德先生,又要拥护赛先生,便不得不反对国粹和旧文学。

这话虽然很简明,但是还嫌太笼统了一点。假使有人问:"何以要拥护德先生和赛先生便不能不反对国粹和旧文学呢?"答案自然是:"因为国粹和旧文学同是德赛两位先生反对的。"又问:"何以凡德赛两位先生反对的东西都该反对呢?"这个问题可就不是几句笼统简单的话所能回答的了。

据我个人的观察,新思潮的根本意义只是一种新态度。这种新态度可叫做"评判的态度"。

评判的态度,简单说来,只是凡事要重新分别一个好与不好。仔细说来,评判的态度含有几种特别的要求:

(一)对于习俗相传下来的制度风俗,要问:"这种制度现在还有存在的价值吗?"

(二)对于古代遗传下来的圣贤教训,要问:"这句话在今日还是不错吗?"

(三)对于社会上糊涂公认的行为与信仰,都要问:"大家公认的,就不会错了吗?人家这样做,我也该这样做吗?难道没有别样做法比这个更好,更有理,更有益的吗?"

尼采说现今时代是一个"重新估定一切价值"(Transvaluation of all Values)的时代。"重新估定一切价值"八个字便是评判态度的最好解释。从前的人说妇女的脚越小越美。现在我们不但不认小脚为"美",简直说这是"惨无人道"了。十年前,人家和店家都用鸦片烟敬客。现在鸦片烟变成犯禁品了。二十年前,康有为是洪水猛兽一般的维新党。现在康有为变成老古董了。康有为并不曾变换,估价的人变了,故他的价值也跟着变了。这叫做"重新估定一切价值"。

我以为现在所谓"新思潮",无论怎样不一致,根本上同有这公共的一点:评判的态度。孔教的讨论只是要重新估定孔教的价值。文学的评论只是要重新估定旧文学的价值。贞操的讨论只是要重新估定贞操的道德在现代社会的价值。旧戏的评论只是要重新估定旧戏在今日文学上的价值。礼教的讨论只是要重新估定古代的纲常礼教在今日还有什么价值。女子的问题只是要重新估定女子在社会上的价值。政府与无政府的讨论,财产私有与公有的讨论,也只是要重新估定政府与财产等等制度在今日社会的价值。……我也不必往下数了,这些例很够证明这种评判的态度是新思潮运动的共同精神。

二

这种评判的态度,在实际上表现时,有两种趋势。一方面是讨论社会上,政治上,宗教上,文学上种种问题。一方面是介绍西洋的新思想,新学术,新文学,新信仰。前者是"研究问题",后者是"输入学理"。这两项是新思潮的手段。

我们随便翻开这两三年以来的新杂志与报纸,便可以看出这两种的趋势。在研究问题一方面,我们可以指出:1. 孔教问题。2. 文学改革问题。3. 国语统一问题。4. 女子解放问题。5. 贞操问题。6. 礼教问题。7. 教育改良问题。8. 婚姻问题。9. 父子问题。10. 戏剧改良问题,等等。在输入学理一方面,我们可以指出《新青年》的"易卜生号"、"马克思号",《民铎》的"现代思潮号",《新教育》的"杜威号",《建设》的"全民政治"的学理,和北京《晨报》、《国民公报》、《每周评论》上海《星期评论》、《时事新报》、《解放与改造》,广州《民风周刊》,等等杂志报纸所介绍的种种西洋新学说。

为什么要研究问题呢?因为我们的社会现在正当根本动摇的时候,有许多风俗制度,向来不发生问题的,现在因为不能适应时势的需要,不能使人满意,都渐渐的变成困难的问题,不能不彻底研究,不能不考问旧日的解决法是否错误;如果错了,错在什么地方;错误寻出了,可有什么更好的解决方法,有什么方法可以适应现时的要求。例如孔教的问题,向来不成什么问题;后来东方文化与西方文化接近,孔教的势力渐渐衰微,于是有一班信仰孔教的人妄想要用政府法令的势力来恢复孔教的尊严;却不知道这种高压的手段恰好挑起一种怀疑的反动。因此,民国四五年的时候,孔教会的活动最大,反对孔教的人也最多,孔教成为问题就在这个时候。现在大多数明白事理的人,已打破了孔教的迷梦,这个问题又渐渐的不成问题了,故安福部的议员通过孔教为修身大本的议案时,国内竟没有人睬他们了!

又如文学革命的问题。向来教育是少数"读书人"的特别权利,于大多数人是无关系的,故文字的艰深不成问题。近来教育成为全国人的公共权利,人人知道普及教育不是可少的,故渐渐的有人知道文言在教育上实在不适用,于是文言白话就成为问题了。后来有人觉得单用白话做教科书是不中用的,因为世间决没有人情愿学一种除了教科书以外便没有用处的文字。这些人主张:古文不但不配做教育的工具,并且不配做文学的利器;若要提倡国语的教育,先须提倡国语的文学。文学革命的问题就是这样发生的。现在全国教育联合会已全体一致通过小学教科书改用国语的议案,况且用国语作文章的人也渐渐的多了,这个问题又渐渐的不成问题了。

为什么要输入学理呢?这个大概有几层解释。一来呢,有些人深信中国不但缺乏炮弹兵船电报铁路,还缺乏新思想与新学术,故他们尽量的输入西洋近世的学说。二来呢,有些人自己深信某种学说,要想他传播发展,故尽力提倡。三来呢,有些人自己不能做具体的研究功夫,觉得翻译现成的学说比较容易些,故乐得做这种稗贩事业。四来呢,研究具体的社会问题或政治问题,一方面做那破坏事业,一方面做对症下药的功夫,不但不容易,并且很遭犯忌讳,很容易惹祸,故不如做介绍学说的事业,借"学理研究"的美名,既可以避"过激派"的罪名,又还可以种下一点革命的种子。五来呢,研究问题的人,势不能专就问题本身讨论,不能不从那问题的意义上着想;但是问题引申到意义上去,便不能不靠许多学理做参考比较的材料,故学理的输入往往可以帮助问题的研究。

这五种动机虽然不同,但是多少总含有一种"评判的态度",总表示对于旧有学术思想的一种不满意和对于西方的精神文明的一种新觉悟。

但是这两三年新思潮运动的历史应该给我们一种很有益的教训。什么教训呢?就是,这两三年来新思潮运动的最大成绩差不多全是研究问题的结果。新文学的运动便是一个最明白的例。这个道理很容易解释。凡社会上成为问题的问题，一定是与许多人有密切关系的。这许多人虽然不能提出什么新解决，但是他们平时对于这个问题自然不能不注意。若有人能把这个问题的各方面都细细分析出来，加上评判的研究，指出不满意的所在，提出新鲜的救济方法，自然容易引起许多人的注意。起初自然有许多人反对。但是反对便是注意的证据，便是兴趣的表示。没有人讨论，没有人反对，便是不能引起人注意的证据。研究问题的文章所以能发生效果，正为所研究的问题一定是社会人生最切要的问题，最能使人注意，也最能使人觉悟。悬空介绍一种专家学说，除了少数专门学者之外，决不会发生什么影响。但是我们可以在研究问题里面做点输入学理的事业，或用学理来解释问题的意义，或从学理上寻求解决问题的方法。用这种方法来输入学理，能使人于不知不觉之中感受学理的影响。不但如此，研究问题最能使读者渐渐地养成一种批评的态度、研究的兴趣、独立思想的习惯。十部《纯粹理性的评判》，不如一点评判的态度；十种"全民政治论"，不如一点独立思想的习惯。

总起来说：研究问题所以能于短时期中发生很大的效力，正因为研究问题有这几种好处：1. 研究社会人生切要的问题最容易引起大家的注意；2. 因为问题关切人生，故最容易引起反对，但反对是该欢迎的，因为反对便是兴趣的表示，况且反对的讨论不但给我们许多不要钱的广告，还可使我们得讨论的益处，使真理格外分明；3. 因为问题是逼人的活问题，故容易使人觉悟，容易得人信从；4. 因为从研究问题里面输入的学理，最容易消除平常人对于学理的抗拒力，最容易使人于不知不觉之中受学理的影响；5. 因为研究问题可以不知不觉的养成一班研究的、评判的、独立思想的革新人才。

这是这几年新思潮运动的大教训！我希望新思潮的领袖人物以后能了解这个教训，能把全副精力贯注到研究问题上去；能把一切学理不看做天经地义，但看做研究问题的参考材料；能把一切学理应用到我们自己的种种切要问题上去；能在研究问题上面做输入学理的功夫；能用研究问题的功夫来提倡研究问题的态度，来养成研究问题的人才。

这是我对于新思潮运动的解释,这也是我对于新思潮将来的趋向的希望。

三

以上说新思潮的"评判的精神"在实际上的两种表现。现在要问:"新思潮的运动对于中国旧有的学术思想,持什么态度呢?"

我的答案是:"也是评判的态度。"

分开来说,我们对于旧有的学术思想有三种态度:第一,反对盲从;第二,反对调和;第三,主张整理国故。

盲从是评判的反面,我们既主张"重新估定一切价值",自然要反对盲从。这是不消说的了。

为什么要反对调和呢?因为评判的态度只认得一个是与不是,一个好与不好,一个适与不适——不认得什么古今中外的调和。调和是社会的一种天然趋势。人类社会有一种守旧的惰性,少数人只管趋向极端的革新,大多数人至多只能跟你走半程路。这就是调和。调和是人类懒病的天然趋势,用不着我们来提倡。我们走了一百里路,大多数人也许勉强走三四十里。我们若先讲调和,只走五十里,他们就一步都不走了。所以革新家的责任只是认定"是"的一个方向走去,不要回头讲调和。社会上自然有无数懒人懦夫出来调和。

我们对于旧有的学术思想,积极的只有一个主张——就是"整理国故"。整理就是从乱七八糟里面寻出一个条理脉络来;从无头无脑里面寻出一个前因后果来;从胡说谬解里面寻出一个真意义来;从武断迷信里面寻出一个真价值来。为什么要整理呢?因为古代的学术思想向来没有条理、没有头绪、没有系统,故第一步是条理系统的整理。因为前人研究古书,很少有历史进化的眼光的,故从来不讲究一种学术的渊源,一种思想的前因后果,所以第二步是要寻出每种学术思想怎样发生,发生之后有什么影响效果。因为前人读古书,除极少数学者以外,大都是以讹传讹的谬说——如太极图、爻辰、先天图、卦气之类。——故第三步是要用科学的方法,做精确的考证,把古人的意义弄得明白清楚。因为前人对于古代的学术思想,有种种武断的成见,有种种可笑的迷信,如骂杨朱、墨翟为禽兽,却尊孔丘为德配天地,道冠古今!——故第四步是综合前三步的研究,各家都还他一个本来真面目,各家都还他一个真价值。

这叫做"整理国故"。现在有许多人自己不懂得国粹是什么东西,却偏要高谈"保存国粹"。林琴南先生作文章论古文之不当废,他说:"吾知其理而不能言其所以然!"现在许多国粹党,有几个不是这样糊涂懵懂的?这种人如何配谈国粹?若要知道什么是国粹,什么是国渣,先需要用评判的态度、科学的精神,去做一番整理国故的功夫。

四

新思潮的精神是一种评判的态度。

新思潮的手段是研究问题与输入学理。

新思潮的将来趋势,依我个人的私见看来,应该是注重研究人生社会的切要问题,应该于研究问题之中做介绍学理的事业。

新思潮对于旧文化的态度,在消极一方面是反对盲从,是反对调和;在积极一方面,是用科学的方法来做整理的功夫。

新思潮的唯一目的是什么呢?是再造文明。

文明不是笼统造成的,是一点一滴的造成的。进化不是一晚上笼统进化的,是一点一滴的进化的。现今的人爱谈"解放与改造",须知解放不是笼统解放,改造也不是笼统改造。解放是这个那个制度的解放,这种那种思想的解放,这个那个人的解放,是一点一滴的解放。改造是这个那个制度的改造,这种那种思想的改造,这个那个人的改造,是一点一滴的改造。

再造文明的下手功夫,是这个那个问题的研究。再造文明的进行,是这个那个问题的解决。

1919 年 11 月 1 日

什么是文学

——答钱玄同

我尝说:"语言文字都是人类达意表情的工具;达意达的好,表情表的妙,便是文学。"

但是怎样才是"好"与"妙"呢?这就很难说了。我曾用最浅近的话说明如下:"文学有三个要件:第一要明白清楚,第二要有力能动人,第三要美。"

因为文学不过是最能尽职的语言文字,因为文学的基本作用(职务)还是"达意表情",故第一个条件是要把情或意,明白清楚的表出达出,使人懂得,使人容易懂得,使人决不会误解。请看下例:

> 藁坞芝房,一点中池,生来易惊。笑金钗卜就,先能断决;犀珠镇后,才得和平。楼响登难,房空怯最,三斗除非借酒倾。芳名早,唤狗儿吹笛,伴取歌声。　　沈忱何事牵情?悄不觉人前太息轻。怕残灯枕外,帘旌蝙拂;幽期夜半,窗户鸡鸣。愁髓频寒,回肠易碎,长是心头苦暗并。天边月,纵团栾如镜,难照分明。

这首《沁园春》是从《曝书亭集》卷二十八页八抄出来的。你是大学的一位国文教授,你可看得懂他"咏"的是什么东西吗?若是你还看不懂,那么,他就通不过这第一场"明白"("懂得性")的试验。它是一种玩意儿,连"语言文字"的基本作用都够不上,那配称为"文学"!

懂得还不够。还要人不能不懂得;懂得了,还要人不能不相信,不能不感动。我要他高兴,他不能不高兴;我要他哭,他不能不哭;我要他崇拜我,他不能不崇拜我;我要他爱我,他不能不爱我。这是"有力"。这个,我可以叫他做"逼人性"。

我又举一个例:

《血府》当归生地桃,
红花甘草壳赤芍,
柴胡芎桔牛膝等,
血化下行不作劳。

这是"血府逐淤汤"的歌诀。这一类的文字,只有"记账"的价值,绝不能"动人",绝没有"逼人"的力量,故也不能算文学。大多数的中国"旧文学",如碑版文字,如平铺直叙的史传,都属于这一类。

我读齐镈文,书阙乏佐证。独取圣祁字,古谊籍以正。亲殇俪考妣,从女疑非敬。《说文》有祁字,乃训祀司命。此文两皇,配祖义相应。幸得三代物,可与浚长诤。 ——(李慈铭《齐子中姜镈歌》)

这一篇你(大学的国文教授)看了一定大略明白,但他决不能感动你,决不能使你有情感上的感动。

第三是美。我说,孤立的美,是没有的。美就是"懂得性"(明白)与"逼人性"(有力)二者加起来自然发生的结果。例如"五月榴花照眼明"一句,何以美呢?美在用的是"明"字,我们读这个"明"字不能不发生一树鲜明逼人的榴花的印象。这里面含有两个分子:1. 明白清楚;2. 明白之至,有逼人而来的"力"。

再看《老残游记》的一段:

那南面山上,一条白光,映着月色,分外好看。一层一层的山岭,却分辨不清;又有几片白云在里面,所以分不出是云是山。及至定睛看去,方才看出那是云那是山来。虽然云是白的,山也是白的。云有亮光,山也有亮光;只因为月在云上,云在月下,所以云的亮光从背后透过来。那山却不然的:山的亮光由月光照到山上,被那山上的雪反射过来,所以光是两样了。然只稍近的地方如此。那山望东去,越望越远,天也是白的,山也是白的,云也是白的,就分辨不出来。

这一段无论是何等顽固古文家都不能不承认是美。美在何处呢?也只是两个分子:第一是明白清楚;第二是明白清楚之至,故有逼人而来的影像。除了这两个分子之外,还有什么孤立的美吗?没有了。

你看我这个界说怎样?我不承认什么"纯文"与"杂文"。无论什么文(纯文与杂文、韵文与非韵文)都可分做"文学的"与"非文学的"两项。

《吴虞文录》序

凡是到过北京的人,总忘不了北京街道上的清道夫。那望不尽头的大街上,迷漫扑人的尘土里,他们抬着一桶水,慢慢的歇下来,一勺一勺的洒到地上去,洒的又远又均匀。水洒着的地方,尘土果然不起了。但那酷烈可怕的太阳光,偏偏不肯帮忙,它只管火也似的晒在那望不到尽头的大街上。那水洒过的地方,一会儿便晒干了;一会儿风吹过来或汽车走过去,那弥漫扑人的尘土又飞扬起来了!洒的尽管洒,晒的尽管晒。但那些蓝袄蓝裤露着胸脯的清道夫,并不因为太阳和他们作对就不洒水了。他们依旧一勺一勺的洒将去,洒的又远又均匀,直到日落了,天黑了,他们才抬着空桶,慢慢的走回去,心里都想道:今天的事做完了!

吴又陵先生是中国思想界的一个清道夫。他站在那望不尽头的长路上,眼睛里、嘴里、鼻子里、头颈里,都是那弥漫扑人的孔渣孔滓的尘土,他自己受不住了,又不忍见那无数行人在那孔渣孔滓的尘雾里撞来撞去,撞的破头折脚。因此,他发愤做一个清道夫,常常挑着一担辛辛苦苦挑来的水,一勺一勺的洒向那孔尘弥漫的大街上。他洒他的水,不但拿不着工钱,还时时被那无数吃惯孔尘的老头子们跳着脚痛骂,怪他不识货,怪他不认得这种孔渣孔滓的美味,怪他挑着水拿着勺子在大路上妨碍行人！他们常常用石头掷他，他们哭求那些吃孔尘羹饭的大人老爷们，禁止他挑水，禁止他清道。但他毫不在意，他仍旧做他清道的事。有时候，他洒的疲乏了，失望了，忽然远远的觑见那望不尽头的大路的那一头好像也有几个人在那里洒水清道，他的心里又高兴起来了，他的精神又鼓舞起来了。于是他仍旧挑了水来，一勺一勺的洒向那旋洒旋干的长街上去。

这是吴先生的精神。吴先生和我的朋友陈独秀是近年来攻击孔教最有力的两位健将。他们两人，一个在上海，一个在成都，相隔那么远，但精神上很有相同之点。独秀攻击孔丘的许多文章专注重"孔子之道不合现代生活"的一个主要观念。当那个时候，吴先生在四川也作了许多非孔的文章，他的主要观念也只是"孔子之道不合现代生活"的一个观念。吴先生是学过法政的人，故他的方法与独秀稍不同。吴先生自己说他的方法道：

> 不佞丙午游东京，曾有数诗，注中多非儒之说。归蜀后，常以《六经》、《五礼通考》、《唐律疏义》、《满清律例》及诸史中议礼议狱之文，与老、庄、孟德斯鸠、甄克思、穆勒约翰、斯宾塞尔、远藤隆吉、久保天随诸家之著作，及欧美各国宪法、民法、刑法，比较对勘。十年以来，粗有所见。

吴先生用这个方法的结果，他的非孔文章大体都注重那些根据孔道的种种礼教、法律、制度、风俗。他先证明这些礼法制度都是根据于儒家的基本教条的，然后证明这种种礼法制度都是一些吃人的礼教和一些坑陷人的法律制度。他又从思想史的方面，指出自老子以来也有许多古人不满意于这些欺人吃人的礼制，使我们知道儒教所极力拥护的礼制在千百年前早已受思想家的批评与攻击了，何况在现今这种大变而特变的社会生活之中呢？

吴先生的方法，我觉得是很不错的。我们对于一种学说或一种宗教，应该研究它在实际上发生了什么影响："它产生了什么样子的礼法制度？它所产生的礼法制度发生了什么效果？增长了或是损害了人生多少幸福？造成了什么样子的国民性？助长了进步吗？阻碍了进步吗？"这些问题都是批评一种学说或一种宗教的标准。用这种实际的效果去批评学说与宗教，是最严厉又最平允的方法。吴先生虽不曾明说他用的是这种实际主义的标准，但我想他一定很赞成我这个解释。

那些"卫道"的老先生们也知道这种实际标准的厉害，所以他们想出一个躲避的法子来。他们说："这种种实际的流弊都不是孔老先生的本旨，都是叔孙通董仲舒刘歆程颢朱熹等人误解孔道的结果。他们骂来骂去，只骂着叔孙通董仲舒刘歆程颢朱熹一班人，却骂不着孔老先生。"于是有人说《礼运》大同说是真孔教（康有为先生）；又有人说四教、四绝、三慎，是真孔教（顾实先生）。关于这种遁词，独秀说的最痛快：

> 足下分汉宋儒者以及今之孔道孔教诸会之孔教，与真正孔子之教为二，且谓孔教为后人所坏。愚今所欲问者，汉唐以来诸儒，何以不依傍道法杨墨，而人亦不以道法杨墨称之？何以独与孔子为缘而复败坏之也？足下可深思其故矣。

这个道理最明显：何以那种种吃人的礼教制度都不挂别的招牌，偏爱挂孔老先生的招牌呢？正因为两千年吃人的礼教法制都挂着孔丘的招牌，故这块孔丘的招牌——无论是老店，是冒牌——不能不拿下来，捶碎，烧去！

我给各位中国少年介绍这位"四川省只手打孔家店"的老英雄——吴又陵先生！

1921 年 6 月 16 日

《尝试集》四版自序

《尝试集》是民国九年三月出版的。当那新旧文学争论最激烈的时候,当那初次试作新诗的时候,我对于我自己的诗,选择自然不很严;大家对于我的诗,判断自然也不很严。我自己对于社会,只要求他们许我尝试的自由。社会对于我,也很大度的承认我的诗是一种开风气的尝试。这点大度的承认遂使我的《尝试集》在两年之中销售到一万部。这是我很感谢的。

现在新诗的讨论时期,渐渐的过去了。——现在还有人引了阿狄生、强生、格雷、辜勒律己的话来攻击新诗的运动,但这种"诗云子曰"的逻辑,便是反对论破产的铁证。——新诗的作者也渐渐的加多了。有几位少年诗人的创作,大胆的解放,充满着新鲜的意味,使我一头高兴,一头又很惭愧。我现在回头看我这五年来的诗,很像一个缠过脚后来放大了的妇人回头看她一年一年的放脚鞋样,虽然一年放大一年,年年的鞋样上总还带着缠脚时代的血腥气。我现在看这些少年诗人的新诗,也很像那缠过脚的妇人,眼里看着一班天足的女孩子们跳上跳下,心里好不妒羡!

但是缠过脚的妇人永远不能恢复她的天然脚了。我现在把我这五六年的放脚鞋样,重新挑选了一遍,删去了许多太不成样子的或可以害人的。内中虽然还有许多小脚鞋样,但他们的保存也许可以使人知道缠脚的人放脚的痛苦,也许还有一点历史的用处,所以我也不必讳了。

删诗的事,起于民国九年的年底。当时我自己删了一遍,把删剩的本子,送给任叔永陈莎菲,请他们再删一遍。后来又送给鲁迅先生删一遍。那时周作人先生病在医院里,他也替我删一遍。后来俞平伯来北京,我又请他删一遍。他们删过之后,我自己又仔细看了好几遍,又删去了几首,同时却也保留了一两首他们主张删去的。例如《江上》,鲁迅与平伯都主张删,我因为当时的印象太深了,舍不得删去。又如《礼》一首(初版再版皆无)鲁迅主张删去,我因为这诗虽是发议论,却不是抽象的发议论,所以把他保留了。有时候,我们也有很不同的见解。例如《看花》一首,康白情写信来,说此诗很好,平伯也说它可存;但我对于此诗,始终不满意,故再版时,删去了两句,四版时竟全删了。

再版时添的六首诗,此次被我删去了三首,又被鲁迅叔永莎菲删去了一首。此次添入《尝试集》十五首、《去国集》一首。共计:

《尝试集》第一编,删了八首,又《尝试篇》提出代序,共存十四首。

《尝试集》第二编,删了十六首,又《许怡荪》与《一笑》移入第三编,共存十七首。

《尝试集》第三编,旧存的两首,新添的十五首,共十七首。

《去国集》删去了八首,添入一首,共存十五首。

共存诗词六十四首。

有些诗略有删改的。如《尝试篇》删去了四句;《鸽子》改了四个字;《你莫忘记》添了三个"了"字;《一笑》改了两处;《例外》前在《新青年》上发表时有四章,现在删去了一章。这种地方,虽然细微的很,但也有很可研究之点。例如《一笑》第二章原文:

那个人不知后来怎样了。

蒋百里先生有一天对我说,这样排列,便不好读,不如改做:

那个人后来不知怎样了。

我依他改了，果然远胜原文。又如《你莫忘记》第九行原文是：

> 嗳哟……火就要烧到这里。

康白情从三万里外来信，替我加上了一个"了"字，方才合白话的文法。作白话的人，若不讲究这种似微细而实重要的地方，便不配作白话，更不配作白话诗。

《尝试集》初版有钱玄同先生的序和我的序。这两篇序都有了一两万份流传在外；现在为减轻书价起见，我把他们都删去了。（我的"自序"现收入《胡适文存》里。）

我借这个四版的机会，谢谢那一班帮我删诗的朋友。至于我在再版自序里说的那种"戏台里喝彩"的坏脾气，我近来也很想矫正它，所以我恭恭敬敬的引东南大学教授胡先骕先生"评"《尝试集》的话来做结。胡先骕教授说：

> 胡君之《尝试集》，死文学也。以其必死必朽也。不以其用活文字之故，而遂得不死不朽也。物之将死，必精神失其常度，言动出于常轨。胡君辈之诗之卤莽灭裂趋于极端，正其必死之征耳。

这几句话，我初读了觉得很像是骂我的话；但这几句话是登在一种自矢"平心而言，不事谩骂，以培俗"的杂志上的，大概不会是骂罢？无论如何，我自己正在愁我的解放不彻底，胡先骕教授却说我"卤莽灭裂趋于极端"，这句话实在未免过誉了。至于"必死必朽"的一层，倒也不在我的心上，况且胡先骕教授又说：

> 陀司妥夫士忌、戈尔基之小说，死文学也。不以其轰动一时遂得不死不朽也。

胡先骕教授居然很大度的请陀司妥夫士忌和戈尔忌来陪我同死同朽，这更是过誉了，我更不敢当了。

1922 年 3 月 10 日

《蕙的风》序

我的少年朋友汪静之把他的诗集《蕙的风》寄来给我看,后来他随时作的诗,也都陆续寄来。他的集子在我家里差不多住了一年之久;这一年之中,我觉得他的诗的进步着实可惊。他在 1921 年 2 月 3 日作的《雪花——棉花》,有这样的句子:

> 你还以为我孩子瞎说吗?
> 你不信到门前去摸摸看,
> 那不是棉花?
> 那不是棉花是什么?
> 妈,你说这是雪花,
> 我说这是顶好的棉花,
> 比我们前天望见棉花铺子里的还好的多多。
> ....

这确是很幼稚的。但他在一年之后——1922 年 1 月 18 日——作的《小诗》,如:

> 我冒犯了人们的指谪,
> 一步一回头地瞟我意中人,
> 我怎样欣慰而胆寒呵。

这就是很成熟的好诗了。

我读静之的诗,常常有一个感想:我觉得他的诗在解放一方面比我们作过旧诗的人更彻底的多。当我们在五六年前提倡作新诗时,我们的"新诗"实在还不曾作到"解放"两个字,远不能比元人的小曲长套,近不能比金冬心的自度曲。我们虽然认清了方向,努力朝着"解放"作去,然而当日加入白话诗的尝试的人,大都是对于旧诗词用过一番功夫的人,一时不容易打破旧诗词的镣铐枷锁。故民国六七八年的"新诗",大部分只是一些古乐府式的白话诗,一些《击壤集》式的白话诗,一些词式和曲式的白话诗——都不能算是真正新诗。但不久就有许多少年的"生力军"起来了。少年的新诗人之中,康白情俞平伯起来最早;他们受的旧诗的影响,还不算很深,白情《草儿》附的旧诗,很少好的。所以他们的解放也比较更容易。自由(无韵)诗的提倡,白情平伯的功劳都不小。但旧诗词的鬼影仍旧时时出现在许多"半路出家"的新诗人的诗歌里。平伯的《小劫》,便是一例:

云皎洁,我底衣,
霞烂漫,他底裙裾,
终古去翱翔,
随着苍苍的大气;
为什么要低头呢?
哀哀我们底无俦侣。
去低头!低头看——看下方;
看下方啊,吾心震荡;
看下方啊,
撕碎吾身荷芰的芳香。

这诗的音调、字面、境界,全是旧式诗词的影响。直到最近一两年内,又有一班少年诗人出来;他们受的旧诗词的影响更薄弱了,故他们的解放也更彻底。静之就是这些少年诗人之中的最有希望的一个。他的诗有时未免有些稚气,然而稚气究竟远胜于暮气;他的诗有时未免太露,然而太露究竟远胜于晦涩。况且稚气总是充满着一种新鲜风味,往往有我们自命"老气"的人万想不到的新鲜风味。如静之的《月夜》的末章:

> 我那次关不住了,
> 就写封爱的结晶的信给伊。
> 但我不敢寄去,
> 怕被外人看见了;
> 不过由我底左眼寄给右眼看,
> 这右眼就代替伊了……

这是稚气里独有的新鲜风味,我们"老"一辈的人只好望着歆羡了。我再举一个例:

> 浪儿张开他底手腕,
> 一叠一叠滚滚地拥挤着,
> 搂着砂儿怪亲密地吻着。
> 刚刚吻了一下,
> 却被风推他回去了。
> 他不忍去而去,
> 似乎怒吼起来了。
> 呀,他又刚愎愎地势汹汹地赶来了!
> 他抱着那靠近砂边的小石塔,
> 更亲密地用力接吻了。
> 他爬上那小石塔了。
> 雪花似的浪花碎了——喷散着。
> 笑了,他快乐的大声笑了,
> 但是风又把他推回去了。
> 海浪呀,
> 你歇歇罢!
> 你已经留给伊了——
> 你的爱的痕迹统统留给伊了。

> 你如此永续地忙着,
>
> 也不觉得倦吗? 　(《海滨》)

这里确有稚气,然而可爱呵,稚气的新鲜风味!

至于"太露"的话,也不能一概而论,诗固有浅深,到也不全在露与不露。李商隐一派的诗、吴文英一派的词,可谓深藏不露了,然而究竟遮不住他们的浅薄。《三百篇》里:

> 取彼谮人,投畀豺虎;
>
> 豺虎不食,投畀有北;
>
> 有北不受,投畀有昊!

这是很露的了,然而不害其为一种深切的感情的表现。如果真有深厚的内容,就是直接流露的写出,也正不妨。古人说的"含蓄",并不是不求人解的不露,乃是能透过一层,反觉得直说直叙不能达出诗人的本意,故不能不脱略枝节,超过细目,抓住了一个要害之点,另求一个"深入而浅出"的方法。故论诗的深度,有三个阶级:浅入而浅出者为下,深入而深出者胜之,深入而浅出者为上。静之的诗,这三个境界都曾经过。如前年作的《怎敢爱伊》:

> 我本很爱伊——
>
> 　十二分爱伊。
>
> 我心里虽爱伊,
>
> 　面上却不敢爱伊。
>
> 我倘若爱了伊,
>
> 　怎样安置伊?
>
> 他不许我爱伊,
>
> 　我怎敢爱伊?

这自然是受了我早年的诗的余毒,未免"浅入而浅出"的毛病。但同样题目,他去年另有一个写法:

> 愿你不要那般待我,

这是不得已的,
　　因你已被他霸占了。
　　我们别无什么,
　　只是光明磊落真诚恳挚的朋友,
　　但他总抱着无谓的疑团呢。
　　他不能了解我们,
　　这是怎样可憎的隔膜呀!
　　你给我的信——
　　里面还搁着你底真心——
　　已被他妒恨地撕破了。
　　…………
　　他凶残地怨责你,
　　不许你对我诉衷曲,
　　他冷酷地刻薄我,
　　我实难堪这不幸的遭际呀!
　　因你已被他霸占了,
　　这是不得已的,
　　愿你不要那般待我——
　　一定的,
　　一定不要呀! （《非心愿的要求》）

　　这就是"深入而深出"的写法了。露是很露的,但这首诗究竟可算得一首赤裸裸的情诗。过了一年,他的见解似乎更进步了,他似乎能超过那笨重的事实了,所以他今年又换了一种写法:

　　我愿把人间的心,
　　一个个都聚拢来,
　　共总熔成了一个;
　　像月亮般挂在清的天上,
　　给大家看个明明白白。

> 我愿把人间的心,
> 一个个都聚拢来,
> 用仁爱的日光洗洁了;
> 重新送还给人们,
> 使误解从此消散了。　(《我愿》)

这种写法,可以算是"深入而浅出"的了。我不知别人读此诗做何感觉,但我读了此诗,觉得里面含着深刻的悲哀,觉得这种诗是"诗人之诗"了。

静之的诗,也有一些是我不爱读的。但这本集子里确然有很多的好诗。我很盼望国内读诗的人不要让脑中的成见埋没了这本小册子。成见是人人都不能免的;也许有人觉得静之的情诗有不道德的嫌疑,也许有人觉得一个青年人不应该作这种呻吟婉转的情诗,也许有人嫌他的长诗太繁了,也许有人嫌他的小诗太短了,也许有人不承认这些诗是诗。但是,我们应该承认我们的成见是最容易错误的,道德的观念是容易变迁的,诗的体裁是常常改换的,人的情感是有个性的区别的。况且我们受旧诗词影响深一点的人,带上了旧眼镜来看新诗,更容易陷入成见的错误。我自己常常承认是一个缠过脚的妇人,虽然努力放脚,恐怕终究不能恢复那"天足"的原形了。我现在看着这些彻底解放的少年诗人,就像一个缠过脚后来放脚的妇人望着那些真正天足的女孩子们跳来跳去,妒在眼里,喜在心头。他们给了我许多"烟士披里纯",我是很感谢的。四五年前,我们初作新诗的时候,我们对社会只要求一个自由尝试的权利;现在这些少年新诗人对社会要求的也只是一个自由尝试的权利。为社会的多方面的发达起见,我们对于一切文学的尝试者、美术的尝试者、生活的尝试者,都应该承认他们的尝试的自由。这个态度,叫做容忍的态度(Tolerance)。容忍上加入研究的态度,便可到了解与赏识。社会进步的大阻力是冷酷的不容忍。

静之自己也曾有一个很动人的呼告:

被损害的莺哥大诗人，
将要绝气的时候，
对着他底朋友哭告道：
牺牲了我不要紧的；
只愿诸君以后千万要防备那暴虐者，
很好地奋发你们青年的花罢！　（《被损害的》）

1922年6月6日

孙行者与张君劢

孙行者站在灵霄殿外，耀武扬威的不服气。如来伸出一只手掌道："你有多大本领？能不能跳出我的手心？"孙行者大笑道："我的师傅曾传授给我七十二般变化，还教我筋斗云，一个筋斗就是十万八千里。你有多大的手心！"他缩小了身躯跳上了如来的手掌，喊一声"老孙去也"！一个筋斗翻出南天门去了。以后的一段，我不用细说了。孙行者自以为走的很远了，不知道他总不曾跳出如来的手掌。

我的朋友张君劢近来对于科学家的跋扈，很有点生气。他一只手捻着他稀疏的胡子，一只手向桌上一拍，说道："赛先生，你有多大的手心！你敢用罗辑先生来网罗'我'吗？老张去也！"说着，他一个筋斗，就翻出松坡图书馆的大门外去了。

他这一个筋斗，虽没有十万八千里，却也够长了！我在几千里外等候他，等了二七一十四天，好容易望着彩云朵朵，瑞气千条，冉冉而来——却原来还只是他的小半截身子！其余的部分，还没有翻过来呢！

然而我揪住了这翻过来的一截，仔细一看，原来他仍旧不曾跳出赛先生和罗辑先生的手心里！这话怎讲？且听我道来。

张君劢说:

> 人生者,变也,活动也,自由也,创造也。……试问论理学上之三大公例(曰同一,曰矛盾,曰排中)何者能证其合不合乎?论理学上之两大方法(曰内纳,曰外绎)何者能推定其前后之相生乎?

这是柏格森的高徒的得意腔调。他还引了许多师叔师伯的话来助他张目。

然而他所指出的罗辑先生的五样法宝,我们只消祭起一样来,已够打出他的原形来了。我们祭起的法宝,是论理学上的矛盾律。

[矛一]张君劢说:

> 精神科学中有何种公例,可以推算未来之变化,如天文学之于天象,力学之于物体者乎?吾敢断言曰,必无而已。

[盾一]张君劢又说:

> 人类目的,屡变不已;虽变也,不趋于恶而必趋于善。

前面一个"必"字的矛,后面一个"必"字的盾,遥遥相对,好看煞人!

否认人生观有公例的张君劢,忽然寻出这一条"不趋于恶而必趋于善"的大公例来,岂非玄之又玄的奇事!他自己不能不下一个解释,于是他又陷入第二层矛盾。

[矛二]张君劢说:

> 精神科学之公例,唯限于已过之事,而于未来之事,则不能推算。
>
> 精神科学……决不能以已成之例,推算未来也。

[盾二]张君劢说:

> 人类目的,屡变不已;虽变也,不趋于恶而必趋于善。其所以然之故,至为玄妙,不可测度,然据既往以测将来,其有持改革之说者,大抵图所以益世而非所以害世。此可以深信而不疑者也。

请问"据既往以测将来"是不是"以已成之例推算未来"？

然而张君劢又说：

[矛三]人生观不为论理方法与因果律所支配者也。

[盾三]（大前提）夫事之可以预测者，必为因果律所支配者也。（小前提）人类目的，屡变不已；然据既往以测将来……可以深信而不疑。（结论）故张君劢深信而不疑"人类目的"（人生观）必为因果律所支配者也！

张君劢翻了二七一十四天的筋斗，原来始终不曾脱离罗辑先生的一件小小法宝——矛盾律——的笼罩之下！哈！哈！

1923年5月11日

"老章又反叛了!"

章士钊君在民国十二年八月间发表了他的《评新文化运动》。那时我在烟霞洞养病。有一天,潘大道君上山来玩,对我说:"行严说你许久没有作文章了,这回他给你出了题目,你总不能不作文章答他了。"我问他出了什么题目,潘君说是《评新文化运动》一文。当时我对潘君说:"请你转告行严,这个题目我只好交白卷了,因为行严那篇文章不值得一驳。"潘君问:"'不值一驳'这四个字可以老实告诉他吗?"我说:"请务必达到。"

但潘君终不曾把这四个字达到。后来我回到上海,有一个老朋友请章君和陈独秀君和我吃饭,我才把这句话当面告诉章君。

那一晚客散后,主人汪君说:"行严真有点雅量;你那样说,他居然没有生气。"我对主人说:"你只知其一,不知其二。行严只有小雅量,其实没有大雅量;他能装作不生气,而其实他的文章处处是悻悻然和我们生气。"汪君不明白我这句话,我解释道:"行严是一个时代的落伍者;而却又虽落伍而不甘落魄,总想在落伍之后谋一个首领做做。所以他就变成了一个反动派,立志要做落伍者的首领了。梁任公也是不甘心落伍的;但任公这几年来,颇能努力跟一班少年人向前跑。他的脚力也许有时蹉跌,但他的兴致是可爱的。行严却没有向前跑的兴致了。他已甘心落伍,只希望在一般落伍者之中出点头地,所以不能不向我们宣战。他在《评新文化运动》一文里,曾骂一般少年人'以适之为天帝,以绩溪为上京,一味于《胡氏文存》中求文章义法,于《尝试集》中求诗歌律令'。其实行严自己,却真是梦想人人'以秋桐为上帝,以长沙为上京,一味于《甲寅》杂志中求文章义法'!我们试翻开那篇文章看看。他骂我们作白话的人'如饮狂泉','智出伦敦小儿女之下','以鄙俗妄为之笔,窃高文美艺之名,以就下走圹之狂,隳载道行远之业……'这不都是悻悻然和我们生气吗?这岂是'雅量'的表现吗?"

汪君和章君是几十年的老朋友,他也说我这个判断不错。

我们观察章士钊君,不可不明白他的心理。他的心理就是,一个时代落伍者对于行伍中人的悻悻然不甘心的心理。他受过英国社会的一点影响,学得一点吴稚晖先生说的"Gentleman 的臭架子",所以我当面说他不值一驳,他能全不生气。但他学的不彻底,他不知道一个真正 Gentleman 必须有 Sportmanship,可译作豪爽、豪爽的一种表现,就是肯服输。一个人不肯服输,就使能隐忍于一时,终不免有悻悻然诟骂的一天的。

我再述一件事,更可以形容章君的心理。今年2月里,我有一天在撷英饭馆席上遇着章君,他说他那一天约了一家照相馆饭后给他照相,他邀我和他同拍一照。饭后我们同去照了一张相。相片印成之后,他题了一首白话诗给我,全诗如下:

> 你姓胡我姓章,
> 你讲什么新文学,
> 我开口还是我的老腔。
> 你不攻来我不驳,
> 双双并座,各有各的心肠。
> 将来三五十年后,
> 这个相片好做文学纪念看。
> 哈,哈,

我写白话歪词送把你,

总算是老章投了降。

这样豪爽的投降,几乎使我要信汪君说的"行严的雅量"了!他要我题一首文言诗答他,我就写了这样的四句:

"但开风气不为师",龚生此言吾最喜。

同是曾开风气人,愿长相亲不相鄙。

然而"行严的雅量"终是很有限的,他终不免露出他那悻悻然生气的本色来。他的投降原来只是诈降,他现在又反叛了!

我手下这员降将虽然还不曾对我直下攻击,然而他在《甲寅》周刊里,早已屡次对于白话文学下攻击了。他的广告里就说:

文字须求雅驯,

白话恕不刊布。

这真是悻悻然小丈夫的气度。再看看他攻击白话文学的话:

白话文字之不通。

陈源……喜作流行恶滥之白话文。文以载道,先哲名言。潄冥之所著录,不为不精,断非白话芜词所能抒发。近年士气日非,文词鄙俚。国家未灭,文字先亡。梁任公献媚小生,从风而靡,天下病之。不谓潄冥亦复不自检制,同然一辞。

计自白话文体怪行而后,髦士为俚语为自足,小生求不学而名家,文事之鄙陋干枯,迥出寻常拟议之外。黄茅白苇,一往无余;诲盗诲淫,无所不至。此诚国命之大创,而学术之深忧!

他这些话无一句不是悻悻的怒骂,无一句是平心静气研究的结果。有时候,他似乎气急了,连自己文字里的矛盾都顾不得了。例如他说陈源君"屡有佳文,愚摈弗读,读亦弗卒,即嘻嘻吗呢为之障也"。既"摈弗读,读亦弗卒"。章君又何以知是"佳文"呢?有"嘻嘻吗呢为之障",而仍可得"佳文"的美称,章君又何以骂他作"恶滥之白话文"呢?这种地方都可以看出章君全失"雅量",只闹意气,全不讲逻辑了。

林纾先生在十年前曾说:"古文之不当废,吾知其理,而不能言其所以然。"当时我读了这话,忍不住大笑。现在我们读章士钊君反对白话的文字,似乎字里行间都告诉我们道:"白话文之不当作,吾知其理,而不能言其所以然!"苦哉!苦!他只好骂几句出出气罢!

我们要正告章士钊君:白话文学的运动,是一个很严重的运动,有历史的根据,有时代的要求。有他本身文学的美,可以使天下人睁开眼睛的共见共赏。这个运动不是用意气打得倒的。今日一部分人的漫骂也许赶得跑章士钊君;而章士钊君的漫骂,决不能使陈源、胡适不做白话文,更不能打倒白话文学的大运动。

我们要正告他:"愚摈弗读,读亦弗卒。"这八个字代表的态度完全是小丈夫悻悻然闹意气的态度。这种态度可以对付一些造谣诬蔑的报章,而不能对付今日的白话运动。我虽不希望章君"于《胡氏文存》中求文章义法",我却希望章君至少能于《胡适文存》中求一点白话运动所以能成立的理由。我们提倡白话的人很诚恳地欢迎反对派的批评,但自夸"摈白话弗读,读亦弗卒"的人,是万万不配反对白话的!

章君自己不曾说过吗?"愚所引为学界之大耻者,乃读书人不言理而言势。"我们请问章君:"愚摈弗读,读亦弗卒",这是讲理的读书人的态度吗?

我的"受降城"是永远四门大开的。但我现在改定我的受降条件了:凡自夸"摈白话弗读,读亦弗卒"的人,即使他牵羊担酒,衔璧舆榇,捧着"白话歪词"来投降,我决不收受了!

1923 年 8 月 27 日

整理国故与"打鬼"
——给浩徐先生信

浩徐先生：

今天看见一〇六期的《现代》，读了你的"主客"，忍不住要写几句话寄给你批评。

你说整理国故的一种恶影响是造成一种"非驴非马"的白话文。此话却不尽然。今日的半文半白的白话文，有三种来源。第一是作惯古文的人，改作白话，往往不能脱胎换骨，所以弄成半古半今的文体。梁任公先生的白话文属于这一类；我的白话文有时候也不能免这种现状。缠小了的脚，骨头断了，不容易改成天足，只好塞点棉花，总算是"提倡"大脚的一番苦心，这是大家应该原谅的。

第二是有意夹点古文调子，添点风趣，加点滑稽意味。吴稚晖先生的文章（有时因为前一种原因）有时是有意开玩笑的。鲁迅先生的文章，有时是故意学日本人作汉文的文体，大概是打趣"《顺天时报》派"的；如他的《小说史》自序。钱玄同先生是这两方面都有一点的：他极赏识吴稚晖的文章，又极赏识鲁迅弟兄，所以他作的文章也往往走上这一条路。

第三是学时髦的不长进的少年。他们本没有什么自觉的主张，又没有文学的感觉，随笔乱写，既可省作文章的功力，又可以借吴老先生做幌子。这种懒鬼，本来不会走上文学的路去，由他们去自生自灭罢。

这三种来源都和整理国故无关。你看是吗？

平心说来，我们这一辈人都是从古文里滚出来的，一二十年的死工夫或二三十年的死工夫究竟还留下一点子鬼影，不容易完全脱胎换骨。即如我自己，必须全副精神贯注在修辞造句上，方才可以作纯粹的白话文；偶一松懈（例如作"述学"的文字，如《章实斋年谱》之类），便成了"非驴非马"的文章了。

大概我们这一辈"半途出身"的作者都不是作纯粹国语文的人。新文学的创造者应该出在我们的儿女的一辈里。他们是"正途出身"的，国语是他们的第一语言；他们大概可以避免我们这一辈人的缺点了。

但是我总想对国内有志作好文章的少年们说两句忠告的话。第一，作文章是要用力气的。第二，在现时的作品里，应该拣选那些用气力作的文章做样子，不可挑那些一时游戏的作品。

其次，你说国故整理的运动总算有功劳，因为国故学者判断旧文化无用的结论可以使少年人一心一意地去寻求新知识与新道德。你这个结论，我也不敢承认。

国故整理的事业还在刚开始的时候，决不能说已到了"最后一刀"。我们这时候说东方文明是"懒惰不长进的文明"，这种断语未必能服人之心。六十岁上下的老少年如吴稚晖、高梦旦也许能赞成我的话。但是一班黑头老辈如曾慕韩、康洪章等诸位先生一定不肯表同意。

那"最后一刀"究竟还得让国故学者来下手。等他们用点真功夫，充分采用科学方法，把那几千年的烂账算清楚了，报告出来，叫人们知道儒是什么，墨是什么，道家与道教是什么，释迦达摩又是什么，理学是什么，骈文律诗是什么，那时候才是"最后的一刀"收效的日子。

近来想想，还得双管齐下。输入新知识与新思想固是要紧，然而"打鬼"更是要紧。宗杲和尚说的好：

我这里无法与人，只是据款结案。恰如将个琉璃瓶子来，护惜如什么，我一见便为你打破。你又将得摩尼珠来，我又夺了。见你恁地来时，我又和你两手截了。所以临济和尚道："逢佛杀佛，逢祖杀祖，逢罗汉杀罗汉。"你且道，既称善知识，为什么却要杀人？你且看他是什么道理？

浩徐先生你且道清醒白醒的胡适之却为什么要钻到烂纸堆里去"白费劲儿"？为什么他到了巴黎不去参观柏斯德研究所，却在那敦煌烂纸堆里混了十六天的工夫！

我披肝沥胆地奉告人们：只为了我十分相信"烂纸堆"里有无数无数的老鬼，能吃人，能迷人，害人的厉害胜过柏斯德（Pasteur）发现的种种病菌。只为了我自己自信，虽然不能杀菌，却颇能"捉妖""打鬼"。

这回到巴黎、伦敦跑了一趟，搜得不少"据款结案"的证据，可以把达摩、慧能，以至"西天二十八祖"的原形都给打出来。据款结案，即是"打鬼"。打出原形，即是"捉妖"。

这是整理国故的目的与功用。这是整理国故的好结果。

你说："我们早知道在那方面做工夫是弄不出好结果来的。"那是你这聪明人的一时懵懂。这里面有绝好的结果。用精密的方法，考出古文化的真相；用明白晓畅的文字报告出来，叫有眼的都可以看见，有脑筋的都可以明白。这是化黑暗为光明，化神奇为臭腐，化玄妙为平常，化神圣为凡庸：这才是"重新估定一切价值"。他的功用可以解放人心，可以保护人们不受鬼怪迷惑。

西滢先生批评我的作品，单取我的《文存》，不取我的《哲学史》。西滢究竟是一个文人；以文章论，《文存》自然远胜《哲学史》。但我自信，中国治哲学史，我是开山的人，这一件事要算是中国一件大幸事。这一部书的功用能使中国哲学史变色。以后无论国内国外研究这一门学问的人都躲不了这一部书的影响。凡不能用这种方法和态度的，我可以断言，休想站得住。

梁漱溟先生在他的书里曾说，依胡先生的说法，中国哲学也不过如此而已。(原文记不起了,大意如此。)老实说来,这正是我的大成绩。我所以要整理国故,只是要人明白这些东西原来"也不过如此"!本来"不过如此",我所以还他一个"不过如此"。这叫做"化神奇为臭腐,化玄妙为平常"。

禅宗的大师说:"某甲只将花插香炉上,是和尚自疑别有什么事。"把戏千万般,说破了"也不过如此"。

1927年2月7日

名 教

中国是个没有宗教的国家,中国人是个不迷信宗教的民族。——这是近年来几个学者的结论,有些人听了很洋洋得意,因为他们觉得不迷信宗教是一件光荣的事。有些人听了要做愁眉苦脸,因为他们觉得一个民族没有宗教是要堕落的。

于今好了,得意的也不可太得意了,懊恼的也不必懊恼了。因为我们新发现中国不是没有宗教的:我们中国有一个很伟大的宗教。

孔教早倒霉了,佛教早衰亡了,道教也早冷落了。然而我们却还有我们的宗教。这个宗教是什么教呢?提起此教,大大有名,他就叫做"名教"。

名教信仰什么?信仰"名"。

名教崇拜什么?崇拜"名"。

名教的信条只有一条:"信仰名的万能。"

"名"是什么?这一问似乎要做点考据。《论语》里孔子说,"必也正名乎",郑玄注:正名,谓正书字也。古者曰名,今世曰字。

《仪礼·聘礼》注:

名,书文也。今谓之字。

《周礼·大行人》下注：

> 书名，书文字也。古曰名。

《周礼·外史》下注：

> 古曰名，今曰字。

《仪礼·聘礼》的释文说：

> 名，谓文字也。

总括起来，"名"即是文字，即是写的字。

"名教"便是崇拜写的文字的宗教；便是信仰写的字有神力，有魔力的宗教。

这个宗教，我们信仰了几千年，却不自觉我们有这样一个伟大宗教。不自觉的缘故正是因为这个宗教太伟大了，无往不在，无所不包，就如同空气一样，我们日日夜夜在空气里生活，竟不觉得空气的存在了。

现在科学进步了，便有好事的科学家去分析空气是什么，便也有好事的学者去分析这个伟大的名教。

民国十五年有位冯友兰先生发表一篇很精辟的《名教之分析》。冯先生指出"名教"便是崇拜名词的宗教，是崇拜名词所代表的概念的宗教。

冯先生所分析的还只是上流社会和知识阶级所奉的"名教"，他的势力虽然也很伟大，还算不得"名教"的最重要部分。

这两年来，有位江绍原先生在他的"礼部"职司的范围内，发现了不少有趣味的材料，陆续在《语丝》、《贡献》几种杂志上发表。他同他的朋友们收的材料是细大不捐，雅俗无别的；所以他们的材料使我们渐渐明白我们中国民族崇奉的"名教"是个什么样子。

究竟我们这个名教是个什么样子呢？且听我慢慢道来。

先从一个小孩生下地说起。古时小孩生下地之后，要请一位专门术家来听小孩的哭声，声中某律，然后取名字。现在的民间变简单了，只请一个算命的，排排八字，看他缺少五行之中的那一行。若缺水，便取个水旁的名字;若缺金,便取个金旁的名字。若缺火又缺土的,我们徽州人便取个"灶"字。名字可以补气禀的缺陷。

小孩的命若不好,便把他"寄名"在观音菩萨的座前,取个和尚式的"法名",便可以无灾无难了。

小孩若爱啼啼哭哭,睡不安宁,便写一张字帖,贴在行人小便的处所,上写着:

天皇皇,地皇皇,我家有个夜啼郎。
过路君子念一遍,一夜睡到大天光。

文字的神力真不小。

小孩跌了一跤,受了惊骇,那是骇掉了"魂"了,须得"叫魂"。魂怎么叫呢?到那跌跤的地方,撒把米,高叫小孩子的名字,一路叫回家。叫名便是叫魂了。

小孩渐渐长大了,在村学堂同人打架,打输了,心里恨不过,便拿一条柴炭,在墙上写着诅咒他的仇人的标语:"王阿三热病打死。"他写了几遍,心上的气便平了。

他的母亲也是这样。她受了隔壁王七嫂的气,便拿一把菜刀,在刀板上剁,一面剁,一面喊"王七老婆"的名字,这便等于乱剁王七嫂了。

他的父亲也是"名教"的信徒。他受了王七哥的气,打又打他不过,只好破口骂他,骂他的爹妈,骂他的妹子,骂他的祖宗十八代。骂了便算出了气了。

据江绍原先生的考察,现在这一家人都大进步了。小孩在墙上会写"打倒阿毛"了。他妈也会喊"打倒周小妹"了。他爸爸也会贴"打倒王庆来"了。

他家里人口不平安,有病的,有死的。这也有好法子。请个道士来,画几道符,大门上贴一张,房间上贴一张,毛厕上也贴一张,病鬼便都跑掉了,再不敢进门了。画符自然是"名教"的重要方法。

死了的人又怎么办呢?请一班和尚来,念几卷经,便可以超度死者了。念经自然也是"名教"的重要方法。符是文字,经是文字,都有不可思议的神力。

死了人,要"点主"。把神主牌写好,把那"主"字上头的一点空着。请一位乡绅来点主。把一只雄鸡头上的鸡冠切破,那位赵乡绅把朱笔蘸饱了鸡冠血,点上"主"字。从此死者的灵魂遂凭依在神主牌上了。

吊丧须用挽联,贺婚贺寿须用贺联,讲究的送幛子,更讲究的送祭文寿序。都是文字,都是"名教"的一部分。

豆腐店的老板梦想发大财,也有法子。请村口王老师写副门联:"生意兴隆通四海,财源茂盛达三江。"这也可以过发财的瘾了。

赵乡绅也有他的梦想,所以他也写副门联:"总集福荫,准致嘉详。"

王老师虽是不通,虽是下流,但他也得写一副门联:"文章华国,忠孝传家。"

豆腐店老板心里还不很满足,又去请王老师替他写一个大红春帖:"对我生财",贴在对面墙上,于是他的宝号就发财的样子十足了。

王老师去年的家运不大好,所以他今年元旦起来,拜了天地,洗净手,拿起笔来,写个红帖子:"戊辰发笔,添丁进财。"他今年一定时运大来了。

父母祖先的名字是要避讳的。古时候,父名晋,儿子不得应进士考试。现在宽的多了,但避讳的风俗还存在一般社会里。皇帝的名字现在不避讳了。但孙中山死后,"中山"尽管可用做学校地方或货品的名称,"孙文"便很少人用了;忠实同志都应该称他为"先总理"。

南京有一个大学,为了改校名,闹了好几次大风潮,有一次竟把校名牌子抬了送到大学院去。

北京下来之后,名教的信徒又大忙了。北京已改做"北平"了,今天又有人提议改南京做"中京"了。还有人郑重提议"故宫博物院"应该改做"废宫博物院"。将来这样大改革的事业正多呢。

前不多时,南京《京报副刊》的画报上有一张照片,标题是"军事委员会政治训练部宣传处艺术科写标语之忙碌"。图上是五六个穿中山装的青年忙着写标语;桌上、椅背上、地板上,满铺着写好了的标语,有大字,有小字,有长句,有短句。

这不过是"写"的一部分工作;还有拟标语的,有讨论审定标语的,还有贴标语的。

5月初"济南事件"发生以后,我时时往来淞沪铁路上,每一次四十分钟的旅行所见的标语总在一千张以上;出标语的机关至少总在七八十个以上。有写着"枪毙田中义一"的,有写着"活埋田中义一"的,有写着"杀尽矮贼"而把"矮贼"两字倒转来写,如报纸上寻人广告倒写的"人"字一样。"人"字倒写,人就会回来了;"矮贼"倒写,矮贼也就算打倒了。

现在我们中国已成了口号标语的世界。有人说,这是从苏俄学来的法子。这是很冤枉的。我前年在莫斯科住了三天,就没有看见墙上有一张标语。标语是道地的国货,是"名教"国家的祖传法宝。

试问墙上贴一张"打倒帝国主义",同墙上贴一张"对我生财"或"抬头见喜",有什么分别?是不是一个师傅传授的衣钵?

试问墙上贴一张"活埋田中义一",同小孩贴一张"雷打王阿毛",有什么分别?是不是一个师父传授的法宝?

试问"打倒唐生智"、"打倒汪精卫",同王阿毛贴的"阿发痨病打死",有什么分别?王阿毛尽够做老师了,何须远学莫斯科呢?

自然,在党国领袖的心目中,口号标语是一种宣传的方法,政治的武器。但在中小学生的心里,在第九十九师十五连第三排的政治部人员的心里,口号标语便不过是一种出气泄愤的法子罢了。如果"打倒帝国主义"是标语,那么,第十区的第七小学为什么不可贴"杀尽矮贼"的标语呢?如果"打倒汪精卫"是正当的标语,那么"活埋田中义一"为什么不是正当的标语呢?

如果多贴几张"打倒汪精卫"可以有效果,那么,你何以见得多贴几张"活埋田中义一"不会使田中义一打个寒噤呢?

故从历史考据的眼光看来,口号标语正是"名教"的正传嫡派。因为在绝大多数人的心里,墙上贴一张"国民政府是为全民谋幸福的政府"正等于门上写一条"姜太公在此",有灵则两者都应该有灵,无效则两者同为废纸而已。

我们试问，为什么豆腐店的张老板要在对门墙上贴一张"对我生财"？岂不是因为他天天对着那张纸可以过一点发财的瘾吗？为什么他元旦开门时嘴里要念"元宝滚进来"？岂不是因为他念这句话时心里感觉舒服吗？

要不然，只有另一个说法，只可说是盲从习俗，毫无意义。张老板的祖宗下来每年都贴一张"对我生财"，况且隔壁剃头店门口也贴了一张，所以他不能不照办。

现在大多数喊口号、贴标语的，也不外这两种理由：一是心理上的过瘾，一是无意义的盲从。

少年人抱着一腔热沸的血，无处发泄，只好在墙上大书"打倒卖国贼"，或"打倒日本帝国主义"。写完之后，那二尺见方的大字，那颜鲁公的书法，个个挺出来，好生威武，他自己看着，血也不沸了，气也稍稍平了，心里觉得舒服的多，可以坦然回去休息了。于是他的一腔义愤，不曾收敛回去，在他的行为上与人格上发生有益的影响，却轻轻地发泄在墙头的标语上面了。

这样的发泄情感，比什么都容易，既痛快，又有面子，谁不爱做呢？一回生，二回熟，便成了惯例了，于是"五一"、"五三"、"五四"、"五七"、"五九"、"六三"……都照样做去：放一天假，开个纪念会，贴无数标语，喊几句口号，就算做了纪念了！

于是月月有纪念，周周做纪念周，墙上处处是标语，人人嘴上有的是口号。于是老祖宗几千年相传的"名教"之道遂大行于今日，而中国遂成了一个"名教"的国家。

我们试进一步，试问，为什么贴一张"雷打王阿毛"或"枪毙田中义一"可以发泄我们的感情，可以出气泄愤呢？

这一问便问到"名教"的哲学上去了。这里面的奥妙无穷，我们现在只能指出几个有趣味的要点。

第一，我们古代的老祖宗深信"名"就是魂，我们至今不知不觉地还逃不了这种古老迷信的影响。"名就是魂"的迷信是世界人类在幼稚时代同有的。埃及人的第八魂就是"名魂"。我们中国古今都有此迷信。《封神演义》上有个张桂芳能够"呼名落马"；他只叫一声"黄飞虎还不下马，更待何时"！黄飞虎就滚下五色神牛了。不幸张桂芳遇见了哪吒，喊来喊去，哪吒立在风火轮上不滚下来，因为哪吒是莲花化身，没有魂的。《西游记》上有个银角大王，他用一个红葫芦，叫一声"孙行者"，孙行者答应一声，就被装进去了。后来孙行者逃出来，又来挑战，改名做"行者孙"，答应了一声，也就被装了进去！因为有名就有魂了。民间"叫魂"，只是叫名字，因为叫名字就是叫魂了。因为如此，所以小孩在墙上写"鬼捉王阿毛"，便相信鬼真能把阿毛的魂捉去。党部中人制定"打倒汪精卫"的标语，虽未必相信"千夫所指，无病自死"；但那位贴"枪毙田中"的小学生却难保不知不觉地相信他有咒死田中的功用。

第二，我们的古代老祖宗深信"名"（文字）有不可思议的神力，我们也免不了这种迷信的影响。这也是幼稚民族的普通迷信，高等民族也往往不能免除。《西游记》上如来佛写了"唵嘛呢叭谜吽"六个字，便把孙猴子压住了一千年。观音菩萨念一个"唵"字咒语，便有诸神来见。他在孙行者手心写一个"谜"字，就可以引红孩儿去受擒。小说上的神仙妖道作法，总得"口中念念有词"。一切符咒，都是有神力的文字。现在有许多人似乎真相信多贴几张"打倒军阀"的标语便可以打倒张作霖了。他们若不信这种神力，何以不到前线去打仗，却到吴淞镇的公共厕所墙上张贴"打倒张作霖"的标语呢？

第三，我们的古代圣贤也曾提倡一种"理智化"了的"名"的迷信，几千年来深入人心，也是造成"名教"的一种大势力。卫君要请孔子去治国，孔老先生却先要"正名"。他恨极了当时的乱臣贼子，却又"手无斧柯，奈龟山何"！所以他只好作一部《春秋》来褒贬他们，"一字之贬，严于斧钺；一字之褒，荣于华衮"。这种思想便是古代所谓"名分"的观念。尹文子说：

善名命善,恶名命恶。故善有善名,恶有恶名。……今亲贤而疏不肖,赏善而罚恶。贤不肖,善恶之名宜在彼;亲疏赏罚之称宜属我。……"名"宜属彼,"分"宜属我。我爱白而憎黑,韵商而舍徵,好膻而恶焦,嗜甘而逆苦。白黑商徵,膻焦甘苦,彼之"名"也;爱憎韵舍,好恶嗜逆,我之"分"也。定此名分,则万事不乱也。

"名"是表物性的,"分"是表我的态度的。善名便引起我爱敬的态度,恶名便引现起我厌恨的态度。这叫做"名分"的哲学。"名教"、"礼教"便建筑在这种哲学的基础之上。一块石头,变做了贞节牌坊,便可以引无数青年妇女牺牲她们的青春与生命去博礼教先生的一篇铭赞,或志书"列女"门里的一个名字。"贞节"是"名",羡慕而情愿牺牲,便是"分"。女子的脚裹小了,男子赞为"美",诗人说是"二寸金莲",于是几万万的妇女便拼命裹小脚了。"美"与"金莲"是"名",羡慕而情愿吃苦牺牲,便是"分"。现在人说小脚"不美",又"不人道",名变了,分也变了,于是小脚的女子也得塞棉花,充天脚了。——现在的许多标语,大都有个褒贬的用意;宣传便是宣传这褒贬的用意。说某人是"忠实同志",便是教人"拥护"他。说某人是"军阀"、"土豪劣绅"、"反动"、"反革命"、"老朽昏庸",便是教人"打倒"他。故"忠实同志"、"总理信徒"的名,要引起"拥护"的分。"反动分子"的名,要引起"打倒"的分。故今日墙上的无数"打倒"与"拥护",其实都是要寓褒贬,定名分。不幸标语用的太滥了,今天要打倒的,明天却又在拥护之列了;今天的忠实同志,明天又变为反革命了。于是打倒不足为辱,而反革命有人竟以为荣。于是"名教"失其作用,只成为墙上的符篆而已。

两千年前,有个九十岁的老头子对汉武帝说:"为治不在多言,顾力行何如耳。"

两千年后,我们也要对现在的治国者说:

治国不在口号标语,顾力行何如耳。

一千多年前,有个庞居士,临死时留下两句名言:

但愿空诸所有。

慎勿实诸所无。

"实诸所无",如"鬼"本是没有的,不幸古代的浑人造出"鬼"名,更造出"无常鬼"、"大头鬼"、"吊死鬼"等等名,于是人的心里便像煞真有鬼了。我们对于现在的治国者,也想说:

但愿实诸所有。

慎勿实诸所无。

末了,我们也学时髦,编两句口号:

打倒名教!

名教扫地,中国有望!

1928年7月2日

领袖人才的来源

北京大学教授孟森先生前天寄了一篇文字来，题目是《论士大夫》。他下的定义是：

> "士大夫"者，以自然人为国负责，行事有权，败事有罪，无神圣之保障，为诛殛所可加者也。

虽然孟先生说的"士大夫"，从狭义上说，好像是限于政治上负大责任的领袖；然而他又包括孟子说的"天民"一级不得位而有绝大影响的人物，所以我们可以说，若用现在的名词，孟先生文中所谓"士大夫"应该可以叫做"领袖人物"，省称为"领袖"。孟先生的文章是由他和我的一席谈话引出来的，我读了忍不住想引申他的意思，讨论这个领袖人才的问题。

孟先生此文的言外之意是叹息近世居领袖地位的人缺乏真领袖的人格风度，既抛弃了古代"士大夫"的风范，又不知道外国的"士大夫"的流风遗韵，所以成了一种不足表率人群的领袖。他发愿要搜集中国古来的士大夫人格可以做后人模范的，作一部"士大夫集传"；他又希望有人搜集外国士大夫的精华，作一部"外国模范人物集传"。这都是很应该做的工作，也许是很有效用的教育材料。我们知道《新约》里的几种耶稣传记影响了无数人的人格；我们知道布鲁达克(Plutarch)的英雄传影响了后世许多的人物。欧洲的传记文学发达的最完备,历史上重要人物都有很详细的传记,往往有一篇传记长至几十万言的,也往往有一个人的传记多至几十种的。这种传记的翻译,倘使有审慎的选择和忠实明畅的译笔,应该可以使我们多知道一点西洋的领袖人物的嘉言懿行,间接的可以使我们对于西方民族的生活方式得一点具体的了解。

中国的传记文学太不发达了,所以中国的历史人物往往只靠一些干燥枯窘的碑版文字或吏家列传流传下来;很少的传记材料是可信的,可读的已很少了;至于可歌可泣的传记,可说是绝对没有。我们对于古代大人物的认识,往往只全靠一些很零碎的轶事琐闻。然而我至今还记得我做小孩子时代读的朱子《小学》里面记载的几个可爱的人物,如汲黯、陶渊明之流。朱子记陶渊明,只记他做县令时送一个长工给他儿子,附去一封家信,说:"此亦人子也,可善遇之。"这寥寥九个字的家书,印在脑子里,也颇有很深刻的效力,使我三十年来不敢轻用一句暴戾的辞气对待那帮我做事的人。这一个小小例子可以使我承认模范人物的传记,无论如何不详细,只须剪裁的得当,描写的生动,也未尝不可以做少年人的良好教育材料,也未尝不可介绍一点做人的风范。

但是传记文学的贫乏与忽略,都不够解释为什么近世中国的领袖人物这样稀少而又不高明。领袖的人才决不是光靠几本"士大夫集传"就能铸造成功的。"士大夫"的稀少,只是因为"士大夫"在古代社会里自成一个阶级,而这个阶级久已不存在了。

在南北朝的晚期,颜之推说:

> 吾观《礼经》,圣从之教,箕帚匕箸,咳唾唯诺,执烛沃盥,皆有节文,亦为至矣。但《礼经》既残缺非复全书,其有所不载,及世事变改者,学达君子自为节度,相承行之。故世号"士大夫风操"。而家门颇有不同,所见互称长短。然其阡陌亦自可知。

(《颜氏家训·风操》第六)

在那个时代,虽然经过了魏晋旷达风气的解放,虽然经过了多少战祸的摧毁，"士大夫"的阶级还没有完全毁灭，一些名门望族都竭力维持他们的门阀。帝王的威权，外族的压迫，终不能完全消减这门阀自卫的阶级观念。门阀的争存不全靠声势的煊赫，子孙的贵盛。他们所依靠的是那"士大夫风操"，即是那个士大夫阶级所用来律己律人的生活典型。即如颜氏一家，遭遇亡国之祸，流徙异地，然而颜之推所最关心的还是"整齐门内，提撕子孙"，所以他著作家训，留做他家子孙的典则。隋唐以后，门阀的自尊还能维持这"士大夫风操"至几百年之久。我们看唐朝柳氏和宋朝吕氏、司马氏的家训，还可以想见当日士大夫的风范的保存是全靠那种整齐严肃的士大夫阶级的教育的。

然而这士大夫阶级终于被科举制度和别种政治及经济的势力打破了。元明以后，三家村的小儿只消读几部刻板书，念几百篇科举时文，就可以有登科做官的机会；一朝得了科第，像《红鸾禧》戏文里的丐头女婿，自然有送钱投靠的人来拥戴他去走马上任。他从小学的是科举时文，从来没有梦见过什么古来门阀里的"士大夫风操"的教育与训练，我们如何能期望他居士大夫之位要维持"士大夫"的人品呢？

以上我说的话，并不是追悼那个士大夫阶级的崩坏，更不是希冀那种门阀训练的复活。我要指出的是一种历史事实。凡成为领袖人物的，固然必须有过人的天资做底子，可是他们的知识见地，做人的风度，总得靠他们的教育训练。一个时代有一个时代的"士大夫"，一个国家有一个国家的范型式的领袖人物。他们的高下优劣，总都逃不出他们所受的教育训练的势力。某种范型的训育自然产生某种范型的领袖。

这种领袖人物的训育的来源，在古代差不多全靠特殊阶级（如中国古代的士大夫门阀，如日本的贵族门阀，如欧洲的贵族阶级及教会）的特殊训练。在近代的欧洲则差不多全靠那些训练领袖人才的大学。欧洲之有今日的灿烂文化差不多全是中古时代留下的几十个大学的功劳。近代文明有四个基本源头：一是文艺复兴，二是十六七世纪的新科学，三是宗教革新，四是工业革命。这四个大运动的领袖人物，没有一个不是大学的产儿。中古时代的大学诚然是幼稚的可怜,然而意大利有几个大学都有一千年的历史;巴黎、牛津、康桥都有八九百年的历史;欧洲的有名大学,多数是有几百年的历史的;最新的大学,如莫斯科大学也有一百八十多年了,柏林大学是一百二十岁了。有了这样长期的存在,才有积聚的图书设备,才有集中的人才,才有继长增高的学问,才有那使人依恋崇敬的"学风"。至于今日,西方国家的领袖人物,哪一个不是从大学出来的?即使偶有三五个例外,也没有一个不是直接间接受大学教育的深刻影响的。

在我们这个不幸的国家,一千年来,差不多没有一个训练领袖人才的机关。贵族门阀是崩坏了,又没有一个高等教育的书院是有持久性的,也没有一种教育是训练"有为有守"的人才的。五千年的古国,没有一个三十年的大学!八股试帖是不能造领袖人才的,做书院课卷是不能造领袖人才的,当日最高的教育——理学与经学考据——也是不能造领袖人才的。现在这些东西都快成了历史陈迹了,然而这些新起的"大学",东抄西袭的课程,朝三暮四的学制,七零八落的设备,四成五成的经费,朝秦暮楚的校长,东家宿而西家餐的教员,十日一雨五日一风的学潮——也都还没有造就领袖人才的资格。

丁文江先生在《中国政治的出路》里曾指出"中国的军事教育比任何其他的教育都要落后",所以多数的军人都"因为缺乏最低的近代知识和训练,不足以担任国家的艰巨"。其实他太恭维"任何其他的教育"了!茫茫的中国,何处是训练大政治家的所在?何处是养成执法不阿的伟大法官的所在?何处是训练财政经济专家学者的所在?何处是训练我们的思想大师或教育大师的所在?

领袖人物的资格在今日已不比古代的容易了。在古代还可以有刘邦、刘裕一流的枭雄出来平定天下,还可以像赵普那样的人妄想用"半部《论语》治天下"。在今日的中国,领袖人物必须具备充分的现代见识,必须有充分的现代训练,必须有足以引起多数人信仰的人格。这种资格的养成,在今日的社会,除了学校,别无他途。

我们到今日才感觉整顿教育的需要,真有点像"临渴掘井"了。然而治七年之病,终须努力求三年之艾。国家与民族的生命是千万年的。我们在今日如果真感觉到全国无领袖的苦痛,如果真感觉到"盲人骑瞎马"的危机,我们应当深刻的认清只有咬定牙根来彻底整顿教育,稳定教育,提高教育的一条狭路可走。如果这条路上的荆棘不扫除,虎狼不驱逐,奠基不稳固;如果我们还想让这条路去长久埋没在淤泥水潦之中——那么,我们这个国家也只好长久被一班无知识无操守的浑人领导到沉沦的无底地狱里去了。

"旧瓶不能装新酒"吗

近人爱用一句西洋古话"旧瓶不能装新酒"。我们稍稍想一想,就可以知道这句话一定是翻译错了,以讹传讹,闹成了一句大笑话。一个不识字的老妈子也会笑你:"谁说旧瓶子装不了新酒?您府上装新酒的瓶子,那一个不是老啤酒瓶子呢?您打那儿听来的奇谈?"

这句话的英文是 No man putteth new wine into old bottles,译成了"没有人把新酒装在旧瓶子里",好像一个字不错,其实是大错了。错在那个"瓶子"上,因为这句话是犹太人的古话,犹太人装酒是用山羊皮装的。这句古话出于《马可福音》第二章二十二节,全文是:

> 也没有人把新酒装在旧皮袋里,恐怕酒把皮袋裂开,酒和皮袋就都坏了。只有把新酒装在新皮袋里。

这是用 1823 年的官话译本。1804 年的文言译本用"旧革囊"译 Old bottles。皮袋用久了,禁不起新酒,往往要裂开。(此项装酒皮袋是用山羊皮做的,光的一面做里子。耶路撒冷人至今用这法子。)若用瓦瓶子、磁瓶子、玻璃瓶子,就不怕装新酒了。百年前翻译《新约》的人知道这个道理,所以不用"瓶"字,而用"旧皮袋"、"旧革囊"。今人不懂得犹太人的酒囊做法,见了 Bottles 就胡乱翻做"瓶子",所以闹出"旧瓶子不能装新酒"的傻话来了。

这番话不仅仅是做"酒瓶子"的考据,其中颇有一点道理值得我们想想。

能不能装新酒,要看是旧皮袋,还是旧瓷瓶。"旧瓶不能装新酒"是错的;可是"旧皮囊装不得新酒"是不错的。

昨天在《大公报》上看见我的朋友蒋廷黻先生的星期论文,题目是"新名词,旧事情"。他的大意是说:

> 总而言之,近代的日本是拿旧名词来干新政治,近代的中国是拿新名词来玩旧政治。日本托古以维新,我们则假新以复旧。其结果的优劣,早已为世人所共知共认。推其故,我们就知道这不是偶然的。第一,旧名词如同市场上的旧货牌,已得社会信仰。……所以善于经商者情愿换货不换牌子。第二,新名词的来源既多且杂……正如市上的杂牌伪牌太多了,顾客就不顾牌子了,所以新名词既无号召之力,又使社会纷乱。第三,意态是环境的产物。……环境不变而努力于新意态新名词的制造,所得成绩一定是皮毛。

他在这一篇里也提到"旧瓶装新酒"的西谚。他说:

> 日本人于名词不嫌其旧,于事业则求其新。他们维新的初步是尊王废藩。他们说这是复古。但是他们在这复古在标语之下建设了新民族国家。……日本政治家一把新酒搁在旧瓶子里,日本人只叹其味之美,所以得有事半功倍之效。

我想,蒋先生大概也不曾细考酒瓶子有种种的不同,日本人用的大概是瓦瓶子,瓶底子不容易沥干净,陈年老酒沥积久了,新酒装进去,也就占其余香,所以倒出来令人叹其味之美,鸦片烟鬼爱用老烟斗,吸淡巴菰的老瘾也爱用多年的老烟斗,都是同一道理。可是二三十年前,咱们中国人也曾提出不少"复古"的标语。"共和"比"尊王废藩"古的多了,据说是西历纪元前八百多年就实行过十四年有"共和";更推上去,还可以上溯尧舜的禅让。"维新"、"革命"也都有古经的根据。祭天、祀天、复辟,也都是道地的老牌子。孙中山先生也曾提出"王道"和忠孝仁爱等等老牌子。陈济棠先生和邹鲁先生在广东还正在提倡人人读《孝经》哩!奇怪的很,这些"老牌子"怎么也和"新名词"一样"无号召之力"呢?我想,大概咱们用来装新酒的,不是烧瓦,不是玻璃,只是古犹太人的"旧皮袋",所以恰恰应了犹太圣人说的"旧皮囊装不得新酒"的古话。

蒋先生说:

> 问题是这些新主义与我们这个旧社会合适不合适。

是的!这确是一个问题。

不过同时我们也可以对蒋先生说:

> 问题是那些老牌子与我们这个新社会合适不合适。

这也是一个真实的问题。因为,无论蒋先生如何抹杀新事情,眼前的中国已不是"旧社会"一个名词能包括的了。千不该,万不该,西洋鬼子打上门来,逼我们钻进这新世界,强迫我们划一个新时代。若说我们还不够新,那是无可讳的。若说这还是一个"旧社会",还是应该要依靠"有些旧名词的号召力",那就未免太抹杀事实了。

平心而论,近代的日本也并不是"拿旧名词来干新政治"。因为日本的皇室在那一千二百年之中全无实权,只有空名,所以"尊王"在当日不是旧名词。因为幕府专政藩阀割据已有了七百年之久,所发"覆幕废藩"在当日也不是旧名词。这都是新政治,不是旧名词。

我们今日需要的是新政治,即是合适于今日中国的需要的政治。我们要学人家"干新政治",不必问他们用的是新的或旧的名词。

写在孔子诞辰纪念之后

我们家乡有句俗话说："做戏无法，出个菩萨。"编戏的人遇到了无法转变的情节，往往请出一个观音菩萨来解围救急。这两年来，中国人受了外患的刺激，颇有点手忙脚乱的情形，也就不免走上了"做戏无法，出个菩萨"的一条路。这本是人之常情。西洋文学批评史也有 deus ex machina 的话，译出来也可说："解围无计，出个上帝。"本年5月里美国奇旱，报纸上也曾登出旱区妇女孩子跪着祈祷求雨的照片。这都是穷愁呼天的常情，其可怜可恕，和今年我们国内许多请张天师求雨或请班禅喇嘛消灾的人，是一样的。

这种心理，在一般愚夫愚妇的行为上表现出来，是可怜而可恕的；但在一个现代政府的政令上表现出来，是可怜而不可恕的。现代政府的责任在于充分运用现代科学的正确知识，消极的防患除弊，积极的兴利惠民。这都是一点一滴的工作、一尺一步的旅程，这里面绝对没有一条捷径可以偷度。然而我们观察近年我们当政的领袖好像都不免有一种"做戏无法，出个菩萨"的心理，想寻求一条救国的捷径，想用最简易的方法做到一种复兴的灵迹。最近政府忽然手忙脚乱的恢复了纪念孔子诞辰的典礼，很匆遽的颁布了礼节的规定。8月27日，全国都奉命举行了这个孔诞纪念的大典。在每年许多个先烈纪念日之中加上一个孔子诞辰的纪念日,本来不值得我们的诧异。然而政府中人说这是"倡导国民培养精神上之人格"的方法;舆论界的一位领袖也说:"有此一举,诚足以奋起国民之精神,恢复民族的自信。"难道世间真有这样简便的捷径吗?

我们当然赞成"培养精神上之人格","奋起国民之精神,恢复民族的自信"。但是古人也曾说过:"礼乐所由起,百年积德而后可兴也。"国民的精神,民族的信心,也是这样的;他的颓废不是一朝一夕之故,他的复兴也不是虚文口号所能做到的。"洙水桥前,大成殿上,多士济济,肃穆趋跄"(用8月27日《大公报》社论中语);四方城市里,政客军人也都率领着官吏士民,济济跄跄的行礼,堂堂皇皇的演说——礼成祭毕,纷纷而散,假期是添了一日,口号是添了二十句,演讲词是多出了几篇,官吏学生是多跑了一趟,然在精神的人格与民族的自信上,究竟有丝毫的影响吗?

那一天《大公报》的社论曾有这样一段议论:

最近二十年,世变弥烈,人欲横流,功利思想如水趋壑,不特仁义之说为俗诽笑,即人禽之判亦几以不明,民族的自尊心与自信力既已荡然无存,不待外侮之来,国家固早已濒于精神幻灭之域。

如果这种诊断是对的,那么,我们的民族病不过起于"最近二十年",这样浅的病根,应该是很容易医治的了。可惜我们平日敬重的这位天津同业先生未免错读历史了。《官场现形记》和《二十年目睹之怪现状》描写的社会政治情形,不是中国的实情吗?是不是我们得把病情移前三十年呢?《品花宝鉴》以至《金瓶梅》描写的也不是中国的社会政治吗?这样一来,又得挪上三五百年了。那些时代,孔子是年年祭的,《论语》、《孝经》、《大学》是村学儿童人人读的,还有士大夫讲理学的风气哩!究竟那每年"洙水桥前,大成殿上,多士济济,肃穆趋跄",曾何补于当时的残酷的社会、贪污的政治?

我们回想到我们三十年前在村学堂读书的时候,每年开学是要向孔夫子叩头礼拜的;每天放学,拿了先生批点过的习字,是要向中堂(不一定有孔子像)拜揖然后回家的。至今回想起来,那个时代的人情风尚也未见得比现在高多少。在许多方面,我们还可以确定的说:"最近二十年"比那个拜孔夫子的时代高明的多多了。这二三十年中,我们废除了三千年的太监、一千年的小脚、六百年的八股、四五百年的男娼、五千年的酷刑,这都没有借重孔子的力量。八月二十七那一天汪精卫先生在中央党部演说,也指出"孔子没有反对纳妾,没有反对蓄奴婢;如今呢,纳妾蓄奴婢,虐待之固是罪恶,善待之亦是罪恶,根本纳妾蓄奴婢便是罪恶"。汪先生的解说是:"仁是万古不易的,而仁的内容与条件是与时俱进的。"这样的解说毕竟不能抹杀历史的事实。事实是"最近"几年中,丝毫没有借重孔夫子,而我们的道德观念已进化到承认"根本纳妾蓄奴婢便是罪恶"了。

平心说来,"最近二十年"是中国进步最速的时代;无论在知识上、道德上、国民精神上、国民人格上、社会风俗上、政治组织上、民族自信力上,这二十年的进步都可以说是超过以前的任何时代。这时期中自然也有不少的怪现状的暴露、劣根性的表现,然而种种缺陷都不能减损这二十年的总进步的净盈余。这里不是我们专论这个大问题的地方。但我们可以指出这个总进步的几个大项目:

第一,帝制的推翻,而几千年托庇在专制帝王之下的城狐社鼠——一切妃嫔、太监、贵冑、吏胥、捐纳——都跟着倒了。

第二,教育的革新。浅见的人在今日还攻击新教育的失败,但他们若平心想想旧教育是些什么东西,有些什么东西,就可以明白这二三十年的新教育,无论在量上或质上都比三十年前进步至少千百倍了。在消极方面,因旧教育的推倒,八股、骈文、律诗等等谬制都逐渐跟着倒了;在积极方面,新教育虽然还肤浅,然而常识的增加、技能的增加、文字的改革、体育的进步、国家观念的比较普遍,这都是旧教育万不能做到的成绩。(汪精卫先生前天曾说:"中国号称以孝治天下,而一开口便侮辱人的母亲,甚至祖宗妹子等。"试问今日受过小学教育的学生还有这种开口骂人妈妈妹子的国粹习惯吗?)

第三,家庭的变化。城市工商业与教育的发展使人口趋向都会,受影响最大的是旧式家庭的崩溃,家庭变小了,父母公婆与族长的专制威风减削了,儿女宣告独立了。在这变化的家庭中,妇女地位的抬高与婚姻制度的改革是五千年来最重大的变化。

第四,社会风俗的改革。小脚、男娼、酷刑等等,我已屡次说过了。在积极方面,如女子的解放,如婚丧礼俗的新试验,如青年对于体育运动的热心,如新医学及公共卫生的逐渐推行,这都是古代圣哲所不曾梦见的大进步。

第五,政治组织的新试验。这是帝制推翻的积极方面的结果。二十多年的试验虽然还没有做到满意的效果,但在许多方面(如新式的司法,如警察,如军事,如胥吏政治之变为士人政治),都已明白的显出几千年来所未曾有的成绩。不过我们生在这个时代,往往为成见所蔽,不肯承认罢了。单就最近几年来颁行的"新民法"一项而论,其中含有无数超越古昔的优点,已可说是一个不流血的绝大社会革命了。

这些都是毫无可疑的历史事实,都是"最近二十年"中不曾借重孔夫子而居然做到的伟大的进步。革命的成功就是这些,维新的成绩也就是这些。可怜无数维新志士、革命仁人,他们出了大力,冒了大险,替国家民族在二三十年中做到了这样超越前圣、凌驾百王的大进步,到头来,被几句死书迷了眼睛,见了黑旋风不认得是李逵,反倒唉声叹气,发思古之幽情,痛惜今之不如古,梦想从那"荆棘丛生,檐角倾斜"的大成殿里抬出孔圣人来"卫我宗邦,保我族类"!这岂不是天下古今最可怪笑的愚笨吗?

文章写到这里,有人打岔道:"喂,你别跑野马了。他们要的是'国民精神上之人格,民族的自信'。在这'最近二十年'里,这些项目也有进步吗?不借重孔夫子,行吗?"

什么是人格?人格只是已养成的行为习惯的总和。什么是信心?

信心只是敢于肯定一个不可知的将来的勇气。在这个时代，新旧势力、中西思潮、四方八面的交攻，都自然会影响到我们这一辈人的行为习惯，所以我们很难指出某种人格是某一种势力单独造成的。但我们可以毫不迟疑的说：这二三十年中的领袖人才，正因为生活在一个新世界的新潮流里，他们的人格往往比旧时代的人物更伟大，思想更透辟，知识更丰富，气象更开阔，行为更豪放，人格更崇高。试把孙中山来比曾国藩，我们就可以明白这两个世界的代表人物的不同了。在古典文学的成就上、在世故的磨炼上、在小心谨慎的行为上，中山先生当然比不上曾文正。然而在见解的大胆、气象的雄伟、行为的勇敢上，那一位理学名臣就远不如这一位革命领袖了。照我这十几年来的观察，凡受这个新世界的新文化的震撼最大的人物，他们的人格都可以上比一切时代的圣贤，不但没有愧色，往往超越前人。老辈中，如高梦旦先生，如张元济先生，如蔡元培先生，如吴稚晖先生，如张伯苓先生；朋辈中，如周诒春先生，如李四光先生，如翁文灏先生，如姜蒋佐先生；他们的人格的崇高可爱敬，在中国古人中真寻不出相当的伦比。这种人格只有这个新时代才能产生，同时又都是能够给这个时代增加光耀的。

我们谈到古人的人格，往往想到岳飞、文天祥和晚明那些死在廷杖下或天牢里的东林忠臣。我们何不想想这二三十年中为了各种革命慷慨杀身的无数志士！那些年年有特别纪念日追悼的人们，我们姑且不论。我们试想想那些为排满革命而死的许多志士，那些为民十五六年的国民革命而死的无数青年，那些前两年中在上海在长城一带为抗日卫国而死的无数青年，那些为民十三年以来的共产革命而死的无数青年——他们慷慨献身去经营的目标比起东林诸君子的目标来，其伟大真不可比例了。东林诸君子慷慨抗争的是"红丸"、"移宫"、"妖书"等等米米小的问题；而这无数的革命青年慷慨献身去工作的是全民族的解放，整个国家的自由平等，或他们所梦想的全人类社会的自由平等。我们想到了这二十年中为一个主义而从容杀身的无数青年，我们想起了这无数个"杀身成仁"中国青年，我们不能不低下头来向他们致最深的敬礼；我们不能不颂赞这"最近二十年"是中国史上一个精神人格最崇高、民族自信心最坚强的时代。他们把他们的生命都献给了他们的国家和他们的主义,天下还有比这更大的信心吗?

凡是咒诅这个时代为"人欲横流,人禽无别"的人,都是不曾认识这个新时代的人:他们不认识这二十年中国的空前大进步,也不认识这二十年中整千整万的中国少年流的血究竟为的是什么!

可怜的没有信心的老革命党呵!你们要革命,现在革命做到了这二十年的空前大进步,你们反不认得它了。这二十年的一点进步不是孔夫子之赐,是大家努力革命的结果,是大家接受了一个新世界的新文明的结果。只有向前走是有希望的,开倒车是不会有成功的。

你们心眼里最不满意的现状——你们所咒诅的"人欲横流,人禽无别"——只是任何革命时代所不能避免的一点附产物而已。这种现状的存在,只够证明革命还没有成功,进步还不够。孔圣人是无法帮忙的,开倒车也决不能引你们回到那个本来不存在的"美德造成的黄金世界"的!养个孩子还免不了肚痛,何况改造一个国家,何况改造一个文化?别灰心了,向前走罢!

1934 年 9 月 3 日

充分世界化与全盘西化

二十年前,美国《展望周报》(*The Outlook*)总编辑阿博特(Lyman Abbott)发表了一部自传,其第一篇里记他的父亲的谈话,说:"自古以来,凡哲学上和神学上的争论,十分之九都只是名词上的争论。"阿博特在这句话的后面加上一句评论,他说:"我父亲的话是不错的。但我年纪越大,越感觉到他老人家的算术还有点小错。其实剩下的那十分之一,也还只是名词上的争论。"

这几个月里,我读了各地杂志报章上讨论"中国本位文化"、"全盘西化"的争论,我常常想起阿博特父子的议论。因此我又联想到五六年前我最初讨论这个文化问题时,因为用字不小心,引起的一点批评。那一年(1929)《中国基督教年鉴》(*Christian Year-book*)请我作一篇文字。我的题目是《中国今日的文化冲突》,我指出中国人对于这个问题,曾有三派的主张:一是抵抗西洋文化,二是选择折中,三是充分西化。我说,抗拒西化在今日已成过去,没有人主张了。但所谓"选择折中"的议论,看去非常有理,其实骨子里只是一种变相的保守论。所以我主张全盘的西化,一心一意的走上世界化的路。

那部年鉴出版后,潘光旦先生在《中国评论周报》里写了一篇英文书评,差不多全文是讨论我那篇短文的。他指出我在那短文里用了两个意义不全同的字,一个是 Wholesale westernization,可译为"全盘西化";一个是 Wholehearted modernization,可译为"一心一意的现代化",或"全力的现代化",或"充分的现代化"。潘先生说,他可以完全赞成后面那个字,而不能接受前面那个字。这就是说,他可以赞成"全力现代化",而不能赞成"全盘西化"。

陈序经、吴景超诸位先生大概不曾注意到我们在五六年前的英文讨论。"全盘西化"一个口号所以受了不少的批评,引起了不少的辩论,恐怕还是因为这个名词的确不免有一点语病。这点语病是因为严格说来,"全盘"含有百分之一百的意义,而百分之九十九还算不得"全盘"。其实陈序经先生的原意并不是这样,至少我可以说我自己的原意并不是这样。我赞成"全盘西化",原意只是因为这个口号最近于我十几年来"充分"世界化的主张;我一时忘了潘光旦先生在几年前指出我用字的疏忽,所以我不曾特别声明"全盘"的意义不过是"充分"而已,不应该拘泥做百分之百的数量的解释。

所以我现在很诚恳的向各位文化讨论者提议:为免除许多无谓的文字上或名词上的争论起见,与其说"全盘西化",不如说"充分世界化"。"充分"在数量上即是"尽量"的意思,在精神上即是"用全力"的意思。

我的提议的理由是这样的:

第一,避免了"全盘"字样,可以免除一切琐碎的争论。例如我此刻穿着长袍,踏着中国缎鞋子,用的是钢笔,写的是中国字,谈的是"西化"。究竟我有"全盘西化"的百分之几,本来可以不成问题。这里面本来没有"折中调和"的存心,只不过是为了应用上的便利而已。我自信我的长袍和缎鞋和中国字,并没有违反我主张"充分世界化"的原则。我看了近日各位朋友的讨论,颇有太琐碎的争论,如"见女人脱帽子",是否"见男人也应该脱帽子";如我们"能吃番菜",是不是我们的饮食也应该"全盘西化";这些事我看都不应该成问题。人与人交际,应该"充分"学点礼貌;饮食起居,应该"充分"注意卫生与滋养——这就够了。

第二，避免了"全盘"的字样，可以容易得着同情的赞助。例如陈序经先生说："吴景超先生既能承认了西方文化十二分之十以上，那么吴先生之所异于全盘西化论者，恐怕是厘毫之间罢。"我却以为，与其希望别人牺牲那"毫厘之间"来迁就我们的"全盘"，不如我们自己抛弃那文字上的"全盘"来包罗一切在精神上或原则上赞成"充分西化"或"根本西化"的人们。依我看来，在"充分世界化"的原则之下，吴景超、潘光旦、张佛泉、梁实秋、沈昌晔……诸先生当然都是我们的同志而不是论敌了。就是那发表"总答复"的十教授，他们既然提出了"充实人民的生活，发展国民的生计，争取民族的生存"的三个标准，而这三件事又恰恰都是必须充分采用世界文化的最新工具和方法的，那么，我们在这三点上边可以欢迎"总答复"以后的十教授做我们的同志了。

第三，我们不能不承认，数量上的严格"全盘西化"是不容易成立的。文化只是人民生活的方式，处处都不能不受人民的经济状况和历史习惯的限制，这就是我从前说过的文化惰性。你尽管相信"西菜较合卫生"，但事实上决不能期望人人都吃西菜，都改用刀叉。况且西洋文化确有不少的历史因袭的成分，我们不但理智上不愿采取，事实上也决不会全盘采取。你尽管说基督教比我们的道教佛教高明的多多，但事实上基督教有一两百个宗派，他们自己就互相诋毁，我们要的是那一派？若说，"我们不妨采取其宗教的精神"，那也就不是"全盘"了。这些问题，说"全盘西化"则都成争论的问题，说"充分世界化"则都可以不成问题了。

鄙见如此，不知各位文化讨论者以为如何？

1935年6月22日

整 理 记 忆

>>> 胡适 再造文明>>> 再造文明>>> 再造文明

中国爱国女杰王昭君传

列位看我这篇传记，一定要奇怪，说这"王昭君"三字，怎么能和这"爱国女杰"四字合在一起呢？那王昭君不是汉朝一个失宠的宫女么？不是受了画工毛延寿的害，不中元帝之意，被元帝派去和番的么？这个人怎么算得爱国的女豪杰呢？列位这种疑心并没有错，不过列位都被那古时做书的人欺骗了几千年，所以如今还说这种话，简直把这位爱国女杰王昭君，受了两千年的冤枉，埋没到如今。我如今既然找得真凭实据，可以证明这位王昭君确是一位爱国女豪杰，断不敢不来表彰一番，使大家来崇拜。这便是在下作这篇昭君传的原因了。

我且先说那旧说。那旧说道，王昭君是汉元帝时候一个宫人。那时元帝的后宫，人太多了，一时不能看遍。遂召许多画工，把那些宫人的容貌，都图成一册，好照看那册子上的面貌，按图召见。便有那许多宫人，容貌中常的，便在那画工面前行了贿赂，有送十万钱的，也有送五万钱的。只有王昭君不屑做这些苟且无耻的事，那画工不能得钱，便把昭君的容貌画成丑相。后来匈奴的单于来朝（单于是匈奴国王的称呼），向元帝求一个美女。元帝翻那画册，只见王昭君的面貌最丑，便许了匈奴，把昭君赐他。到了次日，元帝便召昭君来见,不料竟是一个绝色美人,竟是宫中第一等的美人,一切应对举止,没有一件不好的。元帝心中可惜的了不得。但是既许了匈奴,也不便失信,只得把昭君赐了匈奴。后来元帝心中越想越可惜,便把那些画工都把来杀了。

以下说的,都是从前说王昭君的话头。你想那些画工竟敢在皇帝宫中做起买卖来了,胆子也算大极了。况且元帝既见之后,又何尝不可把别人来代替她?所以这种话都是靠不住的。我如今所引证的,也是从古书上来的,并不是无稽之谈。列位且听我道来。

王昭君,名嫱,是蜀郡秭归人氏。他父亲叫王穰,所生只有昭君一女。昭君自幼便和平常女儿家不同,一切举动都合礼法。长成的时候,生得秀外慧中,绝代风姿,真个宋玉说的"增一分则太长,减一分则太短,傅粉则太白,涂脂则太赤"。再加之幽娴贞静,所以不到十七岁,便早已是通国闻名的了。及笄以后,那些世家王孙来求婚的,真个不知其数。她父亲总不肯许。恰巧那时元帝选良家女子入宫,王穰听了这个消息,便来与女儿说知,想要把昭君送进宫去。王昭君听了这话,心中自己估量,自思自己的父亲只生一女,古语道得好,"生女不生男,缓急非所益",父母生我一场,难道亲恩未报,就此罢了不成?如今不如趁这机会,进得宫去,或者得了天子恩宠,得为昭仪或是婕妤,那时可不是连我的父母祖宗都有了光荣,也不枉父母生我一场。主意已定,便极力赞成王穰的说话。王穰见女儿情愿,便把昭君献入宫去。看官要晓得,这原是昭君一片孝心,想做那光耀门楣的女儿。那里晓得皇帝的深宫,是一个最凄惨最可怜的地方,古来许多诗人作的许多宫怨的诗词,已是写得穷形尽致的了。更有那《红楼梦》上说的,有一位贾元妃,对他父亲说,"当日送我到那不见人的去处",你看这十二个字,写得多么凄怆呜咽,人尚且不能见,什么生人的乐趣,更不用说自然是没有的了。那宫中几千宫女,个个抬起头来,望着皇帝来临,甚至于有用竹叶插门,盐水洒地,来引皇帝的羊车的。其实好好一个人,到了这种地方,除了卑鄙龌龊苟且逢迎之外,那里还想得天子的顾盼。唉,这种卑鄙污下的行为,岂是我们这位爱国女杰王昭君做得到的么？昭君到了这个地方，看了这种行为，心想自己容貌虽好，品行虽好，终究不能得天子的宠遇，休说宠遇，简直连天子的颜色都不大望得见了。要是照这样下去，还不是到头做一个白发宫人么？昭君想到这里，自然要蛾眉紧蹙，珠泪常垂的了。

看官要记清，上面所说的，都是王昭君入宫的历史。如今要说那王昭君爱国的历史了。看官须晓得，汉朝一代，最大的边患便是那匈奴，从汉高祖以来，常常弄得边境年年出兵，民不聊生。宣帝的时候，匈奴内乱，自相争杀，遂分成两国，一边是呼韩邪单于，一边是郅支单于。后来汉朝帮助呼韩邪，攻杀郅支，呼韩邪单于大喜，遂入朝朝觐。那时正是汉元帝竟宁元年。那时便是王昭君立功的时代了。

那时呼韩邪来朝，先谢元帝复国的恩典，便说："小臣得天子威灵，得有今日，从此以后，断不敢再萌异心。如今想求皇帝赐一个女子给臣，使小臣生为汉朝的臣子，又做汉朝的女婿，子孙便做汉朝的外甥。从此匈奴可不是永永成了天朝的外臣了么？"皇帝听了呼韩邪的话，心中很喜欢，只是一件，那匈奴远在长城之外，胡天万里，冰霜遍地，沙漠匝天。住的是韦韛毳幪，吃的是膻肉酪浆。那种苦况，这些娇滴滴的宫娃，那里受得起。谁肯舍了这柏梁建章的宫殿，去吃这种惨不可言的苦况呢。想到这里，心里便踌躇起来了。便叫内监，把全宫的宫人都宣上殿来。不多一会，那金殿上，便黑压压地到了无数如花似玉的宫人。元帝便问道："如今匈奴的国王，要求朕赐一女子给他，你们如有愿去匈奴的，可走出来。"连问了几遍，那些宫人面面相觑，没有一个敢答应的。那时王昭君也在其内，听了皇帝的话，看了大家的情形，晓得大众的意思，都是偷安旦夕，全不顾大局的安危，心里便老大不自在。心想我王嫱入宫已有几年了，长门之怨自不消说，与其做个碌碌无为的上阳宫人，何如轰轰烈烈做一个和亲的公主。我自己的姿容或者能够感动匈奴的单于，使他永远做汉朝的臣子，一来呢，可以增进大汉的国威；二来呢，使汉和匈奴永永休兵罢战，也免了那边境上年年生民涂炭之苦。将来汉史上即使不说我的功勋，难道那边塞上的口碑，也把我埋没了么？想到这里，更觉得这事竟是我王嫱义不容辞的责任了！昭君主意已定，叹了一口气，黯然立起身来，颤巍巍地走出班来，说"臣妾王嫱愿去匈奴"。那时元帝看见没有人肯去，正在狐疑的时候，忽见人丛里走出这么一位倾城倾国绝代无双的美人来，定睛一看，竟是宫中第一个绝色美人，而且是平日没有见过的。这时候元帝又惊又喜，又怜又惜，惊的是宫中竟有这么一个美人；喜的是这位美人竟肯远去匈奴；怜的是这位美人怎禁得起那万里长征的苦趣；惜的是宫中有了这个美人，却不曾享受得，便把去送与匈奴，岂不可惜，岂不可惜么？皇帝心中虽是可惜，然而那时匈奴的使臣，陪着呼韩邪单于，都在殿上。昭君的美貌，是满朝都看见了的；昭君的言语，是都听见了的。到了这时候，唉，虽有天子的威力，大汉的国势，也不能挽回这事了。元帝到了这时候，一时没得法了，只好把昭君赐了匈奴。从此以后，我们这位爱国女杰王昭君，便做了匈奴呼韩邪单于的大阏支（阏支的意思，和称王后一般）了。

呼韩邪单于得了王昭君，快活极了。那时汉元帝封昭君为宁胡阏支，这"宁胡"二字，便是"安抚胡人"的意思。果然一个王昭君，竟胜似千百万雄兵，从此以后，胡也宁了，汉也宁了。那时呼韩邪单于便和昭君回到匈奴，一路上经过许多平沙大漠，呼韩邪便叫匈奴的乐士在马上弹起琵琶来，叫昭君一路行一路听着，免得他生思乡之念。不多时昭君到了匈奴。匈奴便年年进贡，永永做汉朝的外臣。于是汉朝的国威远及西北诸国，从元帝到成帝、哀帝、平帝，一直到王莽篡汉的时候。那时呼韩邪也死了，昭君也死了，他子孙做单于的都说，我们世世为汉朝的外甥，如今天子已非刘氏，如何做他的藩属？于是匈奴遂不进贡了。可见这都是这位爱国女杰王昭君的功劳。这便是王昭君的爱国历史。我们几千年以来，人人都可怜王昭君出塞和番的苦趣，却没有一个人晓得赞叹王昭君的爱国苦心的。唉，怎么对得住王昭君呀，那真是对不住王昭君了！

1919 年 10 月

中国第一伟人杨斯盛传

兄弟现在又要说一位大豪杰了。这一位豪杰,空了双手,辛辛苦苦做了几十年,积了几十万家私,到了老来,一一的把家私散了大半。来得艰难,去得慷慨,这种人,兄弟要是不来表扬表扬,兄弟这支笔可不是不值钱了么?

这人姓杨,名斯盛,字锦春,是江苏川沙厅人氏。从小父母双亡,无力读书;不但无力读书,差不多连饭都没得吃了。后来只好做一个泥水匠,赚两文钱度度日。看官!我中国的人,有一种怪习气,越是做下等劳动的人,越流落得快。因为生来不大吃得苦,稍吃些苦,便腰驼背胀的了。只好吃两分鸦片烟,喝两口酒,或是买点好小菜,一天辛苦钱,还不够一餐吃喝,那里还会成家立业呢?看官要晓得,这"穷苦"二字,真是一块试金石,随你什么人,须要经过这个关头,才有后来的指望。唉!这些脓包男子,那里经得这块试金石的摩擦。只有我如今所说的"杨斯盛"先生,不震不惊,从容不迫的跳过了这个关头,睁开了眼睛料事,立定了脚跟吃苦,驼起了肩头做工。如此者十几年,才有了立脚之地。回想起初到上海的时候,年纪才得十三岁,那一种孤苦伶仃的景况,真个如同梦境了!

杨斯盛先生有几种本事:第一样天资极高,他原是没有读过书的,后来不但能读中国书,并且能说英国话了。第二样见识甚好,办事极有决断。有了这二种本事,办事自然容易,再加以一种坚忍的气概,独立的精神,自然天下无难事了。于是乎不上三十年中,杨斯盛已成了大富翁了。

列位!你不看见中国的富翁么?一生奸刁诈伪的赚了个把家私,便说道老夫的家私是血汗心力去换来的,如今是要省吃省用的用去才可留下来传给子孙。所以这种人心目中,只认得黄的金子,白的银子,那里敢轻用一钱?哈哈!只好留给他子孙把去孝敬那烟馆老板堂子乌龟罢!但是我所说的这位杨先生,却不是这种人。他要是这种人时,他那家私可不知要积到多少万了。他一生一世,遇了什么天灾人事,务必捐出巨款,赈济受害的人;遇了什么公益事业,务必出钱捐助。他生平捐钱造的马路也不知多少条;救活了的人也不知多少人了。他所做的事业,最为人所最崇拜的就是那"破家兴学"一事。

杨先生因为自己少时没有读过多少书,所以他很想造就一班少年人才出来。所以他便捐了十万金,开了一所广明小学,并附设一个师范传习所,后来逐渐扩充,便改为浦东中学,附设两等小学。筑校舍于上海对面之浦东,那学堂中如今已有了二三百人。其中规模之宏大,办法之整严,就是上海开办了多少年的学校也还不及。不料那学校开办不上二年,我们这位可敬可爱可师可法的杨斯盛先生,竟而死了。可怜他死的时候还说:"那学校用的黑板要改良。"这句话还没说完,便死了。唉,可怜啊!

他未死之前,便把家产分为数份,把所有家产的三分之二捐入到学校,此外的家产捐助南市医院,改筑桥梁,捐助旁的学堂。还有许多事业,兄弟说也说不完了。余下给子孙仅十分之一耳。看官!这种人是一种什么人?兄弟的"豪杰"二字,能够包括得完全么?我们中国古时有个人叫做疏广,他说:"子孙若贤,多了钱,便不用功上进了,便灰了他的志向了。子孙若不贤,多了钱,便是助他作恶作歹了!"所以他有好多的黄金,都拿去办了酒食,日日请客,大吃大用,却不传给子孙。中国的人,几千年来都称赞他的好处。看官！他所说的话可是不错，但是他行的事却大错了。他不拿钱去做些济人利物的事，却拿去大吃大喝。一来呢，独乐一身，无益于天下生民。二来呢，饮食醉饱，给子孙做一个败家的榜样。他那里比得上我们这位可敬可爱可法可师的杨先生呵！唉！兄弟这个话，如何可拿去责备几千年前的古人，他那里懂得，只好把来希望列位看官罢！

终生做科学实验的爱迪生

今天2月11日是爱迪生的一百十三年纪念日。明天2月12日是林肯的一百五十一年纪念日。去年2月12日,我参加林肯一百五十年纪念演说。今天我很高兴能参加爱迪生一百十三年的纪念会。

林肯是自由的象征,爱迪生是科学的圣人。

科学的根本是实验。爱迪生真是终生做实验的工作。他十一岁时就在他家里的地窖子里做化学试验;十二岁时他在火车上卖报纸卖糖果,他就在火车的行李车上做他的化学实验。十五岁时,他开始学电报,就开始做电学试验,要改进电报的器材与技术,从此他就终生没有离开电学实验了,就给电学开辟了新天地,给世界开辟了新文明,给人类开辟了一个簇新的世界。

从十一岁开始做科学实验,直到他八十四岁去世,他整整做了七十三年的实验工作。所以我们称他做终生做实验的科学圣人。

他每天只睡四个钟头的觉,至多只睡六个钟头。他每天做十几个钟头的工作,他的一天抵别人的两天。他做了七十年的实验,就等于别人做了一百四十年的实验工作。

中国的懒人,有两首打油诗,一首是懒人恭维自己的:

无事只静坐,一日当两日。

人活六十年,我活百二十。

还有一首是嘲笑懒人的:

无事昏昏睡,睡起日过午。

人活七十年,我活三十五。

睡四点钟觉,做二十点钟科学实验,活了八十四岁,抵的别人一百七十岁——这是科学圣人的生活。

在 New Jersey 的 West Orange 的爱迪生实验室里——现在是"国家爱迪生纪念馆"的一部分——保存着二千五百册他的实验纪录,每册有一百五十页,或三百页。最早的一册是他三十一岁(1878)的纪录。

单是"白热电灯"的种种实验,就记满了二百册!他用了几千种不同的材料来试验——各种矿物、金属,从硼砂到白金,后来又试验炭化绵丝,居然能延烧四十多个钟头——后来又试验了几百种可以烧做炭精丝的植物——最后才决定用日本京都府下的八幡地方所产的竹子做成最适用的炭精丝电灯泡。

科学实验是发现自然秘密,证实学理,解决工业技术问题的唯一方法。

在他八十岁时,有人请问他的生活哲学是什么,他说,他的生活哲学只有一个字:"工作"(work),"把自然界的秘密揭开来,用它们来增加人类的幸福,这样的工作是我的生活哲学"。

他的实验并不都是创造的、空前的。但他那处处用严格的实验方法来解决工业问题的精神,他那终生做实验的精神,他那每次解答一个问题总想做到最好最完美(perfect)的地步的精神,他那用组织能力来创大规模的工业实验室与研究所的模范,可以说是创造的、空前的。(现今美国有四千个工业研究实验所,都可以说是仿效爱迪生的实验室的。)

他的绝大多数的实验与发明(他一生得到专利权的发明有一千一百件),都是用前人的失败与成功做出发点的。他说:

> 每回我要发明什么东西,我总要先翻读以前的人在那个问题上做过了的工作(图书馆里那些书正是为了这个用处的)。我要看看以前花了大功夫,花了大经费,做出了一些什么成绩。我要用从前人做过的几千次试验的资料做我的出发点,然后我来再做几千次试验。

这是他做实验的下手方法。

他在1921年1月曾说:

> 我每次想做一件尽善尽美的工作,往往碰到一座一百尺高的花岗石的高墙。碰来碰去,总过不了这百尺高墙,我就转到别的一件工作去用功。有时候——也许几个月之后,也许几年之后,忽然有一天,有一件什么东西被我发明了,或是别人发明了——或者在这世界的某一个角落,有一件新事物出现了——我往往能够认识那件新发明可以帮助我爬过那座高墙,或者爬上去几十尺。

> 我从来不许我在任何情形之下感到失望。我记得,我们为了一个问题做了几千次实验,还没有能够解决那个问题。我们的一个同事,在我们最得意的一次实验失败之后,就灰心了,就说,我们不会找出什么来了。我还是高高兴兴的对他说:"我们不是已经找出了不少东西了吗?"我们已经确实知道这条路是走不通的了,以后我们必须另走别的路子了。只要我们确已尽了我们最大的思考与工作的努力,我们往往可以从我们的失败里学到不少的东西。

这是爱迪生做科学实验,经过几千次失败而永不灰心失望的精神。

他在十二三岁时,耳朵就聋了。他一生是个聋子,但他从不因此减少他工作的努力。他在七十八岁时(1925),曾有一篇文字说他的耳聋于他只有好处,于世界也只有好处。他说:

> 因为我成了个聋子,我就把 Sesroit 的公立图书馆做我的避难所。我从每一个书架的最低一层读起,一本一本的读,一直读到最上一层。我不是单挑几本书读,我把整个图书馆都读了。后来我买

了一部 Swoin 出版的最廉价的百科全书，我也从头到尾全读了。

他还说两三个笑话：这是耳朵聋给他自己的恩惠。他还说，他费了多年心力去发明，制造留声机，"别人听了满意了，我总不满意，总想设法改善到最完美的地步——这也是因为我是个聋子，我能听别人不能听见的音乐声音"。他还说，Bell 发明了电话机，他听了总觉得声音太低、太弱，他听不清，所以他想出种种改良方法，把电话改良到他听得清楚才满意。他的改良部分（炭素传声器）（Carbon Transmitter）后来卖给 Bell，就使电话大改善。

后来我被选做一个商业组织的会员，常常参加他们的大宴会，往往有许多演说，我耳聋听不见演说，也不免感觉可惜。有一年，他们把宴会的演说印出来了，我读了那些大演说之后，从此就不感觉耳聋是可惋惜的了。……有一天，有一位社会改良家到新新大监狱去向监中囚犯大演说。有一个犯人听了半点钟，实在受不了，就大喊起来。管监的人一拳打去，把那犯人打得晕过去了。过了半点钟，他醒过来了，演说家还在讲。那犯人走过去，对管监的说："请你再打一拳，把我打晕过去罢！"

前些日子，我在报上看到某一位科学家发明了一种短时间的麻醉药，我脑子里就想，这种麻醉药是蛮有用的：在大宴会的演说开始之前，听演说的客人每人吃点麻醉药，倒是蛮有用的。

这是这位科学大圣人的风趣。这样一位圣人是很可爱的。

十七年的回顾

我于前清光绪三十年的二月间从徽州到上海求那当时所谓"新学"。我进梅溪学堂后不到两个月,《时报》便出版了。那时正当日俄战争初起的时候,全国的人心大震动。但是当时的几家老报纸仍旧作那长篇的古文论说,仍旧保守那遗传下来的老格式与老办法,故不能供给当时的需要。就是那比较稍新的《中外日报》也不能满足许多人的期望。《时报》应此时势而产生。它的内容与办法也确然能够打破上海报界的许多老习惯,能够开辟许多新法门,能够引起许多新兴趣。因此《时报》出世之后不久就成了中国知识阶级的一个宠儿。几年之后《时报》与学校几乎成了不可分离的伴侣了。

我那年只有十四岁,求知的欲望正盛,又颇有一点文学的兴趣,因此我当时对于《时报》的感情比对于别的报都更好些。我在上海住了六年,几乎没有一天不看《时报》的。我记得有一次《时报》征求报上登的一部小说的全份,似乎是《火里罪人》,我也是送去应征的许多人中的一个。我当时把《时报》上的许多小说诗话笔记长篇的专著都剪下来分黏成小册子,若有一天的报遗失了,我心里便不快乐,总想设法把它补起来。

我现在回想当时我们那些少年人何以这样爱恋《时报》呢?我

想有两个大原因：

第一，《时报》的短评在当日是一种创体，作的人也聚精会神的大胆说话，故能引起许多人的注意，故能在读者脑筋里发生有力的影响。我记得《时报》产生的第一年里有几件大案子：一件是周生有案，一件是大闹会审公堂案。《时报》对于这几件事都有很明决的主张，每日不但有"冷"的短评，有时还有几个人的签名短评，同时登出。这种短评在现在已成了日报的常套了，在当时却是一种文体的革新。用简短的词句，用冷隽明利的口吻，几乎逐句分段，使读者一目了然，不消费工夫去点句分段，不消费工夫去寻思考索。当日看报人的程度还在幼稚时代，这种明快冷刻的短评正合当时的需要。我还记得当周生有案快结束的时候，我受了《时报》短评的影响，痛恨上海道袁树勋的丧失国权，曾和两个同学写了一封长信去痛骂他。这也可见《时报》当日对于一般少年人的影响之大。这确是《时报》的一大贡献。我们试看这种短评，在这十七年来，逐渐变成了中国报界的公用文体，这就可见他们的用处与他们的魔力了。

第二，《时报》在当日确能引起一般少年人的文学兴趣。中国报纸登载小说大概最早的要算徐家汇的《汇报》。那时我还没有出世呢。但《汇报》登的小说一大部分后来会刻为《兰苕馆外史》，都是《聊斋》式的怪异小说，没有什么影响。戊戌以后，杂志里时时有译著的小说出现。专提倡小说的杂志也有了几种，例如《新小说》及《绣像小说》。(商务)日报之中只有《繁华报》(一种花报)，逐日登载李伯元的小说。那些"大报"好像还不屑做这种事业。（这一点我不敢断定，我那时年纪太小了，看的报又不多，不知《时报》以前的大报有没有登小说的。）那时的几个大报大概都是很干燥枯寂的，他们至多不过能作一两篇合于古文义法的长篇论说罢了。《时报》出世以后每日登载"冷"或"笑"译著的小说，有时每日有两种冷血先生的白话小说，在当时译界中确要算很好的译笔。他有时自己也作一两篇短篇小说，如福尔摩斯来华侦探案等，也是中国人作新体短篇小说最早的一段历史。《时报》登的许多小说之中，《双泪碑》最风行。但依我看来，还应该推那些白话译本为最好。这些译本如《销金窟》之类，用很畅达的文笔，作很自由的翻译，在当时最为适用。倘《几道山恩仇记》(*Count of monte eristo*)全书都能像《销金窟》（此乃《恩仇记》的一部分）这样的译出，这部名著在中国一定也会成了一部"家喻户晓"的小说了。《时报》当日还有《平等阁诗话》一栏，对于现代诗人的介绍，选择很精。诗话虽不如小说之风行，也很能引起许多人的文学兴趣。我关于现代中国诗的知识差不多都是先从这部诗话里引起的。

我们可以说《时报》的第二个大贡献是为中国日报界开辟一种带文学兴趣的"附张"。自从《时报》出世以来，这种文学附张的需要也渐渐的成为日报界公认的了。

这两件都是比较最大的贡献。此外如专电及要闻，分别轻重，参用大小字，如专电的加多等等，在当日都是日报界的革新事业，在今日也都成为习惯，不觉得新鲜了。我们若回头去研究这许多习惯的由来，自不能不承认《时报》在中国日报史上的大功劳。简单说来，《时报》的贡献是在十七年前发起了几件重要的新改革。这几件新改革因为适合时代的需要，故后来的报纸也不能不尽量采用，就渐渐的变成中国日报不可少的制度了。

我是同《时报》做了六年好朋友的人，庚戌去国以后，虽然不能有从前的亲密，但也时常相见；现在看见《时报》长大成了一个十七岁的少年，我自然很欢喜。我回想我从前十四岁到十九岁的六年之中——一个人最重要最容易感化的时期——受了《时报》的许多好影响，故很高兴的把我少年时对于《时报》的关系写出来，指出它对于当时读者和对于中国报界的贡献，作为《时报》的一段小史，并且表示我感谢它祝贺它的微意。

但是我们当此庆贺的纪念，与其追念过去的成功，远不如悬想将来的进步。过去的成绩只应该鼓励现在的人努力造一个更大更好的将来，这是"时"字的教训。倘若过去的光荣只使后来的人增加自满的心，不再求进步，那就像一个辛苦积钱的人成了家私之后天天捧着元宝玩弄，岂不成了一个守钱房了吗？

我们都知道时代是常常变迁的,往往前一时代的需要,到了后一时代便不适用了。《时报》当日应时势的需要,为日报界开了许多法门,但当日所谓"新"的,现在已成旧习惯了;当日所谓"时"的,现在早已过时了。《时报》在当日是报界的先锋,但十七年来旧报都改新了,新报也出了不少了。当日的先锋在今日竟同着大队按部徐行了。大队今日之赶上先锋,自然未必不是先锋的功劳,但做先锋的人还应该努力向前争这个"先锋"的位置。我今年在上海时曾和《时报》的一位先生谈话,他说:"日报不当做先锋,因为日报是要给大多数人看的。"这位先生也是当日做先锋的人,这句话未免使我大失望。我以为日报因为是给大多数人看的,故最应该做先锋,故最适宜于做先锋。何以最适宜呢?因为日报能普及许多人,又可用"旦旦而伐之"的死功夫,故日报的势力最难抵抗,最易发生效果。何以最应该呢?因为日报既是这样有力的一种社会工具,若不肯做先锋,若自甘随着大队同行,岂不是放弃了一种大责任?岂不是错过了一个好机会?岂不是辜负了一种大委托吗?

即如《时报》早年的历史,便是一个明显的例。《时报》在当日为什么不跟着大家作长篇的古文论说呢?为什么要改作短评呢?为什么要加添文学的附录呢?《时报》倡出这种种制度之后,十几年之中,全国的日报都跟着变了,全国的看报人也不知不觉的变了。那几十万的读者,十几年来,从没有一个人出来反对某报某报体例的变更的。这就可见那大多数看报的人虽然不免有点天然的惰性,究竟抵不住"旦旦而伐之"的提倡力。假使《申报》今天忽然大变政策,大谈社会主义,难道那看《申报》的人明天就会不看《申报》了吗?又假使《新闻报》明天忽然大变政策,一律改用白话,难道那看《新闻报》的人后天就会不看《新闻报》了吗?我可以说:"决不会的。"看报人的守旧性乃是主笔先生的疑心暗鬼。主笔先生自己丧失了"先锋"的锐气,故觉得社会上多数人都不愿他努力向前。譬如戴绿眼镜的人看着一切东西都变绿了,如果他要知道荷花是红的,金子是黄的,他须得把这副绿眼镜除下来试试看。今天是《时报》新屋落成的纪念,也是它除旧布新的一个转机,我这个同《时报》一块长大的小时朋友,对它的祝词,只是:"《时报》是做过先锋的,是一个立过大功的先锋,我希望它不必抛弃了先锋的地位,我希望它发愤向前努力替社会开先路,正如它在十七年前替中国报界开了许多先路!"

1921 年 10 月 3 日

戴东原在中国哲学史上的位置

这八百年来,中国思想史上出了三个极重要的人物,每人划出了一个新纪元。一个是朱子(1130—1200),一个是王阳明(1470—1528),一个是戴东原(1724—1777)。

朱子的学说笼罩了这七百多年的学术界,中间只有王阳明与戴东原两个人可算是做了两番很有力的反朱大革命。

朱子承二位程子的嫡传,他的学说有两个方面,就是程子说的"涵养须用敬,进学则在致知"。主敬的方面是沿袭着道家养神及佛家明心的路子下来的,是完全向内的功夫。致知的方面是要"即凡天下之物,莫不用其已知之理而益穷之,以求致乎其极"。这是科学家穷理的精神,这真是程朱一派的特别贡献。

朱学盛行之后,大家崇拜朱子,却不了解朱子的真精神在于提倡致知穷理;明儒薛瑄说:"自考亭以还,斯道已大明,无烦著作,直须躬行耳!"这种奴隶性质的迷信养成以后,谈致知的只死守朱子的传注,谈主敬的多成了迂腐的道学先生。

所以王阳明起来,索性把格物致知的一条路子封闭了,索性专做向内的功夫。朱子说的致知是要"即物而穷其理";王阳明说的致知是"致良知",是致那不学而能的良知。他说天下之物本无可格者;我们只须服从那知善知恶的良知,他是便知是,非便知非,不会错的。

王学盛行之后,什么人都可以高谈心性,什么格物穷理的话都成了陈腐之谈了。王学之中,确然也出了几个特立独行的人物,但王学实在太容易了,弄得一班士大夫空疏不做学问。

戴东原生于朱子的本乡,跟着朱学大儒江永(1681—1762)做过很深的朱学研究。他的学说最反对王学,而又不是朱学的复辟;颇近于朱子格物穷理的精神,而又有根本的和朱子大不同的地方。

戴东原是一个实行"致知穷理"的学者,他说人类分于天然以成性,有偏全厚薄清浊昏明之不齐,必由博学审问慎思明辨笃行,以渐渐扩充人的智慧。这本是很平常的道理。无奈程朱一派受了道家佛家的影响,把人性看做"天与我完全自足"的东西,不幸受了形气的污坏,所以要无欲,要主敬,以恢复那原来的完全自足。这种"明善以复其初"的学说,无论是程朱的主敬,王学的致良知,都只是躲懒的捷径,不是正路。

程朱的大错有两点:一是把"性"分成气质之性与义理之性两部分;一是把"理"看做"如有物焉,得于天而具于心"。

从第一个错误上生出的恶果是绝对的推崇理性而排斥情欲。戴东原大胆地说:"理者,存乎于欲者也。"他又说:"古贤圣所谓仁义礼智,不求于所谓欲之外,不离乎血气心知。"他有一段名言:

> 仁义礼智非他,不过怀生畏死,饮食男女,与夫感于物而动者,之皆不可脱然无之以归于静归于一,而恃人之心知异于禽兽,能不惑于所行即为懿德耳。

他主张血气心知即是性;而心知辅助情欲,使能"不惑于所行",即是善,即是懿德。

从第二个错误上生出的恶结果是容易把主观偏执的"意见"认做"理",认做"天理"。戴东原说:"夫以理为如有物焉,得于天而具于心,未有不以意见当之者也。"他痛论认意见为理的大害道:

> 今之治人者,视古贤圣体民之情,遂民之欲,多出于鄙细隐曲,不措诸意不足为怪。而及其责以理也,不难举旷世之高节,著于义

而罪之。尊者以礼责卑,长者以理责幼,贵者以理责贱,虽失,谓之顺。卑者,幼者,贱者以理争之,虽得,谓之逆。于是下之人不能以天下之同情,天下所同欲,达之于上。上以理责其下,而在下之罪,人人不胜指数。人死于法,犹有怜之者;死于理,其谁怜之?

这种眼光直是前无古人。戴东原指斥程朱陆王的学说,只因为他们排斥情欲,不近人情。他自己的政治哲学只是"遂民之欲,达民之欲"八个字。他说:

古之言理也,就人之情欲求之,使之无疵之为理。今之言理也,离人之情欲求之,使之忍而不顾之为理。此理欲之辨适以穷天下之人,尽转移为欺伪之人,为祸何可胜言也哉?

戴东原既反对那种"如有物焉,得于天而具于心"的"理",他自己对于"理"的见解是:

理者,察之而几微必区以别之名也。是故谓之分理。在物之质曰肌理,曰腠理,曰文理。得其分,则有条而不紊,谓之条理。

理即是事物的条理。他说:"天地人物事为,不闻无可言之理者。"他主张要在"举凡天地人物事为,求其必然不可易"——这正是科学家求知的目的。

宋儒也曾说"即物而穷其理",但他们把理看做无所不在的浑沦的天理,所以后来终于回到冥心求理的内功路上去。戴东原便不然,他说:

事物之理,必就事物剖析至微,而后理得。

"剖析至微"便是戴学的治学方法。王阳明对着竹子呆坐,如何能格物?戴氏做学问的方法所以能有大成绩,正靠他凡事"必就事物剖析至微"。他曾对姚姬传说:

寻求而获,有十分之见,有未至十分之见。所谓十分之见,必征之古而靡不条贯,合诸道而不留余议,巨细毕究,本末兼察。

他要人把那从剖析推求得来的见解,再用演绎的法子应用到古今的事实上去（他所谓"道"只是日用事为），若能条理贯通，不留余议，方才是证实的真理，方才是十分之见。这真是科学家的态度与精神。

以上所论，可见戴东原在破坏方面是攻击宋明儒者的理欲二元论和主观的天理论；在建设方面是提出理欲一元论，点出理义有客观的存在并且必须客观的证实。他批评程朱的学派虽然同时并列致知与主敬两方面，实际上却是"详于论敬而略于论学"。他自己的哲学便是老实地倾向致知的方面，敬只成了求知的一个附属条件。他说：

> 必敬必正，而意见或偏，犹未能语于得理。虽智足以得理，而不敬则多疏失，不正则尽虚伪。

他很明白地宣言，只有智慧的扩充可以解决一切情欲问题和道德问题。我们引他一段话来做他的哲学的结论：

> 有是身，故有声色臭味之欲；有是身，而君臣父子夫妇昆弟朋友之伦具，故有喜怒哀乐之情。唯有欲有情而又有知，然后欲得遂也，情得达也。天下之事，使欲之得遂，情之得达，斯已矣。唯人之知，小之能尽美丑之极至，大之能尽是非之极至；然后遂己之欲者，广之能遂人之欲；达己之情者，广之能达人之情。道德之盛，使人之欲无不遂，人之情无不达，斯已矣。

人都知道戴东原是清代经学的大师、音韵的大师、清代考核之学的第一大师，但很少人知道他是朱子以后第一个大思想家、大哲学家。他在经学考据的方面，虽有开山之功，但他的弟子王念孙段玉裁等人的成绩早已超过他了。他在哲学的方面，二百年来，只有一个焦循了解得一部分；但论思想的透辟、气魄的伟大，二百年来，戴东原真成独霸了！

1923 年 12 月 19 日

追想胡明复

宣统二年(1910)七月,我到北京考留美官费。那一天,有人来说,发榜了。我坐了人力车去看榜,到史家胡同时,天已黑了。我拿了车上的灯从榜尾倒看上去(因为我自信我考的很不好),看完了一张榜,没有我的名字,我很失望。看过头上,才知道那一张是"备取"的榜。我再拿灯照读那"正取"的榜,仍是倒读上去,看到我的名字了!仔细一看,却是"胡达",不是"胡适"。我再看上去,相隔很近,便是我的姓名了。我抽了一口气,放下灯,仍坐原车回去了,心里却想着:"那个胡达不知是谁,几乎害我空高兴一场!"

那个胡达便是胡明复。后来我和他和宪生都到康南耳大学,中国同学见了我们的姓名,总以为胡达、胡适是兄弟,却不知道宪生和他是堂兄弟,我和他却全无亲属的关系。

那年我们同时放洋的共有七十一人,此外还有胡敦复先生、唐孟伦先生、严约冲先生。船上十多天,大家都熟了。但在那时已可看出许多人的性情嗜好。我是一个爱玩的人,也吸纸烟,也爱喝柠檬水,也爱学打"五百"及"高、低、杰克"等等纸牌。在吸烟室里,我认得了宪生,常同他打 Shuffle Board;我又常同严约冲、张彭春、王鸿卓打纸牌。明复从不同我们玩。他和赵元任、周仁总是同胡敦复在一块谈天；我们偶然听见他们谈话，知道他们谈的是算学问题，我们或是听不懂，或是感觉没有趣味，只好走开，心里都恭敬这一小群的学者。

到了绮色佳（Ithaca）之后，明复与元任所学相同，最亲热；我在农科，同他们见面时很少。到了1912年以后，我改入文科，方才和明复、元任同在克雷登（Prof. J. E. Creighton）先生的哲学班上。我们三个人同坐一排，从此我们便很相熟了。明复与元任的成绩相差最近，竞争最烈。他们每学期的总平均总都在九十分以上；大概总是元任多着一分或半分，有一年他们相差只有几厘。他们在康南耳四年，每年的总成绩都是全校最高的。1913年，我们三人同时被举为 Phi Beta Kappa 会员；因为我们同在克雷登先生班上，又同在一排，故同班的人都很欣羡；其实我的成绩远不如他们两位。1914年，他们二人又同时被举为 Sigma Xi 会员，这是理科的名誉学会，得之很难；他们两人同时已得 Phi Beta Kappa 的"会钥"，又得 Sigma Xi 的"会钥"，更是全校稀有的荣誉。（敦复先生也是 Phi Beta Kappa 的会员。）

明复是科学社的发起人，这是大家知道的。这件事的记载，我在我的《藏晖室札记》里居然留得一点材料，现在摘记在此，也许可供将来科学社修史的人的参考。

科学社发起的人是赵元任、胡达（明复）、周仁、秉志、过探先、杨铨、任鸿隽、金邦正、章元善。他们有一天（1914）聚在世界会（Cosmopolitan Club）的一个房间里——似是过探先所住——商量要办一个月报，名为"科学"。后来他们公推明复与杨铨、任鸿隽等起草，拟定"科学社"的招股章程。最初的章程是杨铨手写付印的，其全文如下：

科学社招股章程

（一）定名　本社定名科学社（Science Society）

（二）宗旨　本社发起《科学》（Science）月刊，以提倡科学，鼓吹实业,审定名词,传播知识为宗旨。

（三）资本　本社暂时以美金四百元为资本。

（四）股份　本社发行股份票四十份,每份美金十元。其二十份由发起人担任,余二十份发售。

（五）交股法　购一股者,限三期交清,以一月为一期:第一期五元,第二期三元,第三期二元。购二股者,限五期交清:第一期六元,第二三期各四元,第四五期各三元。每股东以三股为限,购三股者其二股依上述二股例交付,余一股照单购法办理。凡股东入股,转股,均须先经本社认可。

（六）权利　股东有享受盈余及选举被选举权。

（七）总事务所　本社总事务所暂设美国以萨克(Ithaca)城。

（八）期限　营业期限无定。

（九）通信处　美国过探先(住址从略)。

当时的目的只想办一个《科学》月刊,资本只要美金四百元。后来才放手做去,变成今日的科学社,《科学》月刊的发行只成为社中的一件附属事业了。

当时大家决定,先须收齐三个月的稿子,然后敢送出付印。明复在编辑上的功劳最大;他不但自己撰译了不少稿子,还整理别人的稿件,统一行款,改换标点,故他最辛苦。他在社中后来的贡献与劳绩,是许多朋友都知道的,不用我说了。

明复学的是数学物理,但他颇注意于他所专习的科学以外的事情。我住在世界会,常见明复到会里来看杂志;别的科学学生很少来的。

有一件事可以作证。民国元年(1912)十一月里,明复和我发起一个政治研究会。那时在革命之后,大家都注意政治问题,故有这个会的组织。第一次组织会在我的房间里开会,会员共十人,议决:

（一）每两星期开会一次。

（二）每会讨论一个问题,由会员二人轮次预备论文宣读。论文完后,由会员讨论。

(三)每会由会员一个轮当主席。

(四)会期在星期六下午2时。

第一次讨论会的论题为"美国议会",由过探先与我担任。第二次论题为"租税制度",由胡明复与尤怀皋担任。我的日记有这一条:

> 12月21日,中国学会生政治研究会第二次会,论"租税"。胡明复、尤怀皋二君任讲演,甚有兴味。二君所预备演稿俱极精详,费时当不少,其热心可佩也。

明复与元任后来都到哈佛去了。那时杏佛(杨铨)编辑《科学》,常向他们催稿子。民国五年(1916)六月间,杏佛作了一首白话打油诗寄给明复:

寄胡明复

自从老胡去,这城天气凉。

新屋有风阁,清福过帝王。

境闲心不闲,手忙脚更忙。

为我告"夫子",《科学》要文章。

元任见此诗,也和了一首:

寄杨杏佛

老胡来,此地暖如汤。

《科学》稿已去,"夫子"不敢当。

才完就要作,忙似阎罗王。

幸有"辟克匿",那时波士顿肯白里奇的社友还可大大的乐一场!

这也可以表示当时的朋友之乐,与科学社编辑部工作的状况。

民国三年(1914),明复得盲肠炎,幸早去割了,才得无事。民国五年(1916),元任也得盲肠炎,也得割治。那时我在纽约,作了一首打油诗寄

给元任,并寄给明复看:

> 闻道先生病了,叫我吓了一跳。
> "阿彭底赛梯斯"! 这事有点不妙!
> 依我仔细看来,这病该怪胡达。
> 你和他两口儿,可算得亲热杀。
> 同学同住同事,今又同到哈袜,
> 同时"西葛玛鳃",同时"斐贝卡拔"。
> 前年胡达破肚,今年"先生"该割。
> 莫怪胡适无礼,嘴里夹七带八。
> 要"先生"开口笑,病中快活快活。
> 更望病早早好,问祢陀佛菩萨!

那时候我正开始作白话诗,常同一班朋友讨论文学的问题。明复有一天忽然寄了两首打油诗来,不但是白话的,竟是土白的。第一首是:

> 纽约城里,
> 有个胡适,
> 白话连篇,
> 成啥样式!

第二首是一首"宝塔诗":

> 痴!
> 适之!
> 勿读书,
> 香烟一支!
> 单做白话诗!
> 说时快,做时迟,
> 一做就是三小时!

我也答他一首"宝塔诗":

咦!
稀奇!
胡格哩,
緾我作诗!
这话不须提。
我作诗快得希,
从来不用三小时。
提起笔何用费心思,
笔尖儿嗤嗤嗤嗤地飞,
也不管宝塔诗有几层儿!

这种朋友游戏的乐处,可怜如今都成了永不回来的陈迹了!

去年5月底,我从外国回来,住在沧州旅馆,有一天,吴稚晖先生在我房里大谈。门外有客来了,我开门看时,原来是明复同周子竞(仁)两位。我告诉他们,里面是稚晖先生。他们怕打断吴先生的谈话,不肯进来,说"过几天再来谈",都走了。我以为,大家同在上海,相见很容易的。谁知不多时明复遂死了,那一回竟是我同他的永诀了。他永永不再来谈了!

1928年3月17日

九年的家乡教育

一

我生在光绪十七年十一月十七日(1891年12月17日),那时候我家寄住在上海大东门外。我生后两个月,我父亲被台湾巡抚邵友濂奏调往台湾;江苏巡抚奏请免调,没有效果。我父亲于十八年二月底到台湾,我母亲和我搬到川沙住了一年。十九年(1893)二月二十六日我们一家(我母、四叔介如、二哥嗣秬、三哥嗣秠)也从上海到台湾。我们在台南住了十个月。十九年五月,我父亲做台东直隶州知州,兼统镇海后军各营。台东是新设的州,一切草创,故我父不带家眷去。到十九年底,我们才到台东。我们在台东住了整一年。

甲午(1894)中日战事开始,台湾也在备战的区域,恰好介如四叔来台湾,我父亲便托他把家眷送回徽州故乡,只留二哥嗣秬跟着他在台东。我们于乙未年(1895)正月离开台湾,二月初十日从上海启程回绩溪故乡。

那年四月,中日和议成,把台湾割让给日本。台湾绅民反对割台,要求巡抚唐景崧坚守。唐景崧请西洋各国出来干涉,各国不允。台人公请唐为台湾民主国大总统,帮办军务刘永福为主军大总统。

我父亲在台东办后山的防务,电报已不通,饷源已断绝。那时他已得脚气病,左脚已不能行动。他守到闰五月初三,始离开后山。到安平时,刘永福苦苦留他帮忙,不肯放行。到六月二十五,他双脚都不能动了,刘永福始放他行。六月二十八到厦门,手足俱不能动了。七月初三他死在厦门,成为东亚第一个民主国的第一个牺牲者!

这时候我只有三岁零八个月,我仿佛记得我父死信到家时,我母亲正在家中老屋的前堂,她坐在房门口的椅子上。她听见读信人读到我父亲的死信,身子往后一倒,连椅子倒在房门槛上。东边房门口坐的珍伯母也放声大哭起来,一时满屋都是哭声,我只觉得天地都翻覆了!我只仿佛记得这一点凄惨的情状,其余都不记得了。

二

我父亲死时,我母亲只有二十三岁。我父初娶冯氏,结婚不久便遭太平天国之乱,同治二年(1863)死在兵乱里。次娶曹氏,生了三个儿子、三个女儿,死于光绪四年(1878)。我父亲因家贫,又有志远游,故久不续娶。到光绪十五年(1889),他在江苏候补,生活稍稍安定,他才续娶我的母亲,我母亲结婚后三天,我的大哥嗣稼也娶亲了。那时我的大姐已出嫁生了儿子。大姐比我母亲大七岁。大哥比她大两岁。二姐是从小抱给人家的。三姐比我母亲小三岁,二哥、三哥(孪生的)比她小四岁。这样一个家庭里忽然来了一个十七岁的后母,她的地位自然十分困难,她的生活自然免不了苦痛。

结婚后不久,我父亲把她接到了上海同住。她脱离了大家庭的痛苦,我父又很爱她,每日在百忙中教她认字读书,这几年的生活是很快乐的。我小时也很得我父亲钟爱,不满三岁时,他就把教我母亲的红纸方字教我认。父亲做教师,母亲便在旁做助教。我认的是生字。她便借此温她的熟字。他太忙时,她就是代理教师。我们离开台湾时,她认得了近千字。我也认了七百多字。这些方字都是我父亲亲手写的楷字。我母亲终生保存着,因为这些方块红笺上都是我们三个人的最神圣的团居生活的纪念。

我母亲二十三岁就做了寡妇,从此以后,又过了二十三年。这二十三年的生活真是十分苦痛的生活,只因为还有我这一点骨血,她含辛茹苦,把全副希望寄托在我的渺茫不可知的将来,这一点希望居然使她挣扎着活了二十三年。

我父亲在临死之前两个多月,写了几张遗嘱,我母亲和四个儿子每人各有一张,每张只有几句话。给我母亲的遗嘱上说穈儿(我的名字叫嗣穈,穈字音门)天资颇聪明,应该令他读书。给我的遗嘱也教我努力读书上进。这寥寥几句话在我的一生很有重大的影响。我十一岁的时候,二哥和三哥都在家,有一天我母亲问他们道:"穈今年十一岁了。你老子叫他念书,你们看看他念书念得出吗?"二哥不曾开口,三哥冷笑道:"哼,念书!"二哥始终没有说什么。我母亲忍气坐了一会,回到了房里才敢掉眼泪。她不敢得罪他们,因为一家的财政权全在二哥的手里,我若出门求学是要靠他供给学费的。所以她只能掉眼泪,终不敢哭。

但父亲的遗嘱究竟是父亲的遗嘱,我是应该念书的。况且我小时很聪明,四乡的人都知道三先生的小儿子是能够念书的。所以隔了两年,三哥往上海医肺病,我就跟他出门求学了。

三

我在台湾时,大病了半年,故身体很弱。回家乡时,我号称五岁了,还不能跨一个七八寸高的门槛。但我母亲望我念书的心很切,故到家的时候,我才满三岁零几个月,就在我四叔父介如先生(名玠)的学堂里读书了。我的身体太小,他们抱我坐在一只高凳子上面。我坐上了就爬不下来,还要别人抱下来。但我在学堂并不算最低级的学生。因为我进学堂之前已认得近一千字了。

因为我的程度不算"破蒙"的学生,故我不需念《三字经》、《千字文》、《百家姓》、《神童诗》一类的书。我念的第一部书是我父亲自己编的一部四言韵文,叫做《学为人诗》,他亲笔抄写了给我的。这部书说的是做人的道理。我把开头几行抄在这里:

> 为人之道,在率其性。
> 子臣弟友,循理之正;
> 谨乎庸言,勉乎庸行;
> 以学为人,以期做圣。
> ············

以下分说"五伦"。最后三节,因为可以代表我父亲的思想。我也抄在这里:

> 五常之中,不幸有变,
> 名分攸关,不容稍紊。
> 义之所在,身可以殉。
> 求仁得仁,无所尤怨。
>
> 古之学者,察于人伦,
> 因亲及亲,九族克敦;
> 因爱推爱,万物同仁。
> 能尽其性,斯为圣人。
>
> 经籍所载,师儒所述,
> 为人之道,非有他术:
> 穷理致和,返躬践实,
> 亹勉于学,守道勿失。

我念的第二部书也是我父亲编的一部四言韵文,名叫《原学》,是一部略述哲理的书。这两部书虽是韵文,先生仍讲不了,我也懂不了。

我念的第三部书叫做《律诗六钞》,我不记是谁选的了。三十多年来,我不曾重见这部书,故没有机会考出此书的编者;依我的猜测,似是姚鼐的选本,但我不敢坚持此说。这一册诗全是律诗,我读了虽不懂得,却背的很熟。至今回忆,却完全不记得了。

我虽不曾读《三字经》等书,却因为听惯了别的小孩子高声诵读,我也能背这些书的一部分,尤其是那五七言的《神童诗》,我差不多能从头背到底。这本书后面的七言句子,如:

人心曲曲湾湾水,

世事重重叠叠山。

我当时虽不懂得其中的意义,却常常嘴上爱念着玩,大概也是因为喜欢那些重字双声的缘故。

我念的第四部书以下,除《诗经》,就都是散文的了。我依诵读的次序,把这些书名写在下面:

(四)《孝经》

(五)朱子的《小学》,江永集注本

(六)《论语》。以下四书皆用朱子注本

(七)《孟子》

(八)《大学》与《中庸》(《四书》皆连注文读)

(九)《诗经》,朱子《集传》本(注文读一部分)

(十)《书经》,蔡沈注本(以下三书不读注文)

(十一)《易经》,朱子《本义》本

(十二)《礼记》,陈澔注本

读到了《论语》的下半部,我的四叔父介如先生选了颖洲府阜阳县的训导,要上任去了,就把家塾移交给族兄禹臣先生(名观象)。四叔是个绅董,常常被本族或外村请出去议事或和案子;他又喜欢打纸牌(徽州纸牌,每副一百五十五张),常常被明达叔公、映基叔、祝封叔、茂张叔等人邀出去打牌。所以我们的功课很松,四叔往往在出门之前,给我们"上一进书",叫我们自己念;他到天将黑时,回来一趟,把我们的习字纸加了圈,放了学,才又出门去。

四叔的学堂里只有两个学生,一个是我,一个是四叔的儿子嗣秋,比我大几岁。嗣秋承继给瑜婶(星五伯公的二子,珍伯、瑜叔,皆无子,我家三哥承继珍伯,秋哥承继瑜婶)。她很溺爱他,不肯管束他,故四叔一走开,秋哥就溜到灶下或后堂去玩了。(他们和四叔住一屋,学堂在这屋的东边小屋内。)我的母亲管的严厉,我又不大觉得念书是苦事,故我一个人坐在学堂里温书念书,到天黑才回家。

禹臣先生接收家塾后,学生就增多了。先是五个,后来添到十多个,四叔家的小屋不够用了,就移到一所大屋——名叫来新书屋——里去。最初添的三个学生,有两个是守瓒叔的儿子——嗣昭、嗣逵。嗣昭比我大两三岁,天资不算笨,却不爱读书,最爱逃学,我们土话叫做"赖学"。他逃出去,往往躲在麦田或稻田里,宁可睡在田里挨饿,却不愿念书。先生往往差嗣秋去捉;有时候,嗣昭被捉回来了,总得挨一顿毒打;有时候,连嗣秋也不回来了——乐得不回来了,因为这是"奉命差遣",不算是逃学!

我常觉得奇怪,为什么嗣昭要逃学?为什么一个人情愿挨饿、挨打、挨大家笑骂,而不情愿念书?后来我稍懂得世事,才明白了。瓒叔自小在江西做生意,后来在九江开布店,才娶妻生子,一家人都说江西话。回家乡时,嗣昭弟兄都不容易改口音;说话改了,而嗣昭念书常带江西音,常常因此吃戒方或吃"做瘤栗"(钩起五指,打在头上,常打起瘤子,故叫做"做瘤栗")。这是先生不原谅,难怪他不愿念书。

还有一个原因。我们家乡的蒙馆学金太轻,每个学生每年只送两块银元。先生对于这一类学生,自然不肯耐心教书,每天只教他们念死书、背死书,从来不肯为他们"讲书"。小学生初念有韵的书,也还不十分叫苦。后来念《幼学琼林》、《四书》一类的散文,他们自然毫不觉得有趣味,因为全不懂得书中说的是什么。因为这个缘故,许多学生常常赖学;先有嗣昭,后来有个士祥,都是有名的"赖学胚"。他们都属于这每年两元钱的阶级。因为逃学,先生生了气,打的更厉害。越打的厉害,他们越要逃学。

我一个人不属于这"两元"的阶级。我母亲渴望我读书,故学金特别优厚,第二年就送六块钱,以后每年增加,最后一年加到十二元。这样的学金,在家乡要算"打破纪录"的了。我母亲大概是受了我父亲的叮嘱,她嘱托四叔和禹臣先生为我"讲书":每读一字,须讲一字的意思;每读一句,须讲一句的意思。我先已认得了近千个"方字",每个字都经过父母的讲解,故进学堂之后,不觉得艰苦。念的几本书虽然有许多是乡里先生讲不明白的,但每天总遇着几句可懂的话。我喜欢朱子《小学》里的记述古人行事的部分,因为那些部分最容易懂得,所以比较最有趣味。同学之中有念《幼学琼林》的,我常常帮他们的忙,教他们不认得的生字,因此常常借这些书看;他们念大字,我却最爱看《幼学琼林》的小注,因为注文中有许多神话和故事,比《四书》、《五经》有趣味多了。

有一天,一件小事使我忽然明白我母亲增加学金的大恩惠。一个同学的母亲来请禹臣先生代写家信给她的丈夫;信写成了,先生交她的儿子晚上带回家去。一会儿,先生出门去了,这位同学把家信抽出来偷看。他忽然过来问我道:"糜,这信上第一句'父亲大人膝下'是什么意思?"他比我只小一岁,也念过《四书》,却不懂"父亲大人膝下"是什么!这时候,我才明白我是一个受特别待遇的人,因为别人每年出两块钱,我去年却送十块钱。我一生最得力的是讲书,父亲母亲为我讲方字,两位先生为我讲书。念古文而不讲解,等于念"揭谛揭谛,波罗揭谛",全无用处。

四

当我九岁时,有一天我在四叔家东边小屋里玩耍。这小屋前面是我们的学堂,后边有一间卧房,有客来便住在这里。这一天没有课,我偶然走进那卧房里去,偶然看见桌子下一只美孚煤油板箱里的废纸堆中露出一本破书。我偶然捡起了这本书,两头都被老鼠咬坏了,书面也扯破了。但这一本破书忽然为我开辟了一个新天地,忽然在我的儿童生活史上打开了一个新鲜的世界!

这本破书原来是一本小字木板的《第五才子》,我记得很清楚,开始便是"李逵打死殷天锡"一回。我在戏台上早已认得李逵是谁了,便站在那只美孚破板箱边,把这本《水浒传》残本一口气看完了。不看尚可,看了之后,我的心里很不好过:这一本的前面是些什么?后面是些什么?这两个问题,我都不能回答,却最急要一个回答。

我拿了这本书去寻我的五叔,因为他最会"说笑话"("说笑话"就是"讲故事",小说书叫做"笑话书"),应该有这种笑话书。不料五叔竟没有这书,他叫我去寻守焕哥。守焕哥说:"我没有《第五才子》,我替你去借一部;我家中有部《第一才子》,你先拿去看,好吧?"《第一才子》便是《三国演义》,他很郑重的捧出来,我很高兴的捧回去。

后来我居然得着《水浒传》全部。《三国演义》也看完了。从此以后,我到处去借小说看。五叔、守焕哥,都帮了我不少的忙。三姐夫(周绍瑾)在上海乡间周浦开店,他吸鸦片烟,最爱看小说书,带了不少回家乡;他每到我家来,总带些《正德皇帝下江南》、《七剑十三侠》一类的书来送给我。这是我自己收藏小说的起点。我的大哥(嗣稼)最不长进,也是吃鸦片烟的,但鸦片烟灯是和小说书常做伴的——五叔、守焕哥、三姐夫都是吸鸦片烟的——所以他也有一些小说书。大嫂认得一些字,嫁妆里带来了好几种弹词小说,如《双珠凤》之类。这些书不久都成了我的藏书的一部分。

三哥在家乡时多;他同二哥都进过梅溪书院,都做过南洋公学的师范生,旧学都有根底,故三哥看小说很有选择。我在他书架上只寻得三部小说:一部《红楼梦》、一部《儒林外史》、一部《聊斋志异》。二哥有一次回家,带了一部新译出的《经国美谈》,讲的是希腊的爱国志士的故事,是日本人作的。这是我读外国小说的第一步。

帮助我借小说最出力的是族叔近仁,就是民国十二年和顾颉刚先生讨论古史的胡堇人。他比我大几岁,已"开笔"作文章了,十几岁就考取了秀才。我同他不同学堂,但常常相见,成了最要好的朋友。他天才很高,也肯用功,读书比我多,家中也颇有藏书。他看过的小说,常借给我看。我借到的小说,也常借给他看。我们两人各有一个小手折,把看过的小说都记在上面,时时交换比较,看谁看的书多,这两个折子后来都不见了。但我记得离开家乡时,我的折子上好像已有了三十多部小说了。

这里所谓"小说",包括弹词、传奇,以及笔记小说在内。《双珠凤》在内,《琵琶记》也在内;《聊斋》、《夜雨秋灯录》、《夜谭随录》、《兰苕馆外史》、《寄园寄所寄》、《虞初新志》等等也在内。从《薛仁贵征东》、《薛丁山征西》、《五虎平西》、《粉妆楼》一类最无意义的小说,到《红楼梦》和《儒林外史》一类的第一流作品,这里面的程度已是天悬地隔了。我到离开家乡时,还不能了解《红楼梦》和《儒林外史》的好处。但这一大类都是白话小说,我在不知不觉之中得了不少的白话散文的训练,在十几年后于我很有用处。

看小说还有一桩绝大的好处,就是帮助我把文字弄通顺了。那时候正是废八股时文的时代,科举制度本身也动摇了。二哥、三哥在上海受了时代思潮的影响,所以不要我"开笔"作八股文,也不要我学作策论经义。他们只要先生给我讲书,教我读书。但学堂里念的书,越到后来,越不好懂了。《诗经》起初还好懂,读到《大雅》,就难懂了;读到《周颂》,更不可懂了。《书经》有几篇,如《五子之歌》,我读的很起劲;但《盘庚》三篇,我总读不熟。我在学堂九年,只有《盘庚》害我挨了一次打。后来隔了十年多,我才知道《尚书》有今文和古文两大类,向来学者都说古文诸篇是假的,今文是真的;《盘庚》属于今文一类,应该是真的。但我研究《盘庚》用的代名词最杂乱不成条理,故我总疑心这三篇书是后人假造的。有时候,我自己想,我的怀疑《盘庚》,也许暗中含有报那一个"做瘤栗"的仇恨的意味罢?

《周颂》、《尚书》、《周易》等书都是不能帮助我作通顺文字的。但小说书却给了我绝大的帮助。从《三国演义》读到《聊斋志异》和《虞初新志》,这一跳虽然跳的太远,但因为书中的故事实在有趣味,所以我能细细读下去。石印本的《聊斋志异》有圈点,所以更容易读。到我十二三岁时,已能对本家姐妹们讲说《聊斋》故事了。那时候,四叔的女儿巧菊,禹臣先生的妹子广菊、多菊,祝封叔的女儿杏仙,和本家侄女翠苹、定娇等,都在十五六岁之间;他们常常邀我去,请我讲故事。我们平常请五叔讲故事时,忙着替他点火、装旱烟,替他捶背。现在轮到我受人巴结了。我不用人装烟捶背,她们听我说完故事,总去泡炒米,或做蛋炒饭来请我吃。她们绣花做鞋,我讲《凤仙》、《莲香》、《张鸿渐》、《江城》。这样的讲书,逼我把古文的故事翻译成绩溪土话,使我更了解古文的文理。所以我到十四岁来上海开始作古文时,就能作很像样的文字了。

五

我小时身体弱,不能跟着野蛮的孩子们一块儿玩。我母亲也不准我和他们乱跑乱跳。小时不曾养成活泼游戏的习惯,无论在什么地方,我总是文绉绉的。所以家乡老辈都说我"像个先生样子",遂叫我做"穈先生"。这个绰号叫出去之后,人都知道三先生的小儿子叫做穈先生了,既有"先生"之名,我不能不装出点"先生"样子,更不能跟着顽童们"野"了。有一天,我在我家八字门口和一班孩子"掷铜钱",一位老辈走过,见了我,笑道:"穈先生也掷铜钱吗?"我听了羞愧的面红耳热,觉得大失了"先生"的身份!

大人们鼓励我装先生样子,我也没有嬉戏的能力和习惯,又因为我确是喜欢看书,所以我一生可算是不曾享过儿童游戏的生活。每年秋天,我的庶祖母同我到田里去"监割"(顶好的田,水旱无忧,收成最好,佃户每约田主来监割,打下谷子,两家平分)。我总是坐在小树下看小说。十一二岁时,我稍活泼一点,居然和一群同学组织了一个戏剧班,做了一些木刀竹枪,借得了几副假胡须,就在村口田里做戏。我做的往往是诸葛亮、刘备一类的文角儿;只有一次我做史文恭,被花荣一箭从椅子上射倒下去,这算是我最活泼的玩意儿了。

我在这九年(1895—1904)之中,只学得了读书写字两件事。在文字和思想(看文章)的方面,不能不算是打了一点底子。但别的方面都没有发展的机会。有一次我们村里"当朋"(八都凡五村,称为"五朋",每年一村轮着做太子会,名为"当朋"),筹备太子会,有人提议要派我加入前村的昆腔队里学习吹笙或吹笛。族里长辈反对,说我年纪太小,不能跟着太子会走遍五朋。于是我失掉了这学习音乐的唯一机会。三十年来,我不曾拿过乐器,也全不懂音乐;究竟我有没有一点学音乐的天资,我至今还不知道。至于学图画,更是不可能的事。我常常用竹纸蒙在小说书的石印绘像上,摹画书上的英雄美人。有一天,被先生看见了,挨了一顿大骂,抽屉里的图画都被搜出撕毁了。于是我又失掉了学做画家的机会。

但这九年的生活,除了读书看书之外,究竟给了我一点做人的训练。在这一点上,我的恩师就是我的慈母。

每天天刚亮时,我母亲就把我喊醒,叫我披衣坐起。我从不知道她醒来坐了多久了。她看我清醒了,才对我说昨天我做错了什么事,说错了什么话,要我认错,要我用功读书。有时候她对我说父亲的种种好处,她说:"你总要踏上你老子的脚步。我一生只晓得这一个完全的人,你要学他,不要跌他的股。"(跌股便是丢脸、出丑。)她说到伤心处,往往掉下泪来。到天大明时,她才把我的衣服穿好,催我去上早学。学堂门上的锁匙放在先生家里;我先到学堂门口一望,便跑到先生家里去敲门。先生家里有人把锁匙从门缝里递出来,我拿了跑回去,开了门,坐下念生书。十天之中,总有八九天我是第一个去开学堂门的。等到先生来了,我背了生书,才回家吃早饭。

我母亲管束我最严,她是慈母兼任严父。但她从来不在别人面前骂我一句,打我一下。我做错了事,她只对我一望,我看见了她的严厉眼光,就吓住了。犯的事小,她等到第二天早晨我睡醒时才教训我。犯的事大,她等到晚上人静时,关了房门,先责备我,然后行罚,或罚跪,或拧我的肉。无论怎样重罚,总不许我哭出声音来。她教训儿子不是借此出气叫别人听的。

有一个初秋的傍晚,我吃了晚饭,在门口玩,身上只穿着一件单背心。这时候我母亲的妹子玉英姨母在我家住,她怕我冷了,拿了一条小衫出来叫我穿上。我不肯穿,她说:"穿上吧,凉了。"我随口回答:"娘(凉)什么!老子都不老子呀。"我刚说了这句话,一抬头,看见母亲从家里走出,我赶快把小衫穿上。但她已听见这句轻薄的话了。晚上人静后,她罚我跪下,重重的责罚了一顿。她说:"你没了老子,是多么得意的事!好用来说嘴!"她气的坐着发抖,也不许我上床去睡。我跪着哭,用手擦眼泪,不知擦进了什么微菌,后来足足害了一年多的眼翳病。医来医去,总医不好。我母亲心里又悔又急,听说眼翳可以用舌头舔去,有一夜她把我叫醒,她真用舌头舔我的病眼。这是我的严师,我的慈母。

我母亲二十三岁做了寡妇,又是当家的后母。这种生活的痛苦,我的笨笔写不出一万分之一二。家中财政本不宽裕,全靠二哥在上海经营调度。大哥从小就是败子,吸鸦片烟、赌博,钱到手就光,光了就回家打主意,见了香炉就拿出去卖,捞着锡茶壶就拿出去押。我母亲几次邀了本家长辈来,给他定下每月用费的数目。但他总不够用,到处都欠下烟债赌债。每年除夕我家中总有一大群讨债的,每人一盏灯笼,坐在大厅上不肯去。大哥早已避出去了。大厅的两排椅子上满满的都是灯笼和债主。我母亲走进走出,料理年夜饭、谢灶神、压岁钱等事,只当做不曾看见这一群人。到了近半夜,快要"封门"了,我母亲才走后门出去,央一位邻舍本家到我家来,每一家债户开发一点钱。做好做歹的,这一群讨债的才一个一个提着灯笼走出去。一会儿,大哥敲门回来了。我母亲从不骂他一句。并且因为是新年,她脸上从不露出一点怒色。这样的过年,我过了六七次。

大嫂是个最无能而又最不懂事的人,二嫂是个很能干而气量很窄小的人。她们常常闹意见,只因为我母亲的和气榜样,她们还不曾有公然相打相骂的事。她们闹气时,只是不说话,不答话,把脸放下来,叫人难看;二嫂生气时,脸色变青,更是怕人。她们对我母亲闹气时,也是如此。我起初全不懂得这一套,后来也渐渐懂得看人的脸色了。我渐渐明白,世间最可厌恶的事莫如一张生气的脸;世间最下流的事莫如把生气的脸摆给旁人看。这比打骂更难受。

我母亲的气量大,性子好,又因为做了后母后婆,她更事事留心,事事格外容忍。大哥的女儿比我只小一岁,她的饮食衣料总是和我的一样。我和她有小争执,总是我吃亏,母亲总是责备我,要我事事让她。后来大嫂、二嫂都生了儿子了,她们生气时便打骂孩子来出气,一面打,一面用尖刻有刺的话骂给别人听。我母亲只装做不听见。有时候,她实在忍不住了,便悄悄走出门去,或到左邻立大嫂家去坐一会,或走后门到后邻度嫂家去闲谈。她从不和两个嫂子吵一句嘴。

每个嫂子一生气,往往十天半个月不歇,天天走进走出,板着脸,咬着嘴,打骂小孩子出气。我母亲只忍耐着,忍到实在不可再忍的一天,她也有她的法子。这一天的天明时,她就不起床,轻轻的哭一场。她不骂一个人,只哭她的丈夫,哭她自己苦命,留不住她丈夫来照管她。她先哭时,声音很低,渐渐哭出声来。我醒了起来劝她,她不肯住。这时候,我总听得见前堂(二嫂住前堂东房)或后堂(大嫂住后堂西房)有一扇房门开了,一个嫂子走出房向厨房走去。不多一会,那位嫂子来敲我们的房门了。我开了房门,她走进来,捧着一碗热茶,送到我母亲床前,劝她止哭,请她喝口热茶。我母亲慢慢停住哭声,伸手接了茶碗。那位嫂子站着劝一会,才退出去。没有一句话提到什么人,也没有一个字提到这十天半个月来的气脸,然而各人心里明白,泡茶进来的嫂子总是那十天半个月来闹气的人。奇怪的很,这一哭之后,至少有一两个月的太平清静日子。

我母亲待人最仁慈,最温和,从来没有一句伤人感情的话。但她有时候也很有刚气,不受一点人格上的侮辱。我家五叔是个无正业的浪人,有一天在烟馆里发牢骚,说我母亲家中有事总请某人帮忙,大概总有什么好处给他。这句话传到了我母亲耳朵里,她气的大哭,请了几位本家来,把五叔喊来,她当面质问他她给了某人什么好处。直到五叔当众认错赔罪,她才罢休。

  我在我母亲的教训之下住了九年,受了她的极大极深的影响。我十四岁(其实只有十二岁零两三个月)就离开她了。在这广漠的人海里独自混了二十多年,没有一个人管束过我。如果我学得了一丝一毫的好脾气,如果我学得了一点点待人接物的和气,如果我能宽恕人、体谅人——我都得感谢我的慈母。

1930 年 11 月 21 日

介绍我自己的思想

我在这十年之中,出版了三集《胡适文存》,约计有一百四五十万字。我希望少年学生能读我的书,故用报纸印刷,要使定价不贵。但现在三集的书价已在七元以上,贫寒的中学生已无力全买了。字数近百五十万,也不是中学生能全读的了。所以我现在从这三集里选出了二十二篇论文,印做一册,预备给国内的少年朋友们做一种课外读物。如有学校教师愿意选我的文字做课本的,我也希望他们用这个选本。

我选的这二十二篇文字,可以分做五组。

第一组六篇,泛论思想的方法。

第二组三篇,论人生观。

第三组三篇,论中西文化。

第四组六篇,代表我对于中国文学的见解。

第五组四篇,代表我对于整理国故问题的态度与方法。

为读者的便利起见,我现在给每一组作一个简短的提要,使我的少年朋友们容易明白我的思想的路径。

一

　　第一组收的文字是：

　　《演化论与存疑主义》

　　《杜威先生与中国》

　　《杜威论思想》

　　《问题与主义》

　　《新生活》

　　《新思潮的意义》

　　我的思想受两个人的影响最大：一个是赫胥黎，一个是杜威先生。赫胥黎教我怎样怀疑，教我不信任一切没有充分证据的东西。杜威先生教我怎样思想，教我处处顾到当前的问题，教我把一切学说理想都看做待证的假设，教我处处顾到思想的结果。这两个人使我明了科学方法的性质与功用，故我选前三篇介绍这两位大师给我的少年朋友们。

　　从前陈独秀先生曾说实验主义和辩证法的唯物史观是近代两个最重要的思想方法，他希望这两种方法能合做一条联合战线。这个希望是错误的。辩证法出于海格尔的哲学，是生物进化论成立以前的玄学方法。实验主义是生物进化论出世以后的科学方法。这两种方法所以根本不相容，只是因为中间隔了一层达尔文主义。达尔文的生物演化学说给了我们一个大教训：就是教我们明了生物进化，无论是自然的演变，或是人为的选择，都由于一点一滴的变异，所以是一种很复杂的现象，决没有一个简单的目的地可以一步跳到，更不会有一步跳到之后可以一成不变。辩证法的哲学本来也是生物学发达以前的一种进化理论；依他本身的理论，这个一正一反相毁相成的阶段应该永远不断的呈现。

　　实验主义从达尔文主义出发，故只能承认一点一滴的不断的改进是真实可靠的进化。我在《问题与主义》和《新思潮的意义》两篇里，只发挥这个根本观念。我认定民国六年以后的新文化运动的目的是再造中国文明，而再造文明的途径全靠研究一个个的具体问题。我说：

文明不是笼统造成的，是一点一滴的造成的。进化不是一晚上笼统进化的，是一点一滴的进化的。现今的人爱谈"解放"与"改造"，须知解放不是笼统解放，改造也不是笼统改造。解放是这个那个制度的解放，这种那种思想的解放，这个那个人的解放：都是一点一滴的解放。改造是这个那个制度的改造，这种那种思想的改造，这个那个人的改造：都是一点一滴的改造。

再造文明的下手功夫是这个那个问题的研究。再造文明的进行是这个那个问题的解决。我这个主张在当时最不能得各方面的了解。当时（民国八年）承"五四"、"六三"之后，国内正倾向于谈主义。我预料到这个趋势的危险，故发表"多研究些问题，少谈些主义"的警告。我说：

凡是有价值的思想，都是从这个那个具体的问题下手的。先研究了问题的种种方面的种种事实，看看究竟病在何处，这是思想的第一步功夫。然后根据于一生的经验学问，提出种种解决的方法，提出种种医病的丹方，这是思想的第二步功夫。然后用一生的经验学问，加上想象的能力，推思每一种假定的解决法应该可以有什么样的效果，更推想这种效果是否真能解决眼前这个困难问题。推想的结果，拣定一种假定的[最满意的]解决，认为我的主张，这是思想的第三步功夫。凡是有价值的主张，都是先经过这三步功夫来的。

我又说：

一切主义，一切学理，都该研究。但只可认做一些假设的[待证的]见解，不可认做天经地义的信条；只可认做参考印证的材料，不可奉为金科玉律的宗教；只可用做启发心思的工具，切不可用做蒙蔽聪明，停止思想的绝对真理。如此方才可以渐渐养成人类的创造的思想力，方才可以渐渐使人类有解放具体问题的能力，方才可以渐渐解放人类对于抽象名词的迷信。

这些话是民国八年七月写的。于今已隔了十几年，当日和我讨论的朋友，一个已被杀死了，一个也颓唐了，但这些话字字句句都还可以应用到今日思想界的现状。十几年前我所预料的种种危险——"目的热"而"方法盲",迷信抽象名词,把主义用做蒙蔽聪明停止思想的绝对真理——一一都显现在眼前了。所以我十分诚恳的把这些老话贡献给我的少年朋友们,希望他们不可再走错了思想的路子。

《新生活》一篇,本是为一个通俗周报写的;十几年来,这篇短文走进了中小学的教科书里,读过的人应该在一千万以上了。但我盼望读过此文的朋友们把这篇短文放在同组的五篇里重新读一遍。赫胥黎教人记得一句"拿证据来",我现在教人记得一句"为什么"?少年的朋友们,请仔细想想:你进学校是为什么?你进一个政党是为什么?你努力做革命工作是为什么?革命是为了什么而革命?政府是为了什么而存在?

请大家记得:人同畜生的分别,就在这个"为什么"上。

二

第二组的文字只有三篇:

《科学与人生观》序

不朽

易卜生主义

这三篇代表我的人生观,代表我的宗教。

《易卜生主义》一篇写的最早,最初的英文稿是民国三年在康奈尔大学哲学会宣读的,中文稿是民国七年写的。易卜生最可代表19世纪欧洲的个人主义的精华;故我这篇文章只写得一种健全的个人主义的人生观。这篇文章在民国七八年间所以能有最大的兴奋作用和解放作用,也正是因为它所提倡的个人主义在当日确是最新鲜又最需要的一针注射。

娜拉抛弃了家庭丈夫儿女,飘然而去,只因为她觉悟了她自己也是一个人,只因为她感觉到她"无论如何,务必努力做一个人"。这便是易卜生主义。易卜生说：

> 我所最期望于你的是一种真实纯粹的为我主义，要使你有时觉得天下只有关于你的事最要紧，其余的都算不得什么。……你要想有益于社会，最好的法子莫如把你自己这块材料铸造成器。……有的时候我真觉得全世界都像海上撞沉了船，最要紧的还是救出自己。

这便是最健全的个人主义。救出自己的唯一法子便是把你自己这块材料铸造成器。

把自己铸造成器，方才可以希望有益于社会。真实的为我，便是最有益的为人。把自己铸造成了自由独立的人格，你自然会不知足，不满意于现状，敢说老实话，敢攻击社会上的腐败情形，做一个"贫贱不能移，富贵不能淫，威武不能屈"的斯铎曼医生。斯铎曼医生为了说老实话，为了揭穿本地社会的黑幕，遂被全社会的人喊做"国民公敌"。但他不肯避"国民公敌"的恶名，他还要说老实话。他大胆的宣言：

> 世上最强有力的人就是那最孤立的人！

这也是健全的个人主义的真精神。

这个个人主义的人生观一面教我们学娜拉，要努力把自己铸造成个人；一面教我们学斯铎曼医生，要特立独行，敢说老实话，敢向恶势力作战。少年的朋友们，不要笑这是19世纪维多利亚时代的陈腐思想！我们去维多利亚时代还老远哩。欧洲有了十八九世纪的个人主义！造出了无数爱自由过于面包，爱真理过于生命的特立独行之士，方才有今日的文明世界。

现在有人对你们说："牺牲你们个人的自由，去求国家的自由！"我对你们说："争你们个人的自由，便是为国家争自由，争你们自己的人格，便是为国家争人格！自由平等的国家不是一群奴才建造得起来的！"

《科学与人生观序》一篇略述民国十二年的中国思想界里一场大论

战的背景和内容。在此序的末段,我提出我所谓"自然主义的人生观"。这不过是一个轮廓,我希望少年的朋友们不要仅仅接受这个轮廓,我希望他们能把这十条都拿到科学教室和实验室里去细细证实或否证。

这十条的最后一条是:

> 根据于生物学及社会学的知识,叫人知道个人——"小我"——是要死灭的,而人类——"大我"——是不死的,不朽的;叫人知道"为全种万世而生活"就是宗教,就是最高的宗教;而那些替个人谋死后的天堂净土的宗教乃是自私自利的宗教。

这个意思在这里说的太简单了,读者容易起误解。所以我把《不朽》一篇收在后面,专说明这一点。

我不信灵魂不朽之说,也不信天堂地狱之说,故我说这个"小我"是会死灭的。死灭是一切生物的普遍现象,不足怕,也不足惜,但个人自有他的不死不灭的部分:他的一切作为,一切功德罪恶,一切语言行事,无论大小,无论善恶,无论是非,都在那"大我"上留下不能磨灭的结果和影响。他吐一口痰在地上,也许可以毁灭一村一族。他起一个念头,也许可以引起几十年的血战。他也许"一言可以兴邦,一言可以丧邦"。善亦不朽,恶亦不朽;功盖万世固然不朽,种一担谷子也可以不朽,喝一杯酒,吐一口痰也可以不朽。古人说:"一出言而不敢忘父母,一举足而不敢忘父母。"我们应该说:"说一句话而不敢忘这句话的社会影响,走一步路而不敢忘这步路的社会影响。"这才是对于大我负责任。能如此做,便是道德,便是宗教。

这样说法,并不是推崇社会而抹杀个人。这正是极力抬高个人的重要。个人虽渺小,而他的一言一动都在社会上留下不朽的痕迹,芳不止流百世,臭也不止遗万年,这不是绝对承认个人的重要吗?成功不必在我,也许在我千百年后,但没有我也决不能成功。毒害不必在眼前,"我躬不阅,遑恤我后"!然而我岂能不负这毒害的责任?今日的世界便是我们的祖宗积的德,造的孽。未来的世界全看我们自己积什么德或造什么孽。世界的关键全在我们手里,真如古人说的"任重而道远",我们岂可错过这绝好的机会,放下这绝重大的担子?

有人对你说:"人生如梦。"就算是一场梦罢,可是你只有这一个做梦的机会。岂可不振作一番,做一个痛痛快快轰轰烈烈的梦?

有人对你说:"人生如戏。"就说是做戏罢,可是,吴稚晖先生说的好:"这唱的是义务戏,自己要好看才唱的;谁便无端的自己扮做跑龙套,辛苦的出台,止算做没有呢?"

其实人生不是梦,也不是戏,是一件最严重的事实。你种谷子,便有人充饥;你种树,便有人砍柴,便有乘凉;你拆烂污,更有人遭瘟;你放野火,便有人烧死。你种瓜便得瓜,种豆便得豆,种荆棘便得荆棘。少年的朋友们,你爱种什么?你能种什么?

三

第三组的文字,也只有三篇:
《我们对于西洋近代文明的态度》
《漫游的感想》
《请大家来照照镜子》

在这三篇里,我很不客气的指摘我们的东方文明,很热烈的颂扬西洋的近代文明。

人们常说东方文明是精神的文明,西方文明是物质的文明,或唯物的文明。这是有夸大狂的妄人捏造出来的谣言,用来遮掩我们的羞脸的。其实一切文明都有物质和精神的两部分:材料都是物质的,而运用材料的心思才智都是精神的。木头是物质;而刳木为舟,构木为屋,都靠人的智力,那便是精神的部分。器物越完备复杂精神的因子越多。一只蒸汽锅炉、一辆摩托车、一部有声电影机器,其中所含的精神因子比我们老祖宗的瓦罐、大车、毛笔多的多了。我们不能坐在舢板船上自夸精神文明,而嘲笑五万吨大汽船是物质文明。

但物质是倔强的东西,你不征服他,他便要征服你。东方人在过去的时代,也曾制造器物,做出一点利用厚生的文明。但后世的懒惰子孙得过且过,不肯用手用脑去和物质抗争,并且编出"不以人易天"的懒人哲学,于是不久便被物质战胜了。天旱了,只会求雨;河决了,只会拜金龙大王;风浪大了,只会祷告观音菩萨或天后娘娘。荒年了,只好逃荒去;瘟疫来了,只好闭门等死;病上身了,只好求神许愿。树砍完了,只好烧茅草;山都精光了,只好对着叹气。这样又愚又懒的民族,不能征服物质,便完全被压死在物质环境之下,成了一分像人九分像鬼的不长进民族。所以我说:

> 这样受物质环境的拘束与支配,不能跳出来,不能运用人的心思智力来改造环境改良现状的文明,是懒惰不长进的民族的文明,是真正唯物的文明。

反过来看看西洋的文明:

> 这样充分运用人的聪明智慧来寻求真理以解放人的心灵,来制服天行以供人用,来改造物质的环境,来改革社会政治的制度,来谋人类最大多数的最大幸福——这样的文明是精神的文明。

这是我的东西文化论的大旨。

少年的朋友们,现在有一些妄人要煽动你们的夸大狂,天天要你们相信中国的旧文化比任何国高,中国的旧道德比任何国好。还有一些不曾出国门的愚人鼓起喉咙对你们喊道:"往东走!往东走!西方的这一套把戏是行不通的了!"

我要对你们说:不要上他们的当!不要拿耳朵当眼睛!睁开眼睛看看自己,再看看世界。我们如果还想把这个国家整顿起来,如果还希望这个民族在世界上占一个地位——只有一条生路,就是我们自己要认错。我们必须承认我们自己百事不如人,不但物质机械上不如人,不但政治制度不如人,并且道德不如人,知识不如人,文学不如人,音乐不如人,艺术不如人,身体不如人。

肯认错了,方才肯死心塌地的去学人家。不要怕模仿,因为模仿是创造的必要预备功夫。不要怕丧失我们自己的民族文化,因为绝大多数人的惰性已尽够保守那旧文化了,用不着你们少年人去担心。你们的职务在进取,不在保守。

请大家认清我们当前的紧急问题。我们的问题是救国,救这衰病的民族,救这半死的文化。在这件大工作的历程里,无论什么文化,凡可以使我们起死回生,返老还童的,都可以充分采用,都应该充分收受。我们救国建国,正如大匠建屋,只求材料可以应用,不管它来自何方。

四

第四组的文字有六篇:
《建设的文学革命论》
《〈尝试集〉自序》
《文学进化观念》
《国语的进化》
《文学革命运动》
《〈词选〉自序》

这里有一部分是叙述文学革命运动的经过的,有一部分是我自己对于文学的见解。

我在这十几年的中国文学革命运动上,如果有一点点贡献,我的贡献只在:

(一)我指出了"用白话作新文学"的一条路子。

(二)我供给了一种根据于历史事实的中国文学演变论,使人明了国语是古文的进化,使人明了白话文学在中国文学史上占什么地位。

（三）我发起了白话新诗的尝试。

这些文字都可以表出我的文学革命论也只是进化论和实验主义的一种实际应用。

五

第五组的文字有四篇：

《〈国学季刊〉发刊宣言》

《古史讨论的读后感》

《〈红楼梦〉考证》

《治学的方法与材料》

这都是关于整理国故的文字。

《〈国学季刊〉发刊宣言》是一篇整理国故的方法总论,有三个要点：

第一,用历史的眼光来扩大研究的范围。

第二,用系统的整理来帮助研究的资料。

第三,用比较的研究来帮助材料的整理与解释。

这一篇是一种概论,故未免觉的太悬空一点。以下的两篇便是两个具体的例子,都可以说明历史考证的方法。

《古史讨论的读后感》一篇,在我的《文存》里要算是最精彩的方法论。这里面讨论了两个基本方法：一个是用历史演变的眼光来追求传说的演变,一个是用严格的考据方法来评判史料。

顾颉刚先生在他的《古史辨》的目序里曾说他从我的《〈水浒传〉考证》和《井田辨》等文字里得着历史方法的暗示。这个方法便是用历史演化的眼光来追求每一个传说演变的历程。我考证《水浒》的故事、包公的传说、狸猫换太子的故事、井田的制度,都用这个方法。顾先生用这方法来研究中国古史,曾有很好的成绩。顾先生说的最好："我们看史迹的整理还轻而看传说的经历却重。凡是一件史事,应看他最先是怎样,以后逐步逐步的变迁是怎样。"其实对于纸上的古史迹追求其演变的步骤,便是整理它了。

在这篇文字里,我又略述考证的方法,我说:

> 我们对于"证据"的态度是:一切史料都是证据。但史家要问:
> (一)这种证据是在什么地方寻出的?
> (二)什么时候寻出的?
> (三)什么人寻出的?
> (四)依地方和时候上看起来,这个人有做证人的资格吗?
> (五)这个人虽有证人资格,而他说这句话时有作伪(无心的,或有意的)的可能吗?

《〈红楼梦〉考证》诸篇只是考证方法的一个实例。我说:

> 我觉得我们做《红楼梦》的考证,只能在"著者"和"本子"两个问题上着手;只能运用我们力所能搜集的材料,参考互证,然后抽出一些比较的最近情理的结论。这是考证学的方法。我在这篇文章里,处处想撇开一切先入的成见处处存一个搜求证据的目的,处处尊重证据,让证据做向导,引我到相当的结论上去。

这不过是赫胥黎、杜威的思想方法的实际应用。我的几十万字的小说考证,都只是用一些"深切而著明"的实例来教人怎样思想。

试举曹雪芹的年代一个问题做个实例。民国十年,我收得了一些证据,得着这些结论:

> 我们可以断定曹雪芹死于乾隆三十年左右(约西历1765)……我们可以猜想雪芹大约生于康熙末叶(约1715—1720)。当他死时,约五十岁左右。

民国十一年五月,我得着了《四松堂集》的原本,见敦诚挽曹雪芹的诗题下注"甲申"二字,又诗中有"四十年华"的话,故修正我的结论如下:

曹雪芹死在乾隆二十九年甲申(1764)……他死时只有"四十年华",我们可以断定他的年纪不能在四十五岁以上。假定他死时年四十五岁,他的生时当康熙五十八年(1719)。

但到了民国十六年,我又得了脂砚斋评本《石头记》,其中有"壬午除夕,书未成,芹为泪尽而逝"的话。壬午为乾隆二十七年,除夕当西历1763年2月12日,和我七年前的断定(乾隆三十年左右,约西历1765)只差一年多。又假定他活了四十五岁,他的生年大概在康熙五十六年(1717),这也和我七年前的猜测正相符合。

考证两个年代,经过七年的时间,方才得着证实。证实是思想方法的最后又最重要的一步。不曾证实的理论,只可算是假设;证实之后,才是定论,才是真理。我在别处说过:

我为什么要考证《红楼梦》?

在消极方面,我要教人怀疑王梦阮徐柳泉一班人的谬说。

在积极方面,我要教人一个思想学问的方法。我要教人疑而后信,考而后信,有充分证据而后信。我为什么要替《水浒传》做五万字的考证?我为什么要替庐山一个塔做四千字的考证?

我要教人知道学问是平等的,思想是一贯的。……肯疑问"佛陀耶舍究竟到过庐山没有"的人,方才肯疑问"夏禹是神是人"。有了不肯放过一个塔的真伪的思想习惯,方才敢疑上帝的有无。

少年的朋友们,莫把这些小说考证看做我教你们读小说的文字。这些都只是思想学问的方法的一些例子。在这些文字里,我要读者学得一点科学精神、一点科学态度、一点科学方法。科学精神在于寻求事实,寻求真理。科学态度在于撇开成见,搁起感情,只认得事实,只跟着证据走。科学方法只是"大胆的假设,小心的求证"十个字。没有证据,只可悬而不断,证据不够,只可假设,不可武断;必须等到证实之后,方才奉为定论。

少年的朋友们,用这个方法来做学问,可以无大差失;用这种态度来做人处事,可以不至于被人蒙着眼睛牵着鼻子走。

从前禅宗和尚曾说:"菩提达摩东来,只要寻一个不受人惑的人。"我这里千言万语,也只是要教人一个不受人惑的方法。我只希望尽我的微薄的能力,教我的少年朋友们学一点防身的本领,努力做一个不受人惑的人。

抱着无限的爱和无限的希望,我很诚挚的把这一本小书贡献给全国的少年朋友!

1930 年 11 月

追悼志摩

悄悄的我走了,

　　正如我悄悄的来;

我挥一挥衣袖,

　　不带走一片云彩。　　(《再别康桥》)

志摩这一回真走了!可不是悄悄的走。在那淋漓的大雨里,在那迷蒙的大雾里,一个猛烈的大震动,三百匹马力的飞机碰在一座终古不动的山上,我们的朋友额上受了一个致命的撞伤,大概立刻失去了知觉,半空中起了一团大火,像天上陨了一颗大星似的直掉下地去。我们的志摩和他的两个同伴就死在那烈焰里了!

我们初得着他的死信,却不肯相信,都不信志摩这样一个可爱的人会死的这么残酷。但在那几天的精神大震撼稍稍过去之后,我们忍不住要想,那样的死法也许只有志摩最配。我们不相信志摩会"悄悄的走了",也不忍想志摩会死一个"平凡的死",死在天空之中,大雨淋着,大雾笼罩着,大火焚烧着,那撞不倒的山头在旁边冷眼瞧着,我们新时代的新诗人,就是要自己挑一种死法,也挑不出更合适、更悲壮的了。

志摩走了,我们这个世界里被他带走了不少的云彩。他在我们

这些朋友之中,真是一片最可爱的云彩,永远是温暖的颜色,永远是美的花样,永远是可爱。他常说:

> 我不知道风
> 是在那一个方向吹——

我们也不知道风是在那一个方向吹,可是狂风过去之后,我们的天空变惨淡了,变寂寞了,我们才感觉我们的天上的一片最可爱的云彩被狂风卷去了,永远不回来了!

这十几天里,常有朋友到家里来谈志摩,谈起来常常有人痛哭。在别处痛哭他的,一定还不少。志摩所以能使朋友这样哀念他,只是因为他的为人整个的只是一团同情心,只是一团爱。叶公超先生说:

> 他对于任何人、任何事,从未有过绝对的怨恨,甚至于无意中都没有表示过一些憎嫉的神气。

陈通伯先生说:

> 尤其朋友里缺不了他。他是我们的链索,他是黏着性的,发酵性的。在这七八年中,国内文艺界里起了不少的风波,吵了不少的架,许多很熟的朋友往往弄的不能见面。但我没有听见有人怨恨过志摩。谁也不能抵抗志摩的同情心,谁也不能避开他的黏着性。他才是和事的无穷的同情,使我们老,他总是朋友中间的"链索"。他从没有疑心,他从不会妒忌。使这些多疑善妒的人们十分惭愧,又十分羡慕。

他的一生真是爱的象征。爱是他的宗教,他的上帝。

> 我攀登了万仞的高岗,
> 荆棘扎烂了我的衣裳,
> 我向缥缈的云天外望——
> 上帝,我望不见你!
> ············
> 我在道旁见一个小孩:

> 活泼,秀丽,褴褛的衣衫;
>
> 他叫声"妈",眼里亮着爱——
>
> 上帝,他眼里有你! (《他眼里有你》)

志摩今年在他的《〈猛虎集〉自序》里,曾说他的心境是"一个曾经有单纯信仰的流入怀疑的颓废"。这句话是他最好的自述。他的人生观真是一种"单纯信仰",这里面只有三个大字:一个是爱,一个是自由,一个是美。他梦想这三个理想的条件能够会合在一个人生里,这是他的"单纯信仰"。他的一生的历史,只是他追求这个单纯信仰的实现的历史。

社会上对于他的行为,往往有不谅解的地方,都只因为社会上批评他的人不曾懂得志摩的"单纯信仰"的人生观。他的离婚和他的第二次结婚,是他一生最受社会严厉批评的两件事。现在志摩的棺已盖了,而社会上的议论还未定。但我们知道这两件事的人,都能明白,至少在志摩的方面,这两件事最可以代表志摩的单纯理想的追求。他万分诚恳的相信那两件事都是他实现那"美与爱与自由"的人生的正当步骤。这两件事的结果,在别人看来,似乎都不曾能够实现志摩的理想生活。但到了今日,我们还忍用成败来议论他吗?

我忍不住我的历史癖,今天我要引用一点神圣的历史材料,来说明志摩决心离婚时的心理。民国十一年三月,他正式向他的夫人提议离婚,他告诉她,他们不应该继续他们的没有爱情没有自由的结婚生活了,他提议"自由之偿还自由",他认为这是"彼此重见生命之曙光,不世之荣业"。他说:

> 故转夜为日,转地狱为天堂,直指顾问事矣。……真生命必自奋斗自求得来,真幸福亦必自奋斗自求得来,真恋爱亦必自奋斗自求得来!彼此前途无限……彼此有改良社会之心,彼此有造福人类之心,其先自做榜样,勇决智断,彼此尊重人格,自由离婚,止绝苦痛,始兆幸福,皆在此矣。

这信里完全是青年的志摩的单纯的理想主义,他觉得那没有爱又没有自由的家庭是可以摧毁他们的人格的,所以他下了决心,要把自由偿还自由,要从自由求得他们的真生命、真幸福、真恋爱。

后来他回国了,婚是离了,而家庭和社会都不能谅解他。最奇怪的是他和他已离婚的夫人通信更勤,感情更好。社会上的人更不明白了。志摩是梁任公先生最爱护的学生,所以民国十二年任公先生曾写一封很恳切的信去劝他。在这信里,任公提出两点:

> 其一,万不容以他人之苦痛,易自己之快乐。弟之此举,其于弟将来之快乐能得与否,殆茫如捕风,然先已予多数人以无量之苦痛。

> 其二,恋爱神圣为今之少年所乐道。……兹事盖可遇而不可求。……况多情多感之人,其幻想起落鹘突,而得满足得宁帖也极难。所梦想之神圣境界恐终不可得,徒以烦恼终其身已耳。

任公又说:

> 呜呼志摩!天下岂有圆满之宇宙?……当知吾侪以不求圆满为生活态度,斯可以领略生活之妙味矣。……若沉迷于不可必得之梦境,挫折数次,生意尽矣,郁悒佗傺以死,死为无名。死犹可也,最可畏者,不死不生而堕落至不复能自拔。呜呼志摩,可无惧耶!可无惧耶!

任公一眼看透了志摩的行为是追求一种"梦想的神圣境界",他料到他必要失望,又怕他少年人受不起几次挫折,就会死,就会堕落。所以他以老师的资格警告他:"天下岂有圆满之宇宙?"

但这种反理想主义是志摩所不能承认的。他答复任公的信,第一不承认他是把他人的苦痛来换自己的快乐。他说:

> 我之甘冒世之不韪,竭全力以斗者,非特求免凶惨之苦痛,实求良心之安顿,求人格之确立,求灵魂之救度耳。

> 人谁不求庸德?人谁不安现成?人谁不畏艰险?然且有突围而出者,夫岂得已而然哉?

第二,他也承认恋爱是可遇而不可求的,但他不能不去追求。他说:

> 我将于茫茫人海中访我唯一灵魂之伴侣；得之，我幸；不得，我命，如此而已。

他又相信他的理想是可以创造培养出来的。他对任公说：

> 嗟夫吾师！我尝奋我灵魂之精髓，以凝成一理想之明珠，涵之以热满之心血，朗照我深奥之灵府。而庸俗忌之嫉之，辄欲麻木其灵魂，捣碎其理想，杀灭其希望，污毁其纯洁！我之不流入堕落，流入庸懦，流入卑污，其几亦微矣！

我今天发表这三封不曾发表过的信，因为这几封信最能表现那个单纯的理想主义者徐志摩。他深信理想的人生必须有爱，必须有自由，必须有美；他深信这种三位一体的人生是可以追求的，至少是可以用纯洁的心血培养出来的。——我们若从这个观点来观察志摩的一生，他这十年中的一切行为就全可以了解了。我还可以说，只有从这个观点上才可以了解志摩的行为；我们必须先认清了他的单纯信仰的人生观，方才认得清志摩的为人。

志摩最近几年的生活，他承认是失败。他有一首《生活》的诗，诗是暗惨的可怕：

> 阴沉，黑暗，毒蛇似的蜿蜒，
> 生活逼成了一条甬道：
> 一度陷入，你只可向前，
> 手扪索着冷壁的粘潮，
>
> 在妖魔的脏腑内挣扎，
> 头顶不见一线的天光，
> 这魂魄，在恐怖的压迫下，
> 除了消灭更有什么愿望？

他的失败是一个单纯的理想主义者的失败。他的追求，使我们惭愧，因为我们的信心太小了，从不敢梦想他的梦想。他的失败，也应该使我们对他表示更深厚的恭敬与同情,因为偌大的世界之中,只有他有这信心,冒了绝大的危险,费了无数的麻烦,牺牲了一切平凡的安逸,牺牲了家庭的亲谊和人间的名誉,去追求,去试验一个"梦想之神圣境界",而终于免不了残酷的失败,也不完全是他的人生观的失败。他的失败是因为他的信仰太单纯了,而这个现实世界太复杂了,他的单纯的信仰禁不起这个现实世界的摧毁;正如易卜生的诗剧 *Brand* 里的那个理想主义者,抱着他的理想,在人间处处碰钉子,碰的焦头烂额,失败而死。

然而我们的志摩"在这恐怖的压迫下",从不叫一声"我投降了"!他从不曾完全绝望,他从不曾绝对怨恨谁。他对我们说:

> 你们不能更多的责备。我觉得我已是满头的血水,能不低头已算是好的。 (《〈猛虎集〉自序》)

是的,他不曾低头。他仍旧昂起头来做人;他仍旧是他那一团的同情心,一团的爱。我们看他替朋友做事,替团体做事,他总是仍旧那样热心,仍旧那样高兴。几年的挫折、失败、苦痛,似乎使他更成熟了,更可爱了。

他在苦痛之中,仍旧继续他的歌唱。他的诗作风也更成熟了。他所谓"初期的汹涌性"固然是没有了,作品也减少了;但是他的意境变深厚了,笔致变淡远了,技术和风格都更进步了。这是读《猛虎集》的人都能感觉到的。

志摩自己希望今年是他的"一个真正的复活的机会"。他说:

> 抬起头居然又见到天了。眼睛睁开了,心也跟着开始了跳动。

我们一班朋友都替他高兴。他这几年来想用心血浇灌的花树也许是枯萎的了;但他的同情、他的鼓舞,早又在别的园地里种出了无数的可爱的小树,开出了无数可爱的鲜花。他自己的歌唱有一个时代是几乎消沉了;但他的歌声引起了他的园地外无数的歌喉,嘹亮的唱,哀怨的唱,美丽的唱。这都是他的安慰,都使他高兴。

谁也想不到在这个最有希望的复活时代,他竟丢了我们走了!他的《猛虎集》里有一首咏一只黄鹂的诗,现在重读了,好像他在那里描写他自己的死，和我们对他的死的悲哀：

> 等候他唱，我们静着望，
> 怕惊了他。但他一展翅，
> 冲破浓密，化一朵彩云：
> 他飞了，不见了，没了——
> 像是春光，火焰，像是热情。

志摩这样一个可爱的人，真是一片春光、一团火焰、一腔热情。现在难道都完了？

决不！决不！志摩最爱他自己的一首小诗，题目叫做《偶然》，在他的《卞昆冈》剧本里，在那个可爱的孩子阿明临死时，那个瞎子弹着三弦，唱着这首诗：

> 我是天空里的一片云，
> 偶尔投影在你的波心——
> 　　你不必讶异，
> 　　更无需欢喜——
> 在转瞬间消灭了踪影。
>
> 你我相逢在黑暗的海上，
> 你有你的，我有我的，方向。
> 　　你记得也好，
> 　　最好你忘掉，
> 在这交会时互放的光亮！

朋友们，志摩是走了，但他投的影子会永远留在我们心里，他放的光亮也会永远留在人间，他不曾白来了一世。我们有了他做朋友，也可以安慰自己说不曾白来了一世。我们忘不了，和我们——

> 在那交会时互放的光亮！

1931年12月3日

追忆曾孟朴先生

我在上海做学生的时代,正是东亚病夫的《孽海花》在《小说林》上陆续刊登的时候,我的哥哥绍之曾对我说这位作者就是曾孟朴先生。

隔了近二十年,我才有认识曾先生的机会,我那时在上海住家,曾先生正在发愿努力翻译法国文学大家嚣俄的戏剧全集。我们见面的次数很少,但他的谦逊虚心,他的奖掖的热心,他的勤奋工作都使我永远不能忘记。

我在民国六年七年之间,曾在《新青年》上和钱玄同先生通讯讨论中国新旧的小说,在那些讨论里我们当然提到《孽海花》,但我曾很老实的批评《孽海花》的短处。十年后我见着曾孟朴先生,他从不曾向我辩护此书,也不曾因此减少他待我的好意。

他对我的好意,和他对于我的文学革命主张的热烈的同情,都曾使我十分感动,他给我的信里曾有这样的话:"您本是……国故田园里培养成熟的强苗,在根本上,环境上,看透了文学育改革的必要,独能不顾一切,在遗传的重重罗网里杀出一条血路来,终究得到了多数的同情,引起了青年的狂热。我不佩服你别的,我只佩服你当初这种勇决的精神,比着托尔斯泰弃爵放农身殉主义的精神,有何多让!"这样热烈的同情,从一位自称"时代消磨了色彩的老文人"坦白的表述出来,如何能不使我又感动又感谢呢!

我们知道他这样的热情一部分是因为他要鼓励一个年轻的后辈,大部分是因为他自己也曾过过"文学狂",也曾发下宏愿要把外国文学的重要作品翻译成中国文,也曾有过"扩大我们文学的旧领域"的雄心。正因为他自己是一个梦想改革中国文学的老文人,所以他对于我们一班少年人都抱着热烈的同情,存着绝大的期望。

我最感谢的一件事是我们的短短交谊居然引起了他写给我的那封六千字的自叙传的长信。在那信里,他叙述他自己从光绪乙未(1895)开始学法文,到戊戌(1898)认识了陈季同将军,方才知道西洋文学的源流派别和重要作家的杰作。后来他开办了《小说林》和宏文馆书店——我那时候每次走过棋盘街,总感觉这个书店的双名有点奇怪——他告诉我们,他的原意是要"先就小说上作成个有统系的译述,逐渐推广范围,所以店名定了两个"。他又告诉我们,他曾劝林琴南先生用白话翻译外国的"重要名作",但林先生听不懂他的劝告,他说:"我在畏卢先生(林纾)身上不能满足我的希望后,从此便不愿和人再谈文学了。"他对于我们的文学革命论十分同情,正是因为我们的主张是比较能够"满足他的希望"的。

但是他的冷眼观察使他对于那个开创时期的新文学"总觉得不十分满足",他说:"我们在这新辟的文艺之园里巡游了一周,敢说一句话:精致的作品是发现了,只缺少了伟大。"这真是他的老眼无花,一针见血!他指出中国新文艺所以缺乏伟大,不外两个原因:一是懒惰,一是欲速。因为懒惰,所以多数少年作家只肯作那些"用力少而成功易"的小品文和短篇小说。因为欲速,所以他们"一开手便轻蔑了翻译,全力提倡创作"。他很严厉的对我们说:"现在要完成新文学的事业,非力防这两样毛病不可,欲除这两样毛病,非注重翻译不可。"他自己创办真美善书店,用意只是要替中国新文艺补偏救弊,要替它医病,要我们少年人看看他老人家的榜样,不可轻蔑翻译事业,应该努力"把世界已造成的作品,做培养我们创造的源泉"。

我们今日追悼这一位中国新文坛的老先觉,不要忘了他留给我们的遗训!

　　　　　　　　　　　　　　　　　　　1933年9月11日

广州杂记

1月9日早晨6点多，船到了广州，因有大雾，直到7点，船才能靠码头。有一些新旧朋友到船上来接我，还有一些新闻记者围住我要谈话。有一位老朋友托人带了一封信来，要我立时开看。我拆开信，中有云："兄此次到粤，诸须谨慎。"我不很了解，但我知道这位朋友说话是可靠的。那时和我同船从香港来的有岭南大学教务长陈荣捷先生，到船上来欢迎的有中山大学文学院长吴康先生、教授朱谦之先生，还有地方法院院长陈达材先生，他们还都不知道广州当局对我的态度。陈荣捷先生和吴康先生还在船上和我商量我的讲演和宴会的日程。那日程确是可怕！除了原定的中山大学和岭南大学各讲演两次之外，还有第一女子中学、青年会、欧美同学会等，四天之中差不多有十次讲演。上船来的朋友还告诉我：中山大学邹鲁校长出了布告，全校学生停课两天，使他们好去听我的讲演。又有人说：青年会昨天下午开始卖听讲券，一个下午卖出了两千多张。

我跟着一班朋友到了新亚酒店，已是8点多钟了。我看广州报纸，才知道昨天下午西南政务会议开会，就有人提起胡适在香港华侨教育会演说公然反对广东读经政策，但报纸上都没有说明政务会

议议决如何处置我的方法。一会儿,吴康先生送了一封信来,说:

> 适晤邹海滨先生云:此间党部对先生在港言论不满,拟劝先生今日快车离省,暂勿演讲,以免发生纠纷。

邹吴两君的好意是可感的,但我既来了,并且是第一次来观光,颇不愿意就走开。恰好陈达材先生问我要不要看看广州当局,我说:林云陔主席是旧交,我应该去看看他。达材就陪我去到省政府,见着林云陔先生,他大谈广东省政府的"三年建设计划"。他问我要不要见见陈总司令,我说,很好。达材去打电话,一会儿他回来说:陈总司令本来今早要出发向派出剿匪的军队训话,因为他要和我谈话,特别改迟出发。总司令部就在省政府隔壁,可以从楼上穿过去。我和达材走过去,在会客室里略坐,陈济棠先生就进来了。

陈济棠先生的广东官话,我差不多可以全懂。我们谈了一点半钟,大概他谈了四十五分钟,我也谈了四十五分钟。他说的话很不客气:"读经是我主张的,祀孔是我主张的,拜关岳也是我主张的。我有我的理由。"他这样说下去,滔滔不绝。他说:"我民国十五年到莫斯科去研究,我是预备回来做红军总司令的。"但他后来觉得共产主义是错的,所以他决心反共了。他继续说他的两大政纲:第一是生产建设,第二是做人。生产的政策就是那个"三年计划",包括那已设未设的二十几个工厂,其中有那成立已久的水泥厂,有那前五六天才开工出糖的糖厂。他谈完了他的生产建设,转到"做人",他的声音更高了,好像是怕我听不清似的。他说:生产建设可以尽量用外国机器、外国科学,甚至于不妨用外国工程师。但"做人"必须有"本",这个"本"必须要到本国古文化里去寻求。这就是他主张读经祀孔的理论。他演说这"生产"、"做人"两大股,足足说了半点多钟。他的大旨和胡政之先生《粤桂写影》所记的陈济棠先生一小时半的谈话相同,大概这段大议论是他时常说的。

我静听到他说完了,我才很客气的答他,大意说:依我的看法,伯南先生的主张和我的主张只有一点不同。我们都要那个"本",所不同的是:伯南先生要的是"二本",我要的是"一本"。生产建设须要科学,做人须要读经祀孔,这是"二本"之学。我个人的看法是:生产要用科学知识,做人也要用科学知识,这是"一本"之学。

他很严厉的睁着两眼,大声说:"你们都是忘本!难道我们五千年的老祖宗都不知道做人吗?"

我平心静气的对他说:五千年的老祖宗,当然也有知道做人的。但就绝大多数的老祖宗说来,他们在许多方面实在够不上做我们"做人"的榜样。举一类很浅的例子来说罢。女人裹小脚,裹到把骨头折断,这是全世界的野蛮民族都没有的残酷风俗。然而我们的老祖宗居然行了一千多年。大圣大贤,两位程夫子没有抗议过,朱夫子也没有抗议过,王阳明文文山也没有抗议过。这难道是做人的好榜样?

他似乎很生气,但也不能反驳我。他只能骂现在中国的教育,说"都是亡国教育";他又说,现在中国人学的科学,都是皮毛,都没有"本",所以都学不到人家的科学精神,所以都不能创造。在这一点上,我不能不老实告诉他:他实在不知道中国这二十年中的科学工作。我告诉他:现在中国的科学家也有很能做有价值的贡献的了,并且这些第一流的科学家又都有很高明的道德。他问:"有些什么人?"我随口举了数学家的姜蒋佐、地质学家的翁文灏李四光、生物学家的秉志——都是他不认识的。

关于读经的问题,我也很老实的对他说:我并不反对古经典的研究,但我不能赞成一班不懂得古书的人们假借经典来做复古的运动。"这回我在中山大学的讲演题目本来是两天都讲'儒与孔子',这也是古经典的一种研究。昨天他们写信到香港,要我一次讲完,第二次另讲一个文学的题目。我想读经问题正是广东人士眼前最注意的问题,所以我告诉中山大学吴院长,第二题何不就改做'怎样读经'。我可以同这里的少年人谈谈怎样研究古经典的方法。"我说这话时,陈济棠先生回过头去望着陈达材,脸上做出一种很难看的狞笑。我当做不看见,仍旧谈下去。但我现在完全明白是谁不愿意我在广州"卖膏药"了。

以上记的,是我们那天谈话的大概神情。旁听的只有陈达材先生一位。出门的时候,达材说,陈伯南不是不能听人忠告的,他相信我的话可以发生好影响。我是相信天下没有白费的努力的,但对达材的乐观,我却不免怀疑。这种久握大权的人,从来没有人敢对他们说一句逆耳之言,天天只听得先意承志的阿谀谄媚,如何听得进我的老实话呢?

在这里我要更正一个很流行的传说。在十天之后,我在广西遇见一位从广州去的朋友,他说,广州人盛传胡适之对陈伯南说:"岳武穆曾说,文官不要钱,武官不怕死,天下太平矣。我们此时应该倒过来说,武官不要钱,文官不怕死,天下太平矣。"——这句话确是我在香港对胡汉民先生说的。我在广州,朋友问我见过胡展堂没有,我总提到这段谈话。那天见陈济棠先生时,我是否曾提到这句话,我现在记不清了。大概广州人的一般心理,觉得这句话是我应该对陈济棠将军说的,所以不久外间就有了这种传说。

我们从总司令部出来,回到新亚酒店,罗钧任先生、但怒刚先生、刘毅夫(沛泉)先生、罗努生先生、黄深微(骚)先生、陈荣捷先生,都在那里。中山大学文学院长吴康先生又送了一封信来,说:

> 鄙意留省以勿演讲为妙。党部方面空气不佳,发生纠纷,反为不妙。邹先生云:昨为党部高级人员包围,渠无法解释。故中大演讲只好布告作罢。渠云,个人极推重先生,故前布告学生停课出席听先生讲演。唯事已至此,只好向先生道歉,并劝先生离省,冀免发生纠纷。
>
> 1月9日午前11时

邹校长的为难,我当然能谅解。中山大学学生的两天放假没有成为事实,我却可以得着四天的假期,岂不是意外的奇遇?所以我和陈荣捷先生商量,爽性把岭南大学和其他几处的讲演都停止了,让我痛痛快快的玩两天。我本来买了来回船票,预备赶16日的塔虎脱总统船北回,所以只预备在广州四天,在梧州一天。现在我和西南航空公司刘毅夫先生商量,决定在广州只玩两天,又把船期改到18日的麦荆尼总统船,前后多出四天,坐飞机又可省出三天,我有七天可以飞游南宁和柳州桂林了。

罗钧任先生本想游览桂林山水,他到了南宁,因为他的哥哥端甫先生(文庄)死了,他半途折回广州。他和罗努生先生都愿意陪我游桂林,我先去梧州讲演,钧任等到13日端甫开吊事完,飞到南宁会齐,同去游柳州桂林。我们商定了,我很高兴,就同陈荣捷先生坐小汽船过河到岭南大学钟荣先校长家吃午饭去了。

那天下午5点,我到岭南大学的教职员茶会。那天天气很热,茶会就在校中的一块草地上,大家围坐吃茶点谈天。岭大的学生知道了,就有许多学生来旁观。人越来越多,就把茶会的人包围住了。起先他们只在外面看看,后来有一个学生走过来对我说:"胡先生肯不肯在我的小册子上写几个字?"我说可以,他就摸出一本小册来请我题字。这个端一开,外面的学生就拥进茶会的团坐圈子里来了。人人都拿着小册子和自来水笔,我写的手都酸了。天渐渐黑下来了,草地上蚊子多的很,我的薄袜子抵挡不住,我一面写字,一面运动两只脚,想赶开蚊子。后来陈荣捷先生把我拉走,我上车时,两只脚背都肿了好几块。

晚上黄深微先生和他的夫人邀我到他们家中去住,我因为旅馆里来客太多,就搬到东山,住在他们家里。10点钟以后,报馆里有人送来明天新闻的校样,才知道中山大学邹鲁校长今天出了这样一张布告:

国立中山大学布告第七十九号

为布告事。前定本星期四五两日下午2时请胡适演讲,业经布告在案。现阅香港华字日报,胡适此次南来接受香港大学博士学位之后,在港华侨教育会所发表之言论。竟谓香港最高教育当局,也想改进中国的文化。又谓各位应该把他做成南方的文化中心。复谓广东自古为中国的殖民地等语。此等言论,在中国国家立场言之,胡适为认人做父。在广东人民地位言之,胡适竟以吾粤为生番蛮族。实失学者态度。应即停止其在本校演讲。合行布告。仰各学院各附校员生一体知照,届时照常上课为要。此布。

校长　邹鲁
中华民国二十四年一月九日

这个布告使我不能不佩服邹鲁先生的聪明过人。早晨的各报记载8日下午西南政务会议席上讨论的胡适的罪过,明明是反对广东的读经政策。现在这一桩罪名完全不提起了,我的罪名变成了"认人做父"和"以吾粤为生番蛮族"两项!广州的当局大概也知道"反对读经"的罪名是不够引起广东人的同情的,也许多数人的同情反在我的一边。况且读经是武人的主张——这是陈济棠先生亲口告诉我的——如果用"反对读经"做我的罪名,这就成了陈济棠反对胡适了。所以奉行武人意旨的人们必须避免这个真罪名,必须向我的华侨教育会演说里去另寻我的罪名。恰好我的演说里有这么一段话:

> 我觉得一个地方的文化传到它的殖民地或边境,本地方已经变了,而边境或殖民地仍是保留着它祖宗的遗物。广东自古是中国的殖民地,中原的文化许多都变了,而在广东尚留着。像现在的广东音是最古的,我现在说的话才是新的。

假使一个无知的苦力听了这话忽然大生气,我一定不觉得奇怪。但是一位国立大学校长,或是一位国立大学的中国文学系主任居然听不懂这一段话,居然大生气,说我是骂他们"为生番蛮族",这未免有点奇怪罢。

我自己当然很高兴,因为我的反对读经现在居然不算是我的罪状了,这总算是一大进步。孟子说的好:"乃孔子则欲以微罪行,不欲为苟去。"邹鲁先生们受了读经的训练,硬要我学孔子的"做人",要我"以微罪行",我当然是很感谢的。

但9日的广州各报记载是无法追改的,9日从广州电传到海内外各地的消息也是无法追改的。广州诸公终不甘心让我蒙"反对读经"的恶名,所以1月14日的香港英文《南华晨报》(*South China Morning Post*)上登出了中山大学教授兼广州《民国日报》总主笔梁民志(Prof. Liang Min-Chi)的一封英文来函,说:

> 我盼望能借贵报转告说英国话的公众,胡适博士在广州所受冷淡的待遇,并非因为(如贵报所记)"他批评广州政府恢复学校读经

课程",其实完全因为他在一个香港教员聚会席上说了一些对广东人民很侮辱又"非中国的"(Un-Chinese)批评。我确信任何人对于广州政府的教育政策如提出积极的批评,广州当局诸公总是很乐意听受的。

我现在把梁教授这封信全译在这里,也许可以帮助广州当局诸公多解除一点同样的误解。

我的膏药卖不成了,我就充分利用那两天半的时间去游览广州的地方。黄花岗、观音山、鱼珠炮台、石牌的中山大学新校舍、禅宗六祖的六榕寺、六百年前的五层楼的镇海楼、中山纪念塔、中山纪念大礼堂,都游遍了。中山纪念塔是亡友吕彦直先生(康南尔大学同学)设计的,图案简单而雄浑,为彦直生平最成功的建筑,远胜于中山陵的图案。黄花岗七十二烈士(中有亡友饶可权先生)墓是二十年前的新建筑,中西杂凑,全不谐和,墓顶中间置一个小小的自由神石像,全仿纽约港的自由神大像,尤不相衬。我们看了民元的黄花岗墓,再看吕彦直设计的中山纪念塔,可以知道这二十年中国新建筑学的大进步了。

我在中山纪念塔下游览时,忽然想起学海堂和广雅书院,想去看看这两个有名学府的遗迹。同游的陈达材先生说,广雅书院现在用做第一中学的校址,很容易去参观。我们坐汽车到一中,门口的警察问我们要名片,达材给了他一张名片。我们走进去,路上遇着一中校长,达材给我介绍,校长就引导我们去参观。东边有荷花池,池后有小亭,亭上有张之洞的浮雕石像,刻的很工致。我们正在赏玩,不知为何被校中学生知道了,那时正是12点一刻,餐堂里的学生纷纷跑出来看,一会儿荷花池的四围都是学生了。我们过桥时,有个学生拿着照相机走过来问我:"胡先生可以让我照个相吗?"我笑着立定,让他照了一张相。这时候,学生从各方面围拢来,跟着我们走。有些学生跑到前面路上去等候我们走过。校长说:"这里有一千三百学生,他们晓得胡先生来了,都要看看你。"我很想赶快离开此地。校长说:"这里是东斋,因为老房屋有倒坏了的,所以全拆了重盖新式斋舍。那边是西斋,还保存着广雅书院斋舍的原样子,不可以不去看。"我只好跟他走,走到西斋,西斋的学生也知道我来了,也都跑出来看我们。七八百个少年围着我们,跟着我们,大家都不说话,但他们脸上的神气都很使我感动。校墙上有石刻的广雅书院学规,我站住读了几条,回头看时,后面学生都纷纷挤上来围着我们,我们几乎走不开了。我们匆匆出来,许多学生跟着校长一直送我们到校门口。我们上了汽车,我对同游的两位朋友说:"广州的武人政客未免太笨了。我若在广州讲演,大家也许来看热闹,也许来看看胡适之是个什么样子;我说的话,他们也许可以懂得五六成;人看见了,话听完了,大家散了,也就完了。讲演的影响不过如此。可是我的不讲演,影响反大的多了。因为广州的少年人都不能不想想为什么胡适之在广州不讲演。我的最大辩才至多只能使他们想想一两个问题,我的不讲演却可以使他们想想无数的问题。陈伯南先生们真是替胡适之宣传他的'不言之教'了!"

我在广州玩了两天半,1月11日下午,我和刘毅夫先生同坐西南航空公司的"长庚"机离开广州了。

我走后的第二天,广州各报登出了中山大学中国文学系教授古直、钟应梅、李沧萍三位先生的两个"真电",全文如下:

(一)广州分送西南政务委员会,陈总司令、林主席,省党部,林宪兵司令、何公安局长勋鉴,昔颜介庚信,北陷房廷,尚有乡关之思,今胡适南履故土,反发盗憎之论,在道德为无耻,在法律为乱贼矣,又况指广东为殖民,置公等于何地,虽立正典刑,如孔子之诛少正卯可也,何乃令其逍遥法外,造谣惑众,为侵略主义张目哉,今闻尚未出境,请即电令截回,径付执宪,庶几乱臣贼子,稍知警悚矣,否则老□北返,将笑广东为无人也,国立中山大学中文系主任古直教员李沧萍钟应梅,等叩,真辰。

(二)送梧州南宁李总司令、白副总司令、黄主席、马校长勋鉴,(前段与上电同略)今闻将入贵境,请即电令所在截留,径付执宪,庶几乱臣贼子稍知警悚矣,否则公方剿灭共匪,明耻教战,而反容受刘豫张邦昌一流人物以自玷,天下其谓公何,心所谓危,不敢不告,国立中山大学中文系主任古直教员李沧萍钟应梅叩,真午。

电文中列名的李沧萍先生,事前并未与闻,事后曾发表谈话否认列名真电。所以1月16日《中山大学日报》上登出《古直钟应梅启事》,其文如下:

  胡适出言侮辱宗国,侮辱广东三千万人。中山大学布告驱之,定其罪名为认人做父。夫认人做父,此贼子也,刑罚不加,直等以为遗憾。真日代电,所以义形于色矣。李沧萍教授同此慷慨,是以分之以义,其实未尝与闻。今知其为北大出身也。则直等过矣。呜呼道真之妒,昔人所叹,自今以往。吾犹敢高谈教育救国乎。先民有言,丈夫行事当磊磊落落。特此相明,不欺其心。谨启。

           古 直 钟应梅 启

这三篇很有趣的文字大可以做我的《广州杂记》的尾声了。

                1935年

平绥路旅行小记

从7月3日到7月7日,我们几个朋友——金甸卿先生、金仲藩先生和他的儿子建午、任叔永先生和他的夫人陈衡哲女士、我和我的儿子思杜,共七人——走遍了平绥铁路的全线,来回共计一千六百公里。我们去的时候,一路上没有停留,一直到西头的包头站;在包头停了半天,回来的路上在绥远停了一天,大同停了大半天,张家口停了几个钟头。这是很匆匆的旅行,谈不到什么深刻的观察,只有一些初次的印象,写出来留做后日重游的资料。(去年7月,燕京大学顾颉刚、郑振铎、吴文藻、谢冰心诸先生组织了一个平绥路沿线旅行团,他们先后共费了六星期,游览的地方比我们多。冰心女士有几万字的《平绥沿线旅行记》,郑振铎先生等有《西北胜迹》,都是平绥路上游人不可少的读物。)

我们这一次同行的人都是康乃尔大学的旧同学,也可以说是一个康乃尔同学的旅行团。金甸卿(涛)先生是平绥路的总工程师,他是我们康乃尔同学中的前辈。现任的平绥路局长沈立孙(昌)先生也是康乃尔的后期同学。平绥路上向来有不少的康乃尔同学担任机务工务的事;这两年来平绥路的大整顿更是沈金两位努力的成绩。我们这一次旅行的一个目的是要参观这几个同学在短时期中造成的奇迹。

平绥路自从民国十二年以来,屡次遭兵祸,车辆桥梁损失最大。民国十七八年时,机车只剩七十二辆,货车只剩五百八十三辆(抵民国十三年的三分之一),客车只剩三十二辆(抵民国十五年的六分之一),货运和客运都不能维持了。加上政治的紊乱、管理的无法、债务的累积,这条铁路就成了全国最破坏最腐败的铁路。丁在君先生每回带北大学生去口外做地质旅行回来,总对我们诉说平绥路的腐败情形;他在他的《苏俄游记》里,每次写火车上的痛苦,也总提出平绥路来做比较。我在北平住了这么多年,到去年才去游长城,这虽然是因为我懒于旅行,其实一半也因为我耳朵里听惯了这条路腐败的可怕。

但我们这一次旅行平绥路全线,真使我们感觉一种奇迹的变换。车辆(机车、货车、客车)虽然还没有完全恢复此路全盛时的辆数,然而修理和购买的车辆已可以勉强应付全路的需要了。特别快车的整理,云冈与长城的特别游览车的便利,是大家知道的。有一些重要而人多忽略的大改革,是值得记载的:1.枕木的改换。全路枕木一百五十多万根,年久了,多有朽坏;这两年中,共换了新枕木六十万根。2.造桥。全路约有桥五百孔,两年中改造的已有一百多孔;凡新造的桥,都用钢梁,增加原有的载重量。3.改线。平绥路有些地方,坡度太陡,弯线太紧,行车很困难,故有改路线的必要。最困难的是那有名的"关沟段"(自南口起至康庄止)。这两年中,改线的路已成功的约有十一英里。

平绥路的最大整顿是债务的清理。这条路在二十多年中,借内外债总额为七千六百余万元,当金价最高时,约值一万万元。而全路的财产不过值六千万元。所以人都说平绥是一条最没有希望的路。沈立孙局长就职后,他决心要整理本路的债务。他的办法是把债务分做两种,本金在十万元以上的债款为巨额债户,十万元以下的为零星债户。零星债款的偿还有两个办法:一为按本金折半,一次付清,不计利息;一为按本金全数分六十期摊还,也不计利息。巨额债款的偿还办法是照一本一利分八百期摊还。巨额债户之中,有几笔很大的外债,如美国的泰康洋行,如日本的三井洋行与东亚兴业株式分社,都是大债主。大多数债户对于平绥路,都是久已绝望的,现在平绥路有整理债务的方案出来,大家都喜出望外,所以都愿意迁就路局的办法。所以第一年整理的结果,就清理了六十二宗借款,原欠本利总数为六千一百八十五万余元,占全路总债额约十分之八,清理之后,减折做三千六百三十万余元。所以一年整理的结果居然减少了二千五百五十余万元的负债,这真可说是一种奇绩了。

我常爱对留学回来的朋友讲一个故事。19世纪中,英国有一个宗教运动,叫做"牛津运动"(Oxford Movement),其中有一个领袖就是后来投入天主教,成为主教的牛曼(Cardinal Newman)。牛曼和他的同志们作了不少的宗教诗歌,写在一本小册子上;在册子的前面,牛曼题了一句荷马的诗,他自己译成英文:You shall see the difference, now that we are back again. 我曾译成中文,就是:"现在我们回来了,你们请看,要换个样子了。"我常说,个个留学生都应该把这句话刻在心上,做我们的口号。可惜许多留学回来的朋友都没有这种气魄敢接受这句口号。这一回我们看了我们的一位少年同学(沈局长今年只有三十一岁),在最短时期中把一条最腐败的铁路变换成一条最有成绩的铁路,可见一二人的心力真可以使山河变色。牛曼的格言是不难做到的。

当然,平绥路的改革成绩不全是一二人的功劳。最大的助力是中央政治的权力达到了全路的区域。这条路经过四省(河北、察、山西、绥),若如从前的割据局势。各军队可以扣车,可以干涉路政,可以扣留路款,可以随便作战,那么,虽有百十个沈昌,也不会有成绩。现在政治统一的势力能够达到全路,所以全路的改革能逐渐实行。现在平绥路每月只担负北平军分会的经费六十万元,此外各省从不闻有干涉铁路收入的事;察哈尔和绥远两个省政府各留一辆包车,此外也绝无扣车的事。现在各省的军政领袖也颇能明白铁路上的整顿有效就是直接间接的增加各省府的财政收入,所以他们也都赞助铁路当局的改革工作。这都可见政治统一是内政一切革新的基本条件。有了这个基本条件,加上个人的魄力与新式的知识训练,肯做事的人断乎不怕没有好成绩的。

我们这回旅行的另一个目的是游览大同的云冈石窟。我个人抱了游云冈的心愿,至少有十年了,今年才得如愿,所以特别高兴。我们到了云冈,才知道这些大石窟不是几个钟头看得完的,至少须要一个星期的详细攀登赏玩,还要带着很好的工具,才可以得着一些正确的印象。我们在云冈勾留了不过两个多钟头,当然不能做详细的报告。

云冈在大同的西面,在武州河的西岸,古名武州塞,又称武州山。从大同到此,约三十里,有新修的汽车路,虽须两次涉武州河,但道路很好,大雨中也不觉得困难。云冈诸石窟,旧有十大寺,久已毁坏。顺治八年总督佟养量重修其一小部分,称为石佛古寺。这一部分现存两座三层楼,气象很狭小简陋,决不是原来因山造寺的大规模。两楼下各有大佛,高五丈余,从三层楼上才望见佛头。这一部分,清朝末年又重修过,大佛都被装金,岩上石刻各佛也都被装修涂彩,把原来雕刻的原形都遮掩了。

道宣《续高僧传》卷一《昙曜传》说:

> 昙曜……住恒安石窟通乐寺,即魏帝之所造也。去恒安西北三十里,武州山谷北面石岩,就而镌之,建立佛寺,名曰灵岩。龛之大者,举高二十余丈,可受三千许人。面别镌像,穷诸巧丽;龛别异状,骇动人神。栉比相连,三十余里。东头僧寺,恒供千人。碑碣现存,未卒陈委。

以我们所见诸石窟,无有"可受三千许人"的龛,也无有能"恒供千人"的寺。大概当日石窟十寺的壮丽宏大,已非我们今日所能想象了。大凡一个宗教的极盛时代,信士信女都充满着疯狂的心理,烧臂焚身都不顾惜,何况钱绢的布施?所以六朝至唐朝的佛寺的穷极侈丽,是我们在这佛教最衰微的时代不能想象的。北魏建都大同,《魏书·释老志》说,当太和初年(477),"京城内寺,新旧且百所,僧尼二千余人。四方诸寺六千四百七十八,僧尼七万七千二百五十八人"。太和十七年(493)迁都洛阳,杨衒之在《洛阳伽蓝记序》中说:"京城表里凡有一千余寺。"杨

衒之在东魏武定五年(547)重到洛阳,他只看见:

> 城廓崩毁,宫室倾覆,寺观灰烬,庙塔丘墟。墙被蒿艾,巷罗荆棘。野兽穴于荒阶,山鸟巢于庭树;游儿牧竖踯躅于九逵,农夫耕稼艺黍于双阙。

我们在一千五百年后来游云冈,只看见这一座很简陋的破寺,寺外一道残破的短墙,包围着七八处大石窟;短墙之西,还有九个大窟,许多小窟,面前都有贫民的土屋茅棚,猪粪狗粪满路都是,石窟内也往往满地是鸽翎与鸽粪,又往往可以看见乞丐住宿过的痕迹。大像身上有许多大大小小的圆孔,当初都是镶嵌珠宝的,现在都挖空了;大像的眼珠都是用一种黑石磋光了嵌进去的,现在只有绝少数还存在了。诸窟中的小像,凡是砍得下的头颅,大概都被砍下偷卖掉了。佛力久已无灵,老百姓没有饭吃,要借诸佛的头颅和眼珠子卖几块钱来活命,还不是很正当的吗?

日本人佐藤孝任曾在云冈住了一个月,写了一部《云冈大石窟》,记载此地石窟的情形很详细,附图很多,有不能照相的,往往用笔速写勾摹,所以是一部很有用的云冈游览参考书。佐藤把云冈分做三大区:

东方四大窟

中央十大窟(在围墙内)

西方九大窟

西端诸小窟

东方诸窟散在武州河岸,我们都没有去游。西端诸窟,我们也不曾去。我们看的是中央十窟和西方九窟。我们平日在地理书或游览书上最常见的露天大佛(高五丈多),即在西方的第九窟。我们看这露天大石佛和他的背座,可以想象此大像当日也曾有龛有寺,寺是毁了,龛是被风雨侵蚀过甚(此窟最当北风,故受侵蚀最大),也坍塌了。

依我的笨见看来,此间的大佛都不过是大的可惊异而已,很少艺术的意味。最有艺术价值的是壁上的浮雕、小龛的神像,技术是比较自由的,所以创作的成分往往多于模仿的成分。

中央诸窟,因为大部分曾经后人装金涂彩,多不容易看出原来的雕刻艺术。西方诸窟多没有重装重涂,又往往受风雨的侵蚀,把原来的斧凿痕都销去了,所以往往格外圆润老拙的可爱。此山的岩石是砂岩,最容易受风蚀;我们往往看见整块的几丈高岩上成千的小佛像都被磨蚀到仅仅存一些浅痕了。有许多浮雕连浅痕也没有了,我们只能从他们旁边雕刻的布置,推想当年的痕迹而已。

因此我们得两种推论:第一,云冈诸石窟是一千五百年前的佛教美术的一个重要中心,从宗教史和艺术史的立场,都是应该保存的。一千五百年中,天然的风蚀,人工的毁坏,都已糟蹋了不少了。国家应该注意到这一个古雕刻的大结果,应该设法保护它,不但要防人工的继续偷毁,还要设法使它可以避免风雨沙日的侵蚀。第二,我们还可以做一个历史的推论。唐初的道宣在《昙曜传》里说到武州山的石窟寺,有"碑碣见存"的一句话。何以今日云冈诸窟竟差不多没有碑记可寻呢?何以古来记录山西金石的书(如胡聘之的《山右石刻丛编》)都不曾收有云冈的碑志呢?我们可以推想,当日的造像碑碣,刻在砂岩之上,凡露在风日侵蚀之下的,都被自然磨灭了。碑碣刻字都不很深,浮雕的佛像尚且被风蚀了,何况浅刻的碑字呢?

马叔平先生说,云冈现存三处石碑碣。我只见一处。郑振铎先生记载着"大茹茹"刻石,可辨认的约有二十字,此碑我未见。其余一碑,似乎郑先生也未见。我见的一碑在佐藤书中所谓"中央第七窟"的石壁很高处,此壁在里层,不易被风蚀,故全碑约三百五十字,大致都还可读。此碑首行有"邑师法宗"四字,似乎是撰文的人。文中说:

> 太和七年(483)岁在癸亥八月三十日邑□信士女等五十四人……遭值圣主,道教天下,绍隆三宝……乃使长夜改昏,久寝斯悟。弟子等……意欲仰酬洪泽……是以共相劝合,为国兴福,敬造石庿形象九十五区,及诸菩萨。

造像碑文中说造形象九十五区,证以龙门造像碑记,"区"字后来多作"躯"字,此指九十五座小像,"及诸菩萨"及是大像。此碑可见当日不但帝后王公出大财力造此大石窟,还有不少私家的努力;如此一大窟乃是五十四个私人的功力,可以想见当日信力之强,发愿之宏大了。

云冈旧属朔平府左云县。关于石窟的记载,《山西通志》(雍正间觉罗石麟修)与《朔平府志》都说:

> 石窟十寺……后魏建,始神瑞(414—415),终正光(520—524),历百年而工始竣。其寺一同升,二灵光,三镇国,四护国,五崇福,六童子,七能仁,八华严,九天宫,十兜率。孝文帝亟游幸焉。内有元时石佛二十龛。

神瑞是在太武帝毁佛法之前,而正光远在迁都洛阳之后。旧志所记,当有所本。大概在昙曜以前,早已有人依山岩凿石龛刻佛像了。毁法之事(446—451)使一般佛教徒感觉到政治权力可以护法,也可以根本铲除佛法。昙曜大概从武州塞原有的石龛得着一个大暗示,他就发大愿心,要在那坚固的砂岩之上,凿出大石窟,雕出绝大的佛像,要使这些大石窟和大石像永远为政治势力所不能摧毁。《魏书·释老志》记此事的年月不很清楚,大概他干这件绝大工程当在他做"沙门统"的任内。《释老志》记他代师贤为"沙门统",在和平初年(约460),后文又记尚书令高肇引"故沙门统昙曜昔于承明元年(476)奏",可知昙曜的"沙门统"至少做了十七八年。这是国家统辖佛教徒的最高官,他又能实行一种大规模的筹款政策,所以他能充分用国家和全国佛教徒的财力来"凿山石壁,开窟五所,镌造佛像各一,高者七十尺,次六十尺,雕饰奇伟,冠于一世"。我们可以说,云冈的石窟虽起源在5世纪初期,但伟大的规模实创始于5世纪中叶以后昙曜做"沙门统"的时代。后来虽然迁都了,代都的石窟工程还继续到6世纪的初期,而洛都的皇室与佛教徒又在新京的伊阙山"准代京灵岩寺石窟"开凿更伟大的龙门石窟了。(龙门石窟开始于景明初,当西历500年,至隋唐尚未歇。)故昙曜不但是云冈石窟的设计者,也可以说是伊阙石窟的间接设计者了。

昙曜凿石做大佛像,要使佛教和岩石有同样的坚久,永不受政治势力的毁坏。这个志愿是很可钦敬的。只可惜人们的愚昧和狂热都不能和岩石一样的坚久!时势变了,愚昧渐渐被理智风蚀了,狂热也渐渐变冷静了。岩石凿的六丈大佛依然挺立在风沙里,而佛教早已不用"三武一宗"的摧残而自己毁灭了,销散了。云冈伊阙只够增加我们吊古的感喟,使我们感叹古人之愚昧与狂热真不可及而已!

1935 年 7 月 28 日

丁在君这个人

傅孟真先生的《我所认识的丁文江先生》，是一篇很伟大的文章，只有在君当得起这样一篇好文章。孟真说：

> 我以为在君确是新时代最良善最有用的中国人之代表；他是欧化中国过程中产生的最高的精华；他是用科学知识做燃料的大马力机器；他是抹杀主观，为学术为社会为国家服务者，为公众之进步及幸福而服务者。

这都是最确切的评论。这里只有"抹杀主观"四个字也许要引起他的朋友的误会。在君是主观很强的人，不过孟真的意思似乎只是说他"抹杀私意"，"抹杀个人的利害"。意志坚强的人都不能没有主观，但主观是和私意私利绝不相同的。王文伯先生曾送在君一个绰号，叫做 the conclusionist，可译做"一个结论家"。这就是说，在君遇事总有他的"结论"，并且往往不放松他的"结论"。一个人对于一件事的"结论"多少总带点主观的成分，意志力强的人带的主观成分也往往比较一般人要多些。这全靠理智的训练深浅来调剂。在君的主观见解是很强的，不过他受的科学训练较深，所以他在立身行道的大关节目上终不愧是一个科学时代的最高产儿。而他的意志的坚强又使他忠于自己的信念，知了就不放松，就决心去行，所以成为一个最有动力的现代领袖。

在君从小不喜欢吃海味,所以他一生不吃鱼翅鲍鱼海参。我常笑问他:这有什么科学的根据?他说不出来,但他终不破戒。但是他有一次在贵州内地旅行,到了一处地方,他和他的跟人都病倒了。本地没有西医,在君是绝对不信中医的,所以他无论如何不肯请中医诊治,他打电报到贵阳去请西医,必须等贵阳的医生赶到了他才肯吃药。医生还没有赶到,跟他的人已病死了,人都劝在君先服中药,他终不肯破戒。我知道他终生不曾请教过中医,正如他终生不肯拿政府干薪,终生不肯因私事旅行借用免票坐火车一样的坚决。

我常说,在君是一个欧化最深的中国人,是一个科学化最深的中国人。在这一点根本立场上,眼中人物真没有一个人能比上他。这也许是因为他十五岁就出洋,很早就受了英国人生活习惯的影响的缘故。他的生活最有规则:睡眠必须八小时,起居饮食最讲究卫生,在外面饭馆里吃饭必须用开水洗杯筷;他不喝酒,常用酒来洗筷子;夏天家中无皮的水果,必须在滚水里浸二十秒钟。他最恨奢侈,但他最注重生活的舒适和休息的重要:差不多每年总要寻一个歇夏的地方,很费事的布置他全家去避暑;这是大半为他的多病的夫人安排的,但自己也必须去住一个月以上;他的弟弟、侄儿、内侄女,都往往同去,有时还邀朋友去同住。他绝对服从医生的劝告:他早年有脚痒病,医生说赤脚最有效,他就终生穿有多孔的皮鞋,在家常赤脚,在熟朋友家中也常脱袜子,光着脚谈天,所以他自称"赤脚大仙"。他吸雪茄烟有二十年了,前年他脚趾有点发麻,医生劝他戒烟,他立刻就戒绝了。这种生活习惯都是科学化的习惯;别人偶一为之,不久就感觉不方便,或怕人讥笑,就抛弃了。在君终生奉行,从不顾社会的骇怪。

他的立身行己,也都是科学化的,代表欧化的最高层。他最恨人说谎,最恨人懒惰,最恨人滥举债,最恨贪污。他所谓"贪污",包括拿干薪、用私人、滥发荐书、用公家免票来做私家旅行、用公家信笺来写私信,等等。他接受淞沪总办之职时,我正和他同住在上海客利饭店,我看见他每天接到不少的荐书。他叫一个书记把这些荐信都分类归档,他就职后,需要用某项人时,写信通知有荐信的人定期来受考试,考试及格了,他都雇用;不及格的,他一一通知他们的原荐人。他写信最勤,常怪我案上堆积无数未复的信。他说:"我平均写一封信费三分钟,字是潦草的,但朋友接着我的回信了。你写信起码要半点钟,结果是没有工夫写信。"蔡子民先生说在君"案无留牍",这也是他的欧化的精神。

罗文干先生常笑在君看钱太重,有寒伧气。其实这正是他的小心谨慎之处。他用钱从来不敢超过他的收入,所以能终生不欠债,所以能终生不仰面求人,所以能终生保持一个独立的清白之身。他有时和朋友打牌,总把输赢看得很重,他手里有好牌时,手心常出汗,我们常取笑他,说攒他的手心可以知道他的牌。罗文干先生是富家子弟出身,所以更笑他寒伧。及今思之,在君自从留学回来,担负一个大家庭的求学经费,有时候每年担负到三千元之多,超过他的收入的一半,但他从无怨言,也从不欠债;宁可抛弃他的学术生活去替人办煤矿,他不肯用一个不正当的钱:这正是他的严格的科学化的生活规律不可及之处;我们嘲笑他,其实是我们穷书生而有阔少爷的脾气,真不配批评他。

在君的私生活和他的政治生活是一致的。他的私生活的小心谨慎就是他的政治生活的预备。民国十一年,他在《努力周报》第七期上曾说,我们若想将来做政治生活,应做这几种预备:

第一,是要保存我们"好人"的资格。消极的讲,就是不要"作为无益";积极的讲,是躬行克己,把责备人家的事从我们自己做起。

第二,是要做有职业的人,并且增加我们职业上的能力。

第三,是设法使得我们的生活程度不要增高。

第四,就我们认识的朋友,结合四五个人,八九个人的小团体,试做政治生活的具体预备。

看前面的三条,就可以知道在君处处把私生活看做政治生活的修养。民国十一年他和我们几个人组织"努力",我们的社员有两个标准:一是要有操守,二是要在自己的职业上站得住。他最恨那些靠政治吃饭的政客。他当时有一句名言:"我们是救火的;不是趁火打劫的。"他做淞沪总办时,一面整顿税收,一面采用最新式的簿记会计制度。他是第一个中国大官卸职时半天办完交代的手续的。

在君的个人生活和家庭生活,孟真说他"真是一位理学大儒"。在君如果死而有知,他读了这句赞语定要大生气的!他幼年时代也曾读过宋明理学书,但他早年出洋以后,最得力的是达尔文、赫胥黎一流科学家的实事求是的精神训练。他自己曾说:

> 科学……是教育同修养最好的工具。因为天天求真理,时时想破除成见,不但使学科学的人有求真理的能力,而且有爱真理的诚心。无论遇见甚么事,都能平心静气去分析研究,从复杂中求单简,从紊乱中求秩序;拿论理来训练他的意想,而意想力愈增;用经验来指示他的直觉,而直觉力愈活。了然于宇宙生物心理种种的关系,才能够真知道生活的乐趣。这种活泼泼的心境,只有拿望远镜仰察过天空的虚漠,用显微镜俯视过生物的幽微的人,方能参领的透彻,又岂是枯坐谈禅妄言玄理的人所能梦见? (《玄学与科学》)

这一段很美的文字,最可以代表在君理想中的科学训练的人生观。他最不相信中国有所谓"精神文明",更不佩服张君劢先生说的"自孔孟以至宋元明之理学家侧重内生活之修养,其结果为精神文明"。民国十二年四月中在君发起"科学与玄学"的论战,他的动机其实只是要打倒那时候"中外合璧式的玄学"之下的精神文明论。他曾套顾亭林的话来骂当日一班玄学崇拜者:

> 今之君子,欲速成以名于世,语之以科学,则不愿学,语之以柏格森杜里舒之玄学,则欣然矣,以其袭而取之易也。 (同上)

这一场的论战现在早已被人们忘记了,因为柏格森杜里舒的玄学又早已被一批更时髦的新玄学"取而代之"了。然而我们在十三四年后回想那一场论战的发难者,他终生为科学戮力,终生奉行他的科学的人生观,运用理智为人类求真理,充满着热心为多数谋福利,最后在寻求知识的工作途中,歌唱着"为语麻姑桥下水,出山要比在山清",悠然的死了——这样的一个人,不是东方的内心修养的理学所能产生的。

丁在君一生最被人误会的是他在民国十五年的政治生活。孟真在他的长文里,叙述他在淞沪总办任内的功绩,立论最公平。他那个时期的文电,现在都还保存在一个好朋友的家里,将来作他传记的人(孟真和我都有这种野心),必定可以有详细公道的记载给世人看,我们此时可以不谈。我现在要指出的,只是在君的政治兴趣。十年前,他常说:"我家里没有活过五十岁的,我现在快四十年了,应该趁早替国家做点事。"这是他的科学迷信,我们常常笑他。其实他对政治是素来有极深的兴趣的。他是一个有干才的人,绝不像我们书生放下了笔杆就无事可办,所以他很自信有替国家做事的能力。他在民国十二年有一篇《少数人的责任》的讲演,最可以表示他对于政治的自信力和负责任的态度。他开篇就说:

> 我们中国政治的混乱,不是因为国民程度幼稚,不是因为政客官僚腐败,不是因为武人军阀专横;是因为"少数人"没有责任心,而且没有负责任的能力。

他很大胆的说:

> 中年以上的人,不久是要死的;来替代他们的青年,所受的教育,所处的境遇,都是同从前不同的。只要有几个人,有不折不回的决心,拔山蹈海的勇气,不但有知识而且有能力,不但有道德而且要做事业,风气一开,精神就要一变。

他又说:

> 只要有少数里面的少数,优秀里面的优秀,不肯束手待毙,天下事不怕没有办法的。……最可怕的是一种有知识有道德的人不肯向政治上去努力。

他又告诉我们四条下手的方法,其中第四条最可注意。他说:

> 要认定了政治是我们唯一的目的,改良政治是我们唯一的义务。不要再上人家当,说改良政治要从实业教育着手。

这是在君的政治信念。他相信,政治不良,一切实业教育都办不好。所以他要我们少数人挑起改良政治的担子来。

然而在君究竟是英国自由教育的产儿,他的科学训练使他不能相信一切破坏的革命的方式。他曾说:

> 我们是救火的;不是趁火打劫的。

其实他的意思是要说:

> 我们是来救火的;不是来放火的。

照他的教育训练看来,用暴力的革命总不免是"放火",更不免要容纳无数"趁火打劫"的人。所以他只能期待"少数里的少数,优秀里的优秀"起来担负改良政治的责任,而不能提倡那放火式的大革命。

然而民国十五六年之间,放火式的革命到底来了,并且风靡了全国。在那个革命大潮流里,改良主义者的丁在君当然成了罪人了。在那个时代,在君曾对我说:"许子将说曹孟德可以做'治世之能臣,乱世之奸雄';我们这班人恐怕只可以做'治世之能臣,乱世之饭桶'罢!"

这句自嘲的话,也正是在君自赞的话。他毕竟自信是"治世之能臣"。他不是革命的材料,但他所办的事,无一事不能办的顶好。他办一个地质研究班,就可以造出许多奠定地质学的台柱子;他办一个地质调查所,就能在极困难的环境之下造成一个全世界知名的科学研究中心;他做了不到一年的上海总办,就能建立起一个大上海市的政治、财政、公共卫生的现代式基础;他做了一年半的中央研究院的总干事,就把这个全国最大的科学研究机关重新建立在一个合理而持久的基础之上。他这二十多年的建设成绩是不愧负他的科学训练的。

在君的为人是最可敬爱、最可亲爱的。他的奇怪的眼光,他的虬起的德国威廉皇帝式的胡子,都使小孩子和女人见了害怕。他对不喜欢的人,总是斜着头,从眼镜的上边看他,眼睛露出白珠多,黑珠少,怪可嫌的！我曾对他说："从前史书上说阮籍能做青白眼,我向来不懂得;自从认得了你,我才明白了'白眼对人'是怎样一回事!"他听了大笑。其实同他熟了,我们都只觉得他是一个最和蔼慈祥的人。他自己没有儿女,所以他最喜欢小孩子,最爱同小孩子玩,有时候他伏在地上做马给他们骑。他对朋友最热心,待朋友如同自己的兄弟儿女一样。他认得我不久之后,有一次他看见我喝醉了酒,他十分不放心,不但劝我戒酒,还从《尝试集》里挑了我的几句戒酒诗,请梁任公先生写在扇子上送给我。(可惜这把扇子丢了!)十多年前,我病了两年,他说我的家庭生活太不舒适,硬逼我们搬家;他自己替我们看定了一所房子,我的夫人嫌每月八十元的房租太贵,那时我不在北京,在君和房主说妥,每月向我的夫人收七十元,他自己代我垫付十元!这样热心爱管闲事的朋友是世间很少见的。他不但这样待我,他待老辈朋友,如梁任公先生,如葛利普先生,都是这样亲切的爱护,把他们当做他最心爱的小孩子看待!

他对于青年学生,也是这样的热心:有过必规劝,有成绩则赞不绝口。民国十八年,我回到北平,第一天在一个宴会上遇见在君,他第一句话就说:"你来,你来,我给你介绍赵亚会!这是我们地质学古生物学新出的一个天才,今年得地质奖学金的!"他那时脸上的高兴快乐是使我很感动的。后来赵亚会先生在云南被土匪打死了,在君哭了许多次,到处为他出力征募抚恤金。他自己担任亚会的儿子的教育责任,暑假带他同去歇夏,自己督责他补功课;他南迁后,把他也带到南京转学,使他可以时常督教他。

在君是个科学家,但他很有文学天才;他写古文白话文都是很好的。他写的英文可算是中国人之中的一把高手,比许多学英国文学的人高明的多多。他也爱读英法文学书;凡是罗素、威尔士、J. M. Keynes 的新著作,他都全购读。他早年喜欢写中国律诗,近年听了我的劝告,他不作律诗了,有时还作绝句小诗,也都清丽可喜。朱经农先生的纪念文里有在君得病前一日的《衡山纪游诗》四首,其中至少有两首是很好的。他去年在莫干山作了一首骂竹子的五言诗,被林语堂先生登在《宇宙风》上,是

大家知道的。民国二十年,他在秦王岛避暑,有一天去游北戴河,作了两首怀我的诗,其中一首云:

　　峰头各采山花戴,海上同看明月生;
　　此乐如今七寒暑,问君何日践新盟。

后来我去秦王岛住了十天,临别时在君用元微之送白乐天的诗韵作了两首诗送我:

　　留君至再君休怪,十日留连别更难。
　　从此听涛深夜坐,海天漠漠不成欢!

　　逢君每觉青来眼,顾我而今白到须。
　　此别原知句日事,小儿女态未能无。

这三首诗都可以表现他待朋友的情谊之厚。今年他死后,我重翻我的旧日记,重读这几首诗,真有不堪回忆之感,我也用元微之的原韵,写了这两首诗纪念他:

　　明知一死了百愿,无奈余哀欲绝难!
　　高谈看月听涛坐,从此终生无此欢!

　　爱憎能做青白眼,妩媚不嫌虬怒须。
　　捧出心肝待朋友,如此风流一代无。

这样一个朋友,这样一个人,是不会死的。他的工作、他的影响、他的流风遗韵,是永永留在许多后死的朋友的心里的。

1936年2月9日

高梦旦先生小传

民国十年的春末夏初，高梦旦先生从上海到北京来看我。他说，他现在决定辞去商务印书馆编译所所长的事，他希望我肯去做他的继任者。他说："北京大学固然重要，我们总希望你不会看不起商务印书馆的事业。我们的意思确是十分诚恳的。"

那时我还不满三十岁，高先生已是五十多岁的人了。他的谈话很诚恳，我很受感动。我对他说："我决不会看不起商务印书馆的工作。一个支配几千万儿童的知识思想的机关，当然比北京大学重要多了。我所虑的只是怕我自己干不了这件事。"当时我答应他夏天到上海商务印书馆去住一两个月，看看里面的工作，并且看看我自己配不配接受梦旦先生的付托。

那年暑假期中，我在上海住了四十五天，天天到商务印书馆编译所去，高先生每天把编译所各部分的工作指示给我看，把所中的同事介绍和我谈话。每天他家中送饭来，我若没有外面的约会，总是和他同吃午饭。

我知道他和馆中的老辈张菊生先生、鲍咸昌先生、李拔可先生，对我的意思都很诚恳。但是我研究的结果，我始终承认我的性情和训练都不配做这件事。我很诚恳的辞谢了高先生。他问我意中有谁可任这事。我推荐王云五先生,并且介绍他和馆中各位老辈相见。他们会见了两次之后,我就回北京去了。

我走后,高先生就请王云五先生每天到编译所去,把所中的工作指示给他看,和他从前指示给我看一样。一个月之后,高先生就辞去了编译所所长,请王先生继他的任,他自己退居出版部部长,尽心尽力地襄助王先生做改革的事业。

民国十九年,王云五先生做了商务印书馆的总理。民国二十一年一月,商务印书馆的闸北各厂都被日本军队烧毁了。兵祸稍定,王先生决心要做恢复的工作。高先生和张菊生先生本来都已退休了。当那危急的时期,他们每天都到馆中来襄助王先生办事。两年之中,王先生苦心硬干,就做到了恢复商务印书馆的奇迹。

我特记载这个故事,因为我觉得这是一件美谈。王云五先生是我的教师,又是我的朋友,我推荐他自代,这并不足奇怪。最难能的是高梦旦先生和馆中几位老辈,他们看中了一个少年书生,就要把他们毕生经营的事业付托给他;后来又听信这个少年人的几句话,就把这件重要的事业付托给了一个他们平素不相识的人。这是老成人为一件大事业求付托人的苦心,是大政治家谋国的风度。这是值得大书深刻,留给世人思念的。

高梦旦先生,福建长乐县人,原名凤谦,晚年只用他的表字"梦旦"为名。"梦旦"是在梦梦长夜里向往晨光的到来,最足以表现他一生追求光明的理想。他早年自号"崇有",取晋人裴頠《崇有论》之旨,也最可以表现他一生崇尚实事痛恨清淡的精神。

因为他期望光明,所以他最能欣赏也最能了解这个新鲜的世界。因为他崇尚实事,所以他不梦想那光明可以立刻来临,他知道进步是一点一滴的积聚成的,光明是一线一线的慢慢来的。最要紧的条件只是人人尽他的一点一滴的责任,贡献他一分一秒的光明。高梦旦先生晚年发表了几件改革的建议,标题引一个朋友的一句话:"都是小问题,并且不难办到。"这句引语最能写出他的志趣。他一生做的事,三十年编纂小学教科书;三十年提倡他的十三个月的历法;三十年提倡简笔字,提倡电报的改革,提倡度量衡的改革,都是他认为不难做到的小问题。他的赏识我,也是因为我一生只提出一两个小问题,锲而不舍的做去,不敢好高骛远,不敢轻谈根本改革,够得上做他的一个小同志。

高先生的做人,最慈祥,最热心,他那古板的外貌里藏着一颗最仁爱暖热的心。在他的大家庭里,他的儿子、女儿都说:"吾父不仅是一个好父亲,实兼一个友谊至笃的朋友。"他的侄儿、侄女们都说:"十一叔是圣人。"这个圣人不是圣庙里陪吃冷猪肉的圣人,是一个处处能体谅人,能了解人,能帮助人,能热烈的、爱人的、新时代的圣人。他爱朋友,爱社会,爱国家,爱世界。他爱真理,崇拜自由,信仰科学。因为他信仰科学,所以他痛恨玄谈,痛恨迷信,痛恨中医。因为他爱国家社会,所以他爱护人才真如同性命一样。他爱敬张菊生先生,就如同爱敬他的两个哥哥一样。他爱惜我们一班年轻的朋友,就如同他爱护他自己的儿女一样。

他的最可爱之处,是因为他最能忘了自己。他没有利心,没有名心,没有胜心。人都说他冲澹,其实他是浓挚热烈。在他那浓挚热烈的心里,他期望一切有力量而又肯努力的人都能成功胜利,别人的成功胜利都使他欢喜安慰,如同他自己的成功胜利一样。因为浓挚热烈,所以冲澹的好像没有自己了。

高先生生于公历 1870 年 1 月 28 日,死于 1936 年 7 月 23 日,葬在上海虹桥公墓。葬后第四个月,他的朋友胡适在太平洋船上写这篇小传。

1936 年 11 月 26 日